U0738206

INTERSTELLAR EXPEDITION

星际远征

刘慈欣　王晋康　何　夕◎著

北方联合出版传媒（集团）股份有限公司

万卷出版公司

ⓒ 刘慈欣 王晋康 何夕 2016

图书在版编目（CIP）数据

星际远征 / 刘慈欣，王晋康，何夕著. — 沈阳：万卷出版公司，2016.11（2022.6重印）
ISBN 978-7-5470-4314-1

Ⅰ.①星… Ⅱ.①刘… ②王… ③何… Ⅲ.①科学幻想小说—小说集—中国—当代 Ⅳ.①I247.7

中国版本图书馆CIP数据核字（2016）第234835号

出 品 人：王维良
出版发行：北方联合出版传媒（集团）股份有限公司
　　　　　万卷出版公司
　　　　　（地址：沈阳市和平区十一纬路25号　邮编：110003）
印 刷 者：天津市天玺印务有限公司
经 销 者：全国新华书店
幅面尺寸：160mm×230mm
字　　数：300千字
印　　张：18.75
出版时间：2016年11月第1版
印刷时间：2022年6月第18次印刷
责任编辑：胡　利
版式设计：展　志
封面设计：宋晓亮
责任校对：高　辉
ISBN 978-7-5470-4314-1
定　　价：39.00元
联系电话：024-23284090
传　　真：024-23284448

常年法律顾问：王　伟　版权所有　侵权必究　举报电话：024-23284090
如有印装质量问题，请与印刷厂联系。联系电话：024-31255233

从武侠看中国科幻三巨头

　　刘慈欣、王晋康、何夕三人的作品各有特点，年轻的时候，更喜欢何夕，喜欢他的随意挥洒傲岸不羁，更喜欢他高冷的寂寞和孤独，喜欢他在描写《伤心者》时展现的那种绝望；长大一点更喜欢刘慈欣，对他在硬科幻上的造诣几近膜拜，他那些作品若没有雄厚的数学功底是不可能写得出来的，而且还需要与生俱来的科幻天赋；年龄再大一点就会爱上王晋康，他对科学进步的担忧不是杞人忧天而是直面现实，只有深具人文情怀的作者才会写出这样的作品。

金庸、梁羽生、古龙是新派武侠小说里公认的"三大家"，他们以武侠爱情故事的发展重构自己梦想中的大千世界，其中夹杂的江湖恩怨与儿女情长，令每一个华人读者都难以忘怀。可以说有华人的地方就有武侠，有武侠的地方就有金梁古。

而中国科幻圈就没有那么幸运了，至今为止，虽然已经开始感知到科幻的力量，但它仍然是一个小圈子。在这个圈子如果一定要选出"三个代表"来的话，那就是刘慈欣、王晋康和何夕。刘慈欣像金庸，王晋康像梁羽生，何夕像古龙。刘慈欣自不必说，他已经是中国科幻的旗帜性人物，成为时代认可的主流作家，当前影响力已经不在金庸之下。王晋康在科幻圈的地位一直与刘慈欣并列，只是因为《三体》气场太强，将整个科幻圈都笼罩在阴影之下，才让很多人不自觉地忽略了王晋康这位科幻界同样优秀的存在。而何夕跟刘慈欣和王晋康又不一样，他像一个独行侠，似乎并不在意自己是否是一个科幻作家，同时又游离于主流文学之外，个性随意无拘无束，完全沉迷于自己世界，像一个颓废浪子，又像一个吟游诗人，与古龙有太多相似之处。

作为中国三大科幻作家之首的刘慈欣，他的作品构建出一个又一个气象万千的宇宙世界，手法熟稔，结构宏大，略有瑕疵的是，工程师出身的大刘构建小说着重科幻本身，在文字方面不事雕琢，有点像程序员一样只求以极简方式达到目标，但却并没有去追求代码里的美感，所以其人物塑造略显粗糙与简陋，对于主流文学界作家而言，个体复杂，人性难测，用程式化去构造一个人就是粗鄙无文的表现，而刘慈欣笔下的人物往往形象单一，所以《三体》中程心的形象被很多人认为是一个败笔。其实作者试图将人性中最善良的部分寄托在一个女性身上，希望她的真善美能够为人类找到一丝存在价值，为无限黑暗的宇宙点燃一点光明，然而最终结果是很多读者认为程心是一个"圣母婊"，刘慈欣后期作品明显开始注意到这些缺点并试图去弥补。《球状闪电》和《三体》这两部长篇作品，越读到后面越能感觉到他底蕴深厚，想象深邃，其作品正统宏大，其恢宏意境以及层出不穷的铺陈与金庸有些相似，在文字美感和人文情怀方面，刘慈欣亦应该拥有巨大潜能。我们知道金庸是世所公认的集武侠之大成者，他的十四部作品"飞雪连天射白鹿，笑书神侠倚碧鸳"（《越女剑》不在其中）无一不是精品，人物刻画栩栩如生，故事情节环环相扣，出手气象恢宏，落笔必有丘壑。对大事件的把握，以及故事情节的构造，重峦叠嶂，悠然厚重，金、刘二位相似处极多。

王晋康的作品，公认的特点是"沉郁苍凉"，到底这种"沉郁苍凉"感是怎么产生的，至今无法解释，因为王老的外形上并不具有这样的气质，而且他的文字朴素且并无萧瑟气息，这种"沉郁苍凉"到底隐藏在王老故事里的哪个角落，一直是很多读者探讨的话题。而"沉郁苍凉"正是梁羽生武侠小说里极特殊的气质，塞外奇情，尘垢不染，朔风呼啸，爱而弥远。无论是《白发魔女传》里的练霓裳和卓一航，还是《云海玉弓缘》里的金世遗和厉胜男，以及《塞外奇侠传》中的杨云聪和飞红巾……我们都能感觉到这种冲灵空旷的抑郁，以及大漠孤烟的苍凉，而王晋康的作品表面上却看不出这些，但内里却能让人同样触摸到这种冷清。比如，他的《蚁人》《生命之歌》《水星播种》，其间对人性的深沉诘问，对宇宙终极目的的反思都让人不由得从心底升起一丝凉意。王晋康作品的另一特点是对科技的自我反思，其富含哲理的行文让资深并具有人文情怀的科幻迷喜欢，和刘慈欣"万花筒"式的硬科幻不同，他喜欢将一个包袱包装成一整篇完整的故事，借助两性观念，营造大家熟悉的家庭氛围，与冰冷的科技形成强烈对照，酝酿感性人生和理性科技的冲突。在梁羽生的作品中，英雄美人也往往在家族恩怨中演绎悲情故事，柳梦蝶与左含英的爱情演绎成《龙虎斗京华》主线，《萍踪侠影录》中张丹枫与云蕾的家族世仇是故事发展的驱动力，专注于家族，然后将故事点燃，这也是两者之间相通之处。现在主流读者对于王晋康的认识还比较浅薄，这主要是因为科幻读者的年龄和阅历限制，其实王晋康作品最深刻的地方并不是故事本身，而是他对科技发展的审视和反思，如果没有较深的人文关怀和思辨能力，很难意识到王晋康的厚重，但事实上这种超越科幻圈之外的清醒，是对人类社会的终极关怀，而这，似乎才是科幻的本真命题，更应受到关注和尊重。

何夕，则是科幻界一位活生生的古龙，他的文章有一种难以言说的诗意，这种诗性气质让人感觉到他的超然和洒脱，甚至有点与尘世格格不入，所以何夕的文章在科幻读者中有两个极端，喜欢他的人喜欢得要命，不喜欢的人说他装×。古龙亦如是，喜欢他的人觉得他已超越了金庸，不喜欢他的人说他只知道自己抄袭自己。何夕的小说更像是兴之所至、笔之所至，不知道他师承何派，与西方的正统科幻没有任何牵连，与本土作家的文风亦相去甚远。何夕小说的主人公就是他自己，虽然这种自恋情结让人很是不爽，但正是这种投入感使得其文章直达人心，甚至接近癫狂。比如何夕在描写《伤心者》时，你能感受到他内心深处的黑暗，这种来自骨子里的诗性悲哀是科幻界任何一个作家都难望其项背的，他心中的黑暗和绝望，不是因为宇宙，而是他的内心世界，这是成为一个伟大作家的必备潜质，用第六感去触摸几万光年以外的绝望，这需要极其强大的想象力。从技术层面来讲，甚至可以说这两种思维是完全背逆的，一种是文学作品本身所需要的性感和海阔天空，一边又是科幻需要的理性和逻辑清晰，一种是社会科学思维，一种是自然科学思维，将这两者结合得很好并非易事，所以在科幻圈或者科幻迷的眼中，谈到文笔更多读者推崇的是何夕，认为只有他的文字才能与主流作家一较高下。何夕的《伤心者》非常全面地展示了他的文笔功底，小说讲述了一个非主流基础数学男坎坷的经历，性格描述入木三分，与古龙小说《边城浪子》里的傅红雪、《多情剑客无情剑》里的阿飞极为类似，他们都是不世出的天才，不容于尘世，这种落拓被写得荡气回肠，让人心灵震撼。何夕和古龙，都以想法奇特、描写诡异在各自领域独树一帜，他们以"剑走偏锋"的方式成就了自己的江湖地位。

刘慈欣、王晋康、何夕三人的作品各有特点，年轻的时候，更喜欢何夕，喜欢他的随意挥洒傲岸不羁，更喜欢他高冷的寂寞和孤独，喜欢他在描写《伤心者》时展现的那种绝望；长大一点更喜欢刘慈欣，对他在硬科幻上的造诣几近膜拜，他那些作品若没有雄厚的数学功底是不可能写得出来的，而且还需要与生俱来的科幻天赋；年龄再大一点就会爱上王晋康，他对科学进步的担忧不是杞人忧天而是直面现实，只有深具人文情怀的作者才会写出这样的作品。

中国科幻圈冷清多年，这三位作者各自做出了自己的努力，因为《三体》的关系，目前国内科幻市场逐渐向市场巅峰靠近，但是刘慈欣还是比较有自知之明的，在媒体和科幻迷都因为《三体》乐观估计中国科幻就此兴起的时候，刘慈欣还在说，中国科幻的销量还不够，中国科幻还有很长的路要走。相比于红了近40年的武侠，科幻仍然还是一片处女地，相比于武侠万部长篇，科幻的长篇作品屈指可数，相比于武侠层出不穷的接棒者，科幻圈新生代寥寥无几。

　　谈中国科幻三大家，固然有些草率轻浮，但数年观察也并非完全杜撰，只是希望有一些高峰的存在，让更多年轻人有追寻目标，希望在不久的将来，能看到中国科幻圈不仅只是高山巍峨，还有更多的是群峰耸立！

科幻作家、前南都网评论主编　罗金海

目 录

欢乐颂——弹奏太阳

1. 音乐会

为最后一届 GA（Global Association）大会闭幕举行的音乐会是一场阴郁的音乐会。

自 21 世纪初某些恶劣的先例之后，各国都对 GA 采取了一种更加实用的态度，认为将它作为实现自己利益的工具是理所应当的，进而对 GA 宪章都有了自己的更为实用的理解。中小国家纷纷挑战常任理事国的权威，而每一个常任理事国都认为自己在这个组织中应该具有更大的权威，结果是 GA 丧失了一切权威。

当这种趋势发展了十年后，所有的拯救努力都已失败，人们一致认为，GA 和它所代表的理想主义都不再适用于今天的世界，是摆脱它们的时候了。

最后一届 GA 大会是各国首脑到得最齐的一届，他们要为 GA 举行一场最隆重的葬礼。

这场在大厦外的草坪上举行的音乐会是这场葬礼的最后一项

活动。

太阳已落下去好一会儿了，这是昼与夜最后交接的时候，也是一天中最迷人的时候。这时，让人疲倦的现实的细节已被渐浓的暮色掩盖，夕阳最后的余晖把世界最美的一面映照出来，草坪上充满嫩芽的气息。

GA 秘书长最后到来，在走进草坪时，他遇到了今晚音乐会的主要演奏者之一的克莱德曼，并很高兴地与他交谈起来。

"您的琴声使我陶醉。"他微笑着对钢琴王子说。

克莱德曼穿着他最喜欢的那身雪白的西装，看上去很不安，"如果真是这样我万分欣喜，但据我所知，对请我来参加这样的音乐会，人们有些看法……"

其实不仅仅是看法，教科文组织的总干事——同时是一名艺术理论家，公开说克莱德曼顶多是一名街头艺人的水平，他的演奏是对钢琴艺术的亵渎。

秘书长抬起一只手制止他说下去："GA 不能像古典音乐那样高高在上，如同您架起古典音乐通向大众的桥梁一样，它应把人类最崇高的理想播撒到每个普通人身边，这是我今晚请您来的原因。请相信，我曾在非洲炎热肮脏的贫民窟中听到过您的琴声，那时我有在阴沟里仰望星空的感觉，它真的使我陶醉。"

克莱德曼指了指草坪上的元首们："我觉得这里充满了家庭的气氛。"

秘书长也向那边看了一眼："至少在今夜的这块草坪上，乌托邦还是现实的。"

秘书长走上草坪，来到了观众席的前排。本来，在这个美好的夜晚，他打算把自己政治家的第六感关闭，做一个普通的听众，但这不可能做到。在走向这里时，他的第六感注意到了一件事：正在同 A 国总统交谈的 C 国国家主席抬头看了一眼天空。本来这是个十分平常的动作，但秘书长注意到他仰头观看的时间稍微长了一些，也许只长了一两秒钟，但他注意到了。当秘书长同前排的国家元首依次握手致意后坐下时，旁边的 C 国主席又抬头看了一眼天空，这证实了刚才的猜测，国家元首的举止看似随意，实际上都暗含深意，在正常情况下，后面这个动作是绝对不会出现的，A 国总统也注意到了这一点。

"N 市的灯火使星空黯淡了许多，W 市的星空比这个更灿烂。"总统说。

C 国主席点点头，没有说话。

总统接着说："我也喜欢仰望星空，在变幻不定的历史进程中，我们这样的职业最需要一个永恒稳固的参照物。"

"这种稳固只是一种幻觉。"C 国主席说。

"为什么这么说呢？"

C 国主席没有回答，指着空中刚刚出现的群星说："您看，那是南十字座，那是大犬座。"

总统笑着说："您刚刚证明了星空的稳固——在一万年前，如果这里站着一位原始人，他看到的南十字座和大犬座的形状一定与我们现在看到的完全一样，这星座的名字可能就是他们首先想出来的。"

"不，总统先生，事实上，昨天这里的星空可能与今天不同。"C 国主席第三次仰望星空，他脸色平静，但眼中严峻的目光使秘书长和总统都暗暗紧张起来，他们也抬头看天，这是他们见过无数次的宁静的夜空，没有什么异样，他们都询问地看着主席。

"我刚才指出的那两个星座，应该只能在南半球看到。"主席说，他没有再次向他们指出那些星座，也没有再看星空，双眼沉思着平视前方。

秘书长和总统迷惑地看着主席。

"我们现在看到的是地球另一面的星空。"主席平静地说。

"您……开玩笑？！"总统差点失声惊叫起来，但他控制住了自己，声音反而比刚才更低了。

"看，那是什么？"秘书长指指天顶说，为不惊动他人，他的手只举到与眼睛平齐。

"当然是月亮。"总统向正上方看了一眼说，看看旁边的 C 国主席缓慢地摇了摇头，他又抬头看，这次对自己的判断产生了怀疑。初看去，天空中那个半圆形的东西很像半盈的月亮，但它呈蔚蓝色，仿佛是白昼的蓝天褪去时被粘下了一小片，总统仰头仔细观察天空中的那个蓝色半圆，一旦集中注意力，他那敏锐的观察力就表现出来。他伸出一根手指，用它作为一把尺子量着这个蓝月亮，说："它在扩大。"

他们三个都仰头目不转睛地盯着看，不再顾及是否惊动了别人，两边和后面的国家元首们都注意到了他们的动作，有更多的人抬头向那个方向看，露天舞台上乐队调试乐器的声音戛然而止。

这时已经可以肯定那个蓝色的半球不是月亮，因为它的直径已膨胀到月亮的一倍左右，它的另一个处在黑暗中的半球上可以看清一些细节，人们发现它的表面并非全部都是蓝色，还有一些黄褐色的区域。

"天啊，那不是北美洲吗？！"有人惊叫。他是对的，人们看到了那熟悉的大陆形状，它此时正处在球体明亮与黑暗的交界处。不知是否有人想到，这与他们现在所处的位置是一致的，接着，人们又认出了亚洲大陆，认出了北冰洋和白令海峡……

"那是……是地球！"

A 国总统收回了手指，这时太空中蓝色球体的膨胀不借助参照物也能看出来，它的直径现在至少三倍于月球了！开始，人们都觉得它像太空中被很快吹胀的一个气球，但人群中的又一声惊呼立刻改变了人们的这个想象。

"它在掉下来！"

这话给人们看到的景象提供了一个合理的解释，不管是否正确，他们都立刻对眼前发生的事有了新的感觉：太空中的另一个地球正在向他们砸下来！那个蓝色的球体在逼近，它已经占据了三分之一的天空，其表面的细节可以看得更清楚了，褐色的陆地上布满了山脉的皱纹，一片片云层好像是紧贴着大陆的残雪，云层在大地上投下的影子给它们镶上了一圈黑边；北极也有一层白色，它的某些部分闪闪发光，那不是云，是冰层；在蔚蓝色的海面上，有一个旋涡状的物体，懒洋洋地转动着，雪白雪白的，看上去柔弱而美丽，像一朵贴在晶莹蓝玻璃瓶壁上的白绒花，那是一处刚刚形成的台风……当那蓝色的巨球占据了一半天空时，几乎在同一时刻，人们的视觉再次发生了奇妙的变化。

"天啊，我们在掉下去！"

这感觉的颠倒是在一瞬间发生的，这个占据半个天空的巨球表面突然产生了一种高度感，人们感觉脚下的大地已不存在，自己处于高空中，正向那个地球掉下去，掉下去。

　　那个地球表面可以看得更细了，在明暗分界线黑暗一侧的不远处，视力好的人可以看到一条微弱的荧光带，那是 A 国东海岸城市的灯光，其中较为明亮的一小团就是 N 市，是他们所在的地方。来自太空的地球迎面扑来，很快占据了三分之二的天空，两个地球似乎转眼间就要相撞了，人群中传出一两声惊叫，许多人恐惧地闭上了双眼。

　　就在这时，一切突然静止，天空中的地球不再下落，或者脚下的地球不再向它下坠。这个占据三分之二天空的巨球静静地悬在上方，大地笼罩在它那蓝色的光芒中。

　　这时，市区传来喧闹声，骚乱开始出现了。但草坪上的人们毕竟是人类中在意外事变面前神经最坚强的一群，面对这噩梦般的景象，他们很快控制住自己的惊慌，默默思考着。

　　"这是一个幻象。"GA 秘书长说。

　　"是的，"C 国主席说，"如果它是实体，应该能感觉到它的引力效应，我们离海这么近，这里早就被潮汐淹没了。"

　　"远不是潮汐的问题了，"R 国总统说，"两个地球的引力足以相互撕碎对方了。"

　　"事实上，物理定律不允许两个地球这么待着！"J 国首相说。他接着转向 C 国主席："在那个地球出现前，你谈到了我们上方出现了南半球的星空。这与现在发生的事有什么联系吗？"他这么说，等于承认了刚才偷听了别人的谈话，但现在也顾不了这么多了。

"也许我们马上就能得到答案！"A国总统说，他这时正拿着一部手机说着什么，旁边的国务卿告诉大家，总统正在与国际空间站联系。于是，所有人都把期待的目光聚焦在他身上 .总统专心地听着手机，几乎不说话，草坪陷入一片寂静之中。在天空中另一个地球的蓝光里，人们像一群虚幻的幽灵。就这么等了约两分钟，总统在众人的注视下放下手机，登上一把椅子，大声说："各位，事情很简单，地球的旁边出现了一面大镜子！"

2. 镜子

它就是一面大镜子，很难再被看成别的什么东西。它的表面对可见光进行毫无衰减、毫不失真的全反射，也能反射雷达波。这面宇宙巨镜的面积约100亿平方公里，如果拉开足够距离看，镜子和地球，就像一个棋盘正中放着一枚棋子。

本来，对于"奋进号"上的宇航员来说，得到这些初步的信息并不难，他们中有一名天文学家和一名空间物理学家。他们还可以借助包括国际空间站在内的所有太空设施进行观测，但航天飞机险些因他们暂时的精神崩溃而坠毁，国际空间站是最完备的观测平台，但它的轨道位置不利于对镜子的观测，因为镜子悬于地球北极上空约450公里高度，其镜面与地球的自转轴几乎垂直。而此时，"奋进号"航天飞机已变轨至一条通过南北极上空的轨道，以完成一项对极地上空臭氧空洞的观测，它的轨道高度为280公里，正从镜子与地球之间飞过。

那情形真是一场噩梦，航天飞机在两个地球之间爬行，仿佛飞行在由两道蓝色的悬崖构成的大峡谷中。驾驶员坚持认为这是幻觉，是他在 3000 小时的歼击机飞行中遇到过两次的倒飞幻觉（注：一种飞行幻觉，飞行员在幻觉中误认为飞机在倒飞）。但指令长坚持认为确实有两个地球，并命令根据另一个地球的引力参数调整飞行轨道，那名天文学家及时阻止了他。当他们初步控制了自己的恐惧后，通过观测航天飞机的飞行轨道得知，如果按两个地球质量相等来调整轨道，"奋进号"此时已变成北极冰原上空的一颗火流星了。

宇航员们仔细观察那个没有质量的地球，目测可知，航天飞机距那个地球要远许多，但它的北极与这个地球的北极好像没有什么不同，事实上它们太相像了，宇航员们看到，在两个地球的北极点上空都有一道极光，这两道长长的暗红色火蛇在两个地球的同一位置以完全相同的形状缓缓扭动着。后来他们终于发现了一件这个地球没有的东西，那个零质量地球上空有一个飞行物，通过目测他们判断那个飞行物是在零质量地球上空约 300 公里的轨道上运行，他们用机载雷达探测它，想得到它精确的轨道参数，但雷达波在 100 多公里处像遇到一堵墙一样弹了回来，零质量地球和那个飞行物都在墙的另一面。指令长透过驾驶舱的舷窗用高倍望远镜观察那个飞行物，看到那也是一架航天飞机，它正沿低轨道越过北极的冰海，看上去像一只在蓝白相间的大墙上爬行的蛾子。他注意到，在那架航天飞机的前部舷窗里有一个身影，看得出那人正举着望远镜向这里看，指令长挥挥手，那人也挥挥手。

于是，他们得知了镜子的存在。

航天飞机改变轨道。向上沿一条斜线向镜子靠近，一直飞到距镜子 3 公里处，在视距 6 公里远处，宇航员们可以清楚看到"奋进号"在镜子中的映像，尾部发动机喷出的火光使它像一只缓缓移动的萤火虫。

一名宇航员进入太空，去进行人类同镜子的第一次接触。太空服上的推进器拉出一道长长的白烟。宇航员很快越过了这 3 公里距离，他小心翼翼地调整着推进器的喷口，最后悬浮在与镜子相距 10 米左右的位置，在镜子中，他的映像异常清晰，毫不失真；由于宇航员是在轨道上运行，而镜子与地球处于相对静止的状态，所以宇航员与镜子之间有高达每秒 10 米的相对速度，他实际上是在闪电般掠过镜子表面，但镜子上丝毫看不出这种运动。

这是宇宙中最光滑最光洁的表面了。

在宇航员减速时，曾把推进器的喷口长时间对着镜子，苯化物推进剂形成的白雾向镜子飘去。以前在太空行走中，当这种白雾接触航天飞机或空间站的外壁时，会立刻在上面留下一片由霜构成的明显的污痕，他由此断定，白雾也会在镜子上留下痕迹，由于相互间的高速运动，这痕迹将是长长的一道，就像他童年时常用肥皂在浴室的镜子上划出的一样，但航天飞机上的人没有看到任何痕迹，那白雾接触镜面后就消失了，镜面仍是那样令人难以置信的光洁。

由于轨道的形状，航天飞机和这名宇航员能与镜子这样近距离接触的时间不多，这就使宇航员焦急地做下一件事。得知白雾在镜面上消失，几乎是下意识的，他从工具袋中掏出一把空心扳手，向镜子掷过去，扳手刚出手，他和航天飞机上的人都惊呆了，他们这才意识到扳手与镜面之间的相对速度。这速度使扳手具有一颗重磅炸弹的威力。他们恐惧地看着扳手翻滚着向镜面飞去，恐惧地想象着在接触的一瞬间，蛛网般致密的裂纹从接触点放射状地在镜面上闪电般扩散，巨镜化为亿万片在阳光中闪烁的小碎片，在漆黑的太空中形成一片耀眼的银色云海……但扳手接触镜面后立刻消失了，没有留下一丝痕迹，镜面仍光洁如初。

其实，很容易得知镜子不是实体，没有质量，否则它不可能以与地球相对静止的状态悬浮在北半球上空（按它们的大小比例，更准确的说法应该使地球悬浮在镜面的正中）。镜子不是实体，而是一种力场类的东西，刚才与其接触的白雾和扳手证明了这一点。

宇航员小心地开动推进器，喷口的微调装置频繁地动作，最后使他与镜面距离缩短为半米。他与镜子中的自己面对面地对视着，再次惊叹映像的精确，那是现实的完美拷贝，给人的感觉比现实精细。他抬起一只手，向前伸去，与镜面中的手相距不到一厘米的距离，几乎结合到一起。耳机中一片寂静，指令长并没有制止他，他把手向前推去，手在镜面下消失了，他与镜中人的两条胳膊从手腕连在一起，他的手在这个接触过程中没有任何感觉。他把手抽回来，举在眼前仔细看，太空服手套完好无损，也没有任何痕迹。

宇航员和下面的航天飞机正在飘离镜面，他们只能不断地开动发动机和推进器保持与镜面的近距离，但由于飞行轨道的形状，飘离越来越远，很快将使这种修正成为不可能，再次近距离只能等绕地球一周转回来时，那时谁知道镜子还在不在。想到这里，他下定决心，启动推进器，径直向镜面冲去。

宇航员看到镜中自己的映像扑面而来，最后，映像中的太空服头盔上那个大水银泡似的单向反射面罩充满了视野。在与镜面相撞的瞬间，他努力使自己没有闭上双眼。相撞时没有任何感觉，这一瞬间后，眼前的一切消失了，空间黑了下来，他看到了熟悉的银河星海。他猛地回头，在下面也是完全一样的银河映像，映像是从下向上看，只能看到他的鞋底，他和映像身上的两个推进器喷出的两片白雾平滑地连接在一起。

他已穿过了镜子，镜子的另一面仍然是镜子。

在他冲向镜子时，耳机中响着指令长的声音，但穿过镜面后，这声音像被一把利刃切断了，这是镜子挡住了电波，更可怕的是镜子的这一面看不到地球，周围全是无际的星空，宇航员感到自己被隔离在另一个世界，心中一阵恐慌。他掉转喷口，刹住车后向回飞去。这一次，他不像来时那样使身体与镜面平行，而是与镜面垂直，头朝前像跳水那样向镜面飘去。在即将接触镜面前，他把速度降到了很低，与镜中的映像头顶头地连在一起，在他的头部穿过镜子后，他欣慰地看到了下方蓝色的地球，耳机中也响起了指令长熟悉的声音。

他把飘行的速度降到零，这时，他只有胸部以上的部分穿过了镜子，身体的其余部分仍在镜子的另一面，他调整推进器的喷口方向，开始后退，这使得仍在镜子另一面的喷口喷出的白雾溢到了镜子这一面，白雾从他周围的镜面冒出，他仿佛是在沉入一个白雾缭绕的平静湖面。当镜面升到鼻子高度时，他又发现了一件令人吃惊的事：镜面穿过了太空服头盔的面罩，充满了他的脸和面罩间的这个月牙形的空间，他向下看，这个月牙形的镜面映照他那惊恐的瞳孔，镜面一定整个切穿了他的头颅，但什么也感觉不到，他把飘行速度减到最低，比钟表的秒针快不了多少，一毫米一毫米地移动，终于使镜面升到自己的瞳仁正中。这时，镜子从视野中完全消失了，周围的一切都恢复原状：一边是蓝色的地球，另一边是灿烂的银河，但这个他熟悉的世界只存在了两三秒钟，飘行的速度不可能完全降到零，镜面很快移到了他双眼的上方，一边的地球消失了，只剩下另一边的银河，在眼睛的上方，是挡住地球的镜面，一望无际，伸向十几万公里的远方，由于角度极偏，镜面反射的星空图像在他眼中变了形，成了这镜面平原上的一片银色光晕。他将推进器反向，向相反的方向飘去，使镜面向眼睛降下来，在镜面通过瞳仁的瞬间，镜子再次消失，地球和银河再次出现，这之后，银河消失，地球出现了。镜子移到了眼睛的下方，镜面平原上的光晕变成了蓝色的，他就这样以极慢的速度来回漂移着，使瞳仁在镜面两侧浮动，感到自己仿佛穿行于隔开两个世界的一张薄膜间。经过反复努力，他终于使镜面较长时间地停留在瞳仁正中，镜子消失了，他睁大双眼，想从镜面所在的位置看到一条细细的直线，但什么也看出来。

"这东西没有厚度！"他惊叫。

"也许它只有几个原子那么厚，你看不到而已，这也是它的到来没有被地球觉察的原因，如果它以边缘对着地球飞来，就不可能被发现。"航天飞机上的人评论说，他们在看传回的图像。

但最让他们震惊的是：这面可能只有几个原子的厚度，但面积有上百个太平洋大的镜子，竟绝对平坦，以至于镜面与视线平行完全看不到它，这是古典几何学世界中的理想平面。

由绝对平坦可以解释它绝对的光洁，这是一面理想的镜子。

在宇航员们心中，孤独感开始压倒了震惊和恐惧，镜子使宇宙变得陌生了，他们仿佛是一群刚出生就被抛在旷野的婴儿，无力地面对着不可思议的世界。

这时，镜子说话了。

3. 音乐家

"我是一名音乐家，"镜子说，"我是一名音乐家。"

这是一个悦耳的男音，在地球的整个天空响起，所有的人都听得到。一时间，地球上熟睡的人都被惊醒，醒着的人则都如塑像般呆住了。

镜子接着说："我看到了下面在举行一场音乐会，观众是能够代表这颗星球文明的人，你们想与我对话吗？"

元首们都看着秘书长，他一时茫然不知所措。

"我有事情要告诉你们。"镜子又说。

"你能听到我们说话吗？"秘书长试探着说。

镜子立即回答："当然能。如果愿意，我可以分辨出下面的世界里每个细菌发出的声音，我感知世界的方式与你们不同，我能同时观察每个原子的旋转。我的观察还包括时间维，可以同时看到事物的历史，而不像你们，只能看到时间的一个断面，我对一切明察秋毫。"

"那我们是如何听到你的声音呢？"A 国总统问。

"我在向你们的大气发射超弦波。"

"超弦波是什么？"

"一种从原子核中解放出来的相互作用力，它振动着你们的大气，如同一只大手拍动着鼓膜，于是你们听到了我的声音。"

"你从哪里来？"秘书长问。

"我是一面在宇宙中流浪的镜子，我的起源地在时间和空间上都太遥远，谈它已无意义。"

"你是如何学会英语的？"秘书长问。

"我说过，我对一切明察秋毫。这里需要声明，我讲英语，是因为听到这个音乐会上的人们在交谈中大都用这种语言，这并不代表我认为下面的世界里某些种族比其他种族更优越，这个世界没有通用语言，我只能这样。"

"我们有世界语，只是很少使用。"

"你们的世界语，与其说是为世界大同进行的努力，不如说是沙文主义的典型表现。凭什么世界语要以拉丁语系而不是这个世界的其他语系为基础？"

最后这句话在元首们中引起了极大的震动，他们紧张地窃窃私语起来。

"你对地球文明的了解让我们震惊。"秘书长由衷地说。

"我对一切明察秋毫。再说，彻底地了解一粒灰尘并不困难。"

A国总统看着天空说："你是指地球吗？你确实比地球大得多，但从宇宙尺度来说，你的大小与地球是同一个数量级的，你也是一粒灰尘。"

"我连灰尘都不是。"镜子说，"很久很久以前我曾是灰尘，但现在我只是一面镜子。"

"你是一个个体，还是一个群体？"C国主席问。

"这个问题无意义。文明在时空中走过足够长的路时，个体和群体将同时消失。"

"镜子是你固有的形象呢，还是你许多形象中的一种？"E国首相问。秘书长把问题接下去："就是说，你是否有意对我们显示出这样一个形象呢？"

"这个问题也无意义。文明在时空中走过足够长的路时，形式和内容将同时消失。"

"你对最后两个问题的回答我们无法理解。"A国总统说。

镜子没说话。

"你到太阳系来有目的吗？"秘书长问出了最关键的问题。

"我是一个音乐家，要在这里举行音乐会。"

"这很好！"秘书长点点头说，"人类是听众吗？"

"听众是整个宇宙，虽然最近的文明世界也要在百年后才能听到我的琴声。"

"琴声？琴在哪里？"克莱德曼在舞台上问。

这时，人们发现，占据了大部分天空的地球映像突然向东方滑去，速度很快。天空的这种变幻看上去很恐怖，给人一种天在塌下来的感觉，草坪上有几个人不由自主地捂住了脑袋。很快，地球映像的边缘已经接触了东方的地平线。几乎与此同时，一片光明突然出现，使所有人的眼睛一片晕花，什么都看不清了。当他们的视力恢复后，看到太阳突然出现在刚才的地球映像腾出来的天空中，灿烂的阳光瞬间洒满大地，周围的世界毫发毕现，天空在瞬间由漆黑变成明亮的蔚蓝。地球的映像仍然占据东半部天空，但上面的海洋已与蓝天融为一体，大陆像是天空中一片片褐色的云层。这突然的变化使所有人目瞪口呆。过了好一会儿，秘书长的一句话才使大家对这不可思议的现实多少有了一些把握。

"镜子倾斜了。"

是的，太空中的巨镜倾斜了一个角度，使太阳也进入了映像，把它的光芒反射到地球这黑夜的一侧。

"它转动的速度真快！" C 国主席说。

秘书长点点头："是的，想想它的大小，以这样的速度转动，它的边缘可能已经接近光速了！"

"任何实体物质都不可能经受这样的转动所产生的应力，它只是一个力场，这已被我们的宇航员证明了。所谓力场，接近光速的运动是很正常的。" A 国总统说。

这时，镜子说话了："这就是我的琴，我是一名恒星演奏家，我将演奏太阳！"

这气势磅礴的话把所有的人都镇住了，元首们呆呆地看着天空中太阳的映像，好一阵儿才有人敬畏地问怎样演奏。

"各位一定知道，你们使用的乐器大多有一个音腔，它们是由薄壁所包围的空间区域，薄壁将声波来回反射，这样就将声波禁锢在音腔内，形成共振，发出动听的声音。对电磁波来说恒星也是一个音腔，它虽没有有形的薄壁，但存在对电磁波的传输速度梯度，这种梯度将折射和反射电磁波，将其禁锢在恒星内部，产生电磁共振，奏出美妙的音乐。"

"那这种琴声听起来是什么样子呢？"克莱德曼向往地看着天

空间。

"在九分钟前，我在太阳上试了试音。现在，琴声正以光速传来。当然，它是以电磁形式传播的，但我可以用超弦波在你们的大气中把它转换为声波，请听……"

天空中几声空灵悠长的声音，很像钢琴的声音。这声音有一种魔力，一时攫住了所有的人。

"从这声音中，你感到了什么？"秘书长问C国主席。

主席感慨地说："我感到了整个宇宙变成了一座大宫殿，一座有200亿光年高的宫殿，这声音在宫殿中缭绕不止。"

"听到这声音，您还否认上帝的存在吗？"A国总统问。

主席看了总统一眼说："这声音来自于现实的世界。如果现实世界就能够产生出这样的声音，上帝就变得更无必要了。"

4. 节拍

"演奏马上就要开始了吗？"秘书长问。

"是的，我在等待节拍。"镜子回答。

"节拍？"

"节拍在四年前就已启动，它正以光速向这里传来。"

这时，天空发生了惊人的变化，地球和太阳的映像消失了，代之以一片明亮的银色波纹，这波纹跃动着，盖满了天空，地球仿佛沉于一个超级海洋中，天空就是从水下看到的阳光照耀下的海面。

镜子解释说："我现在正在阻挡着来自外太空的巨大辐射，我没有完全反射这些辐射，你们看到有一小部分透了过去，这辐射来自一颗四年前爆发的超新星。"

"四年前？那就是人马座了。"有人说。

"是的，人马座比邻星。"

"可是据我所知，那颗恒星完全不具备成为超新星的条件。"C
国主席说。

"我使它具备了。"镜子淡淡地说。

那就是说，镜子选定太阳为乐器后立刻引爆了比邻星，从镜
子刚才对太阳试音的情形看，它显然具有超空间的作用能力，这
种能力使它能在一个天文单位的距离之外弹奏太阳，但对四光年
之遥的恒星，它是否仍具有这种能力还不得而知。镜子引爆比邻
星可能通过两种途径：在太阳系通过超空间作用，或者通过空间
跳跃在短时间内到比邻星附近引爆它，再次跳跃回到太阳系。不
管通过哪种方式，对人类来说这都是神的力量。但不管怎样，超
新星爆发的光线仍然要经过四年时间才能到达太阳系。镜子说过
演奏太阳的乐声是以电磁波形式传向宇宙的，那么对于这个超级
文明来说，光速就相当于人类的声速，光波就是他们的声波，那
他们的光是什么呢？人类永远不得而知。

"对你操纵物质世界的能力，我们深感震惊。"A国总统敬畏
地说。

"恒星是宇宙荒漠的石块，是我的世界中最普通的东西。我使
用恒星，有时把它当作一件工具，有时是一件武器，有时是一件
乐器……现在我把比邻星做成了节拍器，这与你们的祖先使用石
块没什么本质的区别，都是用自己世界中最普通的东西来扩大和
延伸自己的能力。"

然而草坪上的人们看不出这两者有什么共同点，他们放弃与镜子在技术上进行沟通的尝试，人类离理解这些还差得很远，就像蚂蚁离理解国际空间站差得很远一样。

　　天空中的光波开始暗下来，渐渐地，人们觉得照着上面这个巨大海面的不是阳光而是月光了，超新星正在熄灭。

　　秘书长说："如果不是镜子挡住了超新星的能量，地球现在可能已经是一个没有生命的世界了。"

　　这时天空中的波纹已经完全消失了，巨大的地球映像重现，仍占据着大部分夜空。

　　"镜子说的节拍在哪里？"克莱德曼问，这时他已从舞台上下来，与元首们站在一起。

　　"看东面！"这时有人喊了一声。人们发现东方的天空中出现了一条笔直的分界线，这条线横贯整个天空。分界线两侧的天空是两个不同的镜像：分界线西面仍是地球的映像，但它已被这条线切去了一部分；分界线东面则是灿烂的星空。有很多人都看出来了，这是北半球应有的星空不是南半球星空的映像。分界线在由东向西庄严地移动，星空部分渐渐扩大，地球的映像正在由西向东被抹去。

　　"镜子在飞走！"秘书长喊道。人们很快知道他是对的。镜子在离开地球上空，它的边缘很快消失在西方的地平线下，人们又站在了他们见过无数次的正常的星空下。这以后人们再也没有见到过镜子，它也许飞到它的琴——太阳附近了。

　　草坪上的人们带着一丝欣慰看着周围他们熟悉的世界，星空依旧，城市的灯火依旧，甚至草坪上嫩芽的芳香仍飘散在空气中。

节拍出现。

白昼在瞬间降临，蓝天突现，灿烂的阳光洒满大地，周围的一切都明亮凸显出来：但这白昼只持续了一秒钟就熄灭了，刚才的夜又恢复了，星空和城市的灯光再次浮现，这夜也只持续了一秒钟，白昼再次出现，一秒钟后又是黑夜；然后，白昼、夜、白昼、夜、白昼、夜……以与脉搏相当的频率交替出现，仿佛世界是两片切不断的幻灯片映出的图像。

这是白昼与黑夜构成的节拍。

人们抬头仰望，立刻看到了那颗闪动的太阳，它没有大小，只是太空中一个刺目的光点。"脉冲星。"C国主席说。

这是超新星的残骸，一颗旋转的中子星。中子星那致密的表面有一个裸露的热斑，随着星体的旋转，中子星成为一座宇宙灯塔，热斑射出的光柱旋转着扫过广漠的太空，当这光柱扫过太阳系时，地球的白昼就短暂地出现了。

秘书长说："我记得脉冲星的频率比这快得多，它好像也不发出可见光。"

A国总统用手半遮着眼睛，艰难地适应着这疯狂的节拍世界："频率快是因为中子星聚集了原恒星的角动量，镜子可以通过某种途径把这些角动量消耗掉；至于可见光嘛……你们真认为镜子还有什么做不到的事？"

"但有一点，"C国主席说，"没有理由认为宇宙中所有生物的生命节奏都与人类一样，它们的音乐节拍的频率肯定各不相同。比如镜子，它的正常节拍频率可能比我们最快的电脑主频都快……"

"是的，"总统点点头，"也没有理由认为它们可视的电磁波段都与我们的可见光相同。"

"你们是说，镜子是以人类的感觉为基准来演奏音乐的?"秘书长吃惊地问。

C国主席摇摇头说："我不知道，但肯定要有一个基准的。"

脉冲星强劲的光柱庄严地扫过冷寂的太空，像一根长达40万亿公里、还在以光速不断延长的指挥棒。在这一端，太阳在镜子无形手指的弹拨下，发出浑厚的、以光速向宇宙传播的电磁乐音，太阳音乐会开始了。

5. 太阳音乐

一阵沙沙声，像是电磁噪声干扰，又像是无规则的海浪冲刷海滩的声音，从这声音中有时能听出一丝荒凉和广漠，但更多的是混沌和无序。这声音一直持续了十多分钟，毫无变化。

"我说过，我们无法理解他们的音乐。"R国总统打破沉默说。

"听!"克莱德曼用一根手指指着天空说，其他的人过了好一会儿才听出了他那经过训练的耳朵听到的旋律，那是结构最简单的旋律，只由两个音符组成，好像是钟表的一声嘀嗒，这两个音符不断出现，但有很长的间隔。后来，又出现了另一个双音符小节，然后出现了第三个、第四个……这些双音符小节在混沌的背景上不断浮现，像一群暗夜中的萤火虫。

一种新的旋律出现了，它有四个音符。人们都把目光转向克莱德曼，他在注意地听着，好像感觉到了些什么，这时四音符小节的数量也增加了。

"这样吧，"他对元首们说，"我们每个人记住一个双音符小节。"于是大家注意听着，每人努力记住一个双音符小节，然后凝神等着它再次出现以巩固自己的记忆。过了一会儿，克莱德曼又说："好啦，现在注意听一个四音符小节。得快些，不然乐曲越来越复杂，我们就什么也听不出来了……好，就这个，有人听出什么来了吗？"

"它的前一半是我记住的那一对音符！"B国元首高声说。

"后一半是我记住的那一对！"N国元首说。

人们接着发现，每个四音符小节都是由前面两个双音符小节组成的。随着四音符小节数量的增多，双音符小节的数量也在减少，似乎前者在消耗后者。再后来，八音符小节出现了，结构与前面一样，是由已有的两个四音符小节合并而成的。

"你们都听出了什么？"秘书长问周围的元首们。

"在闪电和火山熔岩照耀下的原始海洋中，一些小分子正在聚合成大分子……当然，这只是我完全个人化的想象。"C国主席说。

"想象请不要拘泥于地球，"A国总统说，"这种分子的聚集也许是发生在一片映射着恒星光芒的星云中，也许正在聚集组合的不是分子，而是恒星内部的一些核能旋涡……"

这时，一个多音符旋律以高音凸现出来，它反复出现，仿佛是这昏暗的混沌世界中一道明亮的小电弧。"这好像是在描述一个质变。"C国主席说。

一个新的乐器的声音出现了，这连续的弦音很像小提琴发出的，它用另一种柔美的方式重复着那个凸现的旋律，仿佛是后者的影子。

"这似乎在表现某种复制。"R国总统说。

连续的旋律出现了，是那种类似小提琴的乐音。它平滑地变幻着，好像是追踪着某种曲线运动的目光。E国首相对C国主席说："如果按照您刚才的思路，现在已经有某种东西在海中游动了。"

不知不觉中，背景音乐开始变化了，这时人们几乎忘记了它的存在。它从海浪声变幻为起伏的沙沙声，仿佛是暴雨在击打着裸露的岩石；接着又变了，变成一种与风声类似的空旷的声音。A国总统说："海上的游动者在进入新环境，也许是陆上，也许是空中。"

所有的乐器突然一声短暂的齐奏，形成了一声恐怖的巨响，好像是什么巨大的实体轰然倒塌。然后，一切戛然而止。只剩下开始那种海浪似的背景声在荒凉地响着。然后，那简单的双音节旋律又出现了，又开始了缓慢而艰难的组合，一切重新开始……

"我敢肯定，这描述了一场大灭绝，现在我们听到的是灭绝后的复苏。"

又经过漫长而艰难的过程，海中的游动者又开始进入世界的其他部分。旋律渐渐变得复杂而宏大，人们的理解也不再统一。有人想到一条大河奔流而下，有人想到广阔的平原上一支浩荡队伍在跋涉，有人想到漆黑的太空中向黑洞涡旋而下的滚滚星云。

但大家都同意，这是在表现一个宏伟的进程，也许是进化的进程。这一乐章很长，不知不觉一个小时过去了，音乐的主题终于发生了变化。旋律渐渐分化成两个，这两个旋律在对抗和搏斗，时而疯狂地碰撞，时而扭缠在一起……

"典型的贝多芬风格。"克莱德曼评论说。这之前很长时间人们都沉浸在宏伟的音乐中没有说话。

秘书长说："好像是一支在海上与巨浪搏斗的船队。"

A国总统摇了摇头："不，不是的。您应该能听出这两种力量没有本质的不同，我想是在表现一场蔓延到整个世界的战争。"

"我说，"一直沉默的 J 国首相插进来说，"你们真的认为自己能够理解外星文明的艺术？也许你们对这音乐的理解，只是牛对琴的理解。"

克莱德曼说："我相信我们的理解基本上正确。宇宙间通用的语言，除了数学可能就是音乐了。"

秘书长说："要证实这一点也许并不难，我们能否预言下一乐章的主题或风格？"

经过稍稍思考，C国主席说："我想下面可能将表现某种崇拜，旋律将具有森严的建筑美。"

"您是说像巴赫？"

"是的。"

果然如此，在接下来的乐章中，听众们仿佛走进一座高大庄严的教堂，听着自己的脚步在这宏伟的建筑内部发出空旷的回声，对某种看不见但无所不在的力量的恐惧和敬畏压倒了他们。

再往后，已经演化得相当复杂的旋律突然又变得简单了，背景音乐第一次消失了，在无边的寂静中，一串清脆短促的打击声出现了。一声，两声，三声，四声……然后，一声，四声，九声，十六声……一条条越来越复杂的数列穿梭而过。

有人问："这是在描述数学和抽象思维的出现吗？"

接下来音乐变得更奇怪了，出现了由小提琴奏出的许多独立的小节，每小节由三到四个音符组成，各小节中音符都相同，但其音程的长短出现各种组合，还出现一种连续的滑音，它渐渐升高然后降低，最后回到起始的音高。人们凝神听了很长时间，G国元首说："这，好像是在描述基本的几何形状。"人们立刻找到了感觉，他们仿佛看到在纯净的空间中，一群三角形和四边形匀速地飘过，至于那种滑音，让人们看到了圆，椭圆和完美的正圆……渐渐地，旋律开始出现变化，表示直线的单一音符都变成了滑音。但根据刚才乐曲留下的印象，人们仍能感觉到那些飘浮在抽象空间中的几何形状，但这些形状都被扭曲了，仿佛浮在水面上。

"时空的秘密被发现了。"有人说。

下一个乐章是以一个不变的节奏开始的，它的频率与脉冲星打出的由昼与夜构成的节拍相同，好像音乐已经停止了，只剩下节拍在空响。但很快，另一个不变的节奏也加入进来，频率比前一个稍快。之后，不同频率的不变的节奏在不断地加入，最后出现了一个气势磅礴的大合奏。但在时间轴上，乐曲是恒定不变的，像一堵平坦的声音高墙。

对这一乐章，人们的理解惊人的一致："一部大机器在运行。"

后来，出现了一个纤细的旋律，如银铃般晶莹地响着，如梦幻般变幻不定，与背后那堵呆板的声音之墙形成鲜明对比，仿佛是飞翔在那部大机器里的一个银色小精灵。这个旋律仿佛是一滴小小的但强有力的催化剂，在钢铁世界中引发了奇妙的化学反应，那些不变的节奏开始波动变幻，大机器的粗轴和巨轮渐渐变得如橡皮泥般柔软，最后，整个合奏变得如那个精灵旋律一样轻盈而有灵气。

人们议论纷纷："大机器具有智能了！""我觉得，机器正在与它的创造者相互接近……"

太阳音乐在继续，已经进行到一个新的乐章了。这是结构最复杂的一个乐章，也是最难理解的一个乐章。它首先用类似钢琴的声音奏出一个悠远空灵的旋律，然后以越来越复杂的合奏不断地重复演绎这个主题，每次重复演绎都使得这个主题在上次的基础上变得更加宏大。

在这种重复进行了几次后，C国主席说："以我的理解，是不是这样的：一个思想者站在一个海岛上，用他深邃的头脑思索着宇宙，镜头向上升，思想者在镜头的视野中渐渐变小，当镜头从空中把整个海岛都纳入视野后，思想者像一粒灰尘般消失了；镜头继续上升，海岛在渐渐变小，镜头升出了大气层，在太空中把整个行星纳入视野，海岛像一粒灰尘般消失了；太空中的镜头继续远离这颗行星，把整个行星系纳入视野，这时，只能看到行星系的恒星，它在漆黑的太空中看去只有台球般大小，孤独地发着光，而那颗有海洋的行星，也像一粒灰尘般消失了……"A国总统聆听着音乐，接着说："镜头以超光速远离，我们发现在我们的尺度上空旷而广漠的宇宙，在更大的尺度上却是一团由恒星组成的灿烂的尘埃，当整个银河系进入视野后，那颗带着行星的恒星像一粒灰尘般消失了；镜头接着跳过无法想象的距离，把一个星系团纳入视野，眼前仍是一片灿烂的尘埃，但尘埃的颗粒已不再是恒星而是恒星系了……"秘书长接着说："这时银河系像一粒灰尘般消失了，但终点在哪儿呢？"

草坪上的人们重新把全身心沉浸在音乐中，乐曲正在达到它的顶峰：在音乐家强有力的思想推动下，那个拍摄宇宙的镜头被推到了已知的时空之外，整个宇宙都被纳入视野，那个包含着银河系的星系团也像一粒灰尘般消失了。人们凝神等待着终极的到来，宏伟的合奏突然消失了，只有开始那种类似钢琴的声音在孤独地响着，空灵而悠远。

"又返回到海岛上的思想者了吗？"有人问。

克莱德曼倾听着摇了摇头："不，现在的旋律与那时完全不同。"

这时，全宇宙的合奏再次出现，不久停了下来，又让位于钢琴独奏。这两个旋律就这样交替出现，持续了很长时间。

克莱德曼凝神听着，突然恍然大悟："钢琴是在倒着演奏合奏的旋律！"

C国主席点点头："或者说，它是合奏的镜像。哦，宇宙的镜像，这就是镜子了。"

音乐显然已近尾声，全宇宙合奏与钢琴独奏同时进行。钢琴精确地倒奏着合奏的每一处，它的形象凸现在合奏的背景上，但两者又那么和谐。

C国主席说："这使我想起了一个现代建筑流派，叫光亮派，为了避免新建筑对周围传统环境的影响，就把建筑的表面全部做成镜面，使它通过反射来与周围达到和谐，同时也以这种方式表现了自己。"

"是的，当文明达到了一定的程度，它也可能通过反射宇宙来表现自己的存在。"秘书长若有所思地说。

钢琴突然由反奏变为正奏，这样它立刻与宇宙合奏融为一体，太阳音乐结束了。

6. 欢乐颂

镜子说："一场完美的音乐会，谢谢欣赏它的所有人类。好，我走了。"

"请等一下！"克莱德曼高喊一声，"我们有一个最后的要求：你能否用太阳弹奏一首人类的音乐？"

"可以，哪一首呢？"

元首们互相看了看。"弹贝多芬的《命运》吧。"M国总理说。

"不，不应该是《命运》，"A国总统摇摇头说，"现在已经证明，人类不可能扼住命运的喉咙，人类的价值在于：我们明知命运不可抗拒，死亡必定是最后的胜利者，却仍能在有限的时间里专心致志地创造着美丽的生活。"

"那就唱《欢乐颂》吧。"C国主席说。

镜子说："你们唱吧，我可以通过太阳把歌声向宇宙传播出去。我保证，音色会很好的。"

草坪上这200多人唱起了《欢乐颂》，歌声通过镜子传给了太阳，太阳再次震动起来，把歌声用强大的电磁脉冲传向太空的各个方向。

欢乐啊，美丽神奇的火花，
来自极乐世界的女儿，

天国之女啊，我们如醉如狂，

　　踏进了你神圣的殿堂。

　　被时光无情地分开一切，

　　你的魔力又把它们重新联结。

　　5小时后，歌声将飞出太阳系；4年后，歌声将到达人马座；10万年后，歌声将传遍银河系；20多万年后，歌声将到达最近的恒星系大麦哲伦星云；600万年后，歌声将传遍本星系团的40多个恒星系；1亿年之后，歌声将传遍本超星系团的50多个星系群；150亿年后，歌声将传遍目前已知的宇宙，并向继续膨胀的宇宙传出去，如果那时宇宙还膨胀的话。

　　在永恒的大自然里，

　　欢乐是强劲的发条，

　　在宏大的宇宙之钟里，

　　是欢乐，在推动着指针旋跳，

　　它催含苞的鲜花怒放，

　　它使艳阳普照苍穹。

　　甚至望远镜都看不到的地方，

　　它也在使天体转动不息。

　　歌唱结束后，音乐会的草坪上，所有人都陷入长时间的沉默，元首们都在沉思着。

　　"也许，事情还没到完全失去希望的地步，我们应该尽自己的努力。"C 国主席首先说。

A 国总统点点头："是的，世界需要 GA。"

"与未来所能避免的灾难相比，我们各自所需做出的让步和牺牲是微不足道的。"R 国总统说。

"我们所面临的，毕竟只是宇宙中一粒沙子上的事，应该好办。"E 国首相仰望着星空说。

各国元首纷纷表示赞同。

"那么，各位是否同意延长本届 GA 大会呢？"秘书长满怀希望地问道。

"这当然需要我们同各自的政府进行联系，但我想问题应该不大。"A 国总统微笑着说。

"各位，今天真是一个值得纪念的日子！"秘书长无法掩饰自己的喜悦，"现在，让我们继续听音乐吧！"

《欢乐颂》又响了起来。

镜子以光速飞离太阳，它知道自己再也不会回来，在那十几亿年的音乐家生涯中，他从未重复演奏过一个恒星。就像人类的牧羊人从不重掷同一块石子。飞行中，他听着《欢乐颂》的余音，那永恒平静的镜面上出现了一圈难以觉察的涟漪。

"嗯，是首好歌。"

朝闻道——宇宙的目的是什么

1. 爱因斯坦赤道

"有一句话我早就想对你们说了，"丁仪对妻子和女儿说，"我的心大部分都被物理学占据了，只能努力挤出一个小角落给你们。为此我心里很痛苦，但也实在是没办法。"

他的妻子方琳说："这话你对我说过两百遍了。"

十岁的女儿文文说："对我也说过一百遍了。"

丁仪摇摇头说："可你们始终没能理解我这话的真正含义。你们不懂得物理学到底是什么。"

方琳笑着说："只要它的性别不是女性就行。"

这时，他们一家三口正坐在一辆时速达 500 公里的小车上，行驶在一条直径五米的钢管中。这根钢管的长度约为 30000 公里，在北纬 45 度线上绕地球一周。

小车完全自动行驶，透明的车厢内没有任何驾驶设备。从车里看出去，钢管笔直地伸向前方，小车像是一颗运行在无限长的枪管中的子弹。前方的洞口似乎固定在无限远处，看上去针尖大小，一动不动。如果不是周围的管壁如湍急的流水飞快掠过，他们肯定觉察不出车的运动。在小车启动或停车时，可以看到管壁上安装的数量惊人的仪器，还有无数等距离的箍圈。当车加速起来后，它们就在两旁浑然一体地掠过，看不清了。丁仪告诉她们，那些箍圈是用于产生强磁场的超导线圈，而悬在钢管正中的那条细管是粒子通道。

他们正行驶在人类迄今所建立的最大的粒子加速器中。这台环绕地球一周的加速器被称为"爱因斯坦赤道"，借助它，物理学家将站在 20 世纪那个巨人肩上实现巨人最后的梦想——建立宇宙的大统一模型。

这辆小车本是加速器工程师用于维修的，现在被丁仪用来带着全家进行环球旅行。这旅行是他早就答应妻子和女儿的，但她们万万没有想到要走这条路。在这耗时六十小时环绕地球一周的旅行中，她们除了笔直的钢管什么都没看到。不过，方琳和文文还是很高兴很满足，至少在这两天多的时间里，全家人难得地聚在一起。

旅行的途中并不枯燥，丁仪不时指着车外飞速掠过的管壁对文文说："我们现在正在驶过蒙古国，看到大草原了吗？还有羊群……我们在经过日本，但只是擦过它的北角。看，朝阳照到积雪的国后岛上了，那可是今天亚洲迎来的第一抹阳光……我们现在在太平洋底了，真黑，什么都看不见。哦不，那边有亮光，暗红色的。嗯，看清了，那是洋底火山口，它涌出的岩浆遇水很快冷却了，所以那暗红光一闪一闪的，像海底平原上的篝火。文文，大陆正在这里生长啊……"

后来，他们又在钢管中驶过了美国全境，潜过了大西洋，从法国海岸登上欧洲的土地，驶过意大利和巴尔干半岛，第二次进入俄罗斯，然后从里海回到亚洲，穿过哈萨克斯坦进入中国。现在，他们已走完最后的路程，回到了爱因斯坦赤道在塔克拉玛干沙漠中的起点——世界核子中心，这儿也是环球加速器的控制中心。

当丁仪一家从控制中心大楼出来时，外面已是深夜，广阔的沙漠静静地在群星下伸向远方，世界显得简单而深邃。

"好了，我们三个基本粒子，已经在爱因斯坦赤道中完成了一次加速实验。"丁仪兴奋地对方琳和文文说。

"爸爸，真的粒子要在这根大管子中跑这么一大圈，要多长时间？"文文指着他们身后的加速器管道问。那管道从控制中心两侧向东西两个方向延伸，很快消失在夜色中。

丁仪回答说："明天，加速器将首次以它最大的能量运行。在其中运行的每个粒子，将受到相当于一颗核弹的能量的推动，加速到接近光速。这时，每个粒子在管道中只需十分之一秒就能走完我们这两天多的环球旅程。"

方琳说："别以为你已经实现了自己的诺言，这次环球旅行是不算的！"

"对！"文文点点头说，"爸爸以后有时间，一定要带我们在这长管子的外面沿着它走一圈，看看我们在管子里面到过的地方，那才叫真正的环球旅行呢！"

"不需要。"丁仪对女儿意味深长地说，"如果你睁开了想象力的眼睛，那这次旅行就足够了。你已经在管子中看到了你想看的一切，甚至更多！孩子，更重要的是，蓝色的海洋、红色的花朵、绿色的森林都不是最美的东西，真正的美眼睛是看不到的，只有想象力才能看到。与海洋、花朵、森林不同，它没有色彩和形状。只有当你用想象力和数学把整个宇宙在手中捏成一团儿，使它变成你的一个心爱的玩具，你才能看到这种美……"

丁仪没有回家。送走了妻女后，他回到了控制中心。中心只有不多的几个值班工程师，在加速器建成以后历时两年的紧张调试后，这里第一次这么宁静。

丁仪上到楼顶，站在高高的露天平台上。看到下面的加速器管道像一条把世界一分为二的直线，他产生了一种感觉：夜空中的星星像无数只眼睛，它们的目光此时都聚焦在下面这条直线上。

丁仪回到下面的办公室，躺在沙发上睡着了，进入了一个理论物理学家的梦乡。

他坐在一辆小车里，小车停在爱因斯坦赤道的起点。小车启动，他感觉到了加速时强劲的推力。他在45度纬线上绕地球旋转，一圈又一圈，像轮盘赌上的骰子。随着速度趋近光速，急剧增加的质量使他的身体如一尊金属塑像般凝固了。意识到这个身体中已蕴含了创世的能量，他有一种帝王般的快感。在最后一圈，他被引入一条支路，冲进一个奇怪的地方。这里是虚无之地。他看到了虚无的颜色，虚无不是黑色也不是白色，它的色彩就是无色彩，但也不是透明。在这里，空间和时间都还是有待于他去创造的东西。他看到前方有一个小黑点,急剧扩大,那是另一辆小车,车上坐着另一个自己。他们以光速相撞后同时消失了,只在无际的虚空中留下一个无限小的奇点,这万物的种子爆炸开来,能量火球疯狂暴涨。当弥漫整个宇宙的红光渐渐减弱时,冷却下来的能量天空中,物质如雪花般出现了。开始是稀薄的星云,然后是恒星和星系群。在这个新生的宇宙中,丁仪拥有一个量子化的自我,可以在瞬间从宇宙的一端跃至另一端。其实他并没有跳跃,他同时存在于这两端,同时存在于这浩大宇宙中的每一点。他的自我像无际的雾气弥漫于整个太空,由恒星沙粒组成的银色沙漠在他的体内燃烧。他无所不在,同时又无所在。他知道自己的存在只是一个概率的幻影,这个多态叠加的幽灵渴望地环视宇宙,寻找那能使自己坍缩为实体的目光。正找着,这目光就出现了。它来自遥远太空中浮现出来的两双眼睛,出现在一道由群星织成的银色帷幕后面。那双有着长长睫毛的美丽的眼睛是方琳的,那双充满天真灵性的眼睛是文文的。这两双眼睛在宇宙中茫然扫视,最终没能觉察到这个量子自我的存在。波函数颤抖着,如微风拂过平静的湖面,但坍缩没有发生。正当丁仪陷入绝望之时,茫茫的星海扰动起来,群星汇成的洪流在旋转奔涌。当一切都平静下来时,宇宙间的所有星星构成了一只大眼睛。那只百亿光年大小的眼睛如钻石粉末在黑色的天鹅绒上撒出的图案,正盯着丁仪看。波函数在瞬间坍缩,如回放的焰火影片,他的量子存在凝聚在宇宙中微不足道的一点上。他睁开双眼,回到了现实。

是控制中心的总工程师把他推醒的。丁仪睁开眼,看到核子中心的几位物理学家和技术负责人围着他躺的沙发站着,用看一个怪物的目光盯着他。

"怎么？我睡过了吗？"丁仪看看窗外，发现天已亮了，但太阳还未升起。

"不，出事了！"总工程师说。这时丁仪才知道，大家那诧异的目光不是冲着他的，而是由于刚出的那件事情。总工程师拉起丁仪，领着他向窗口走去。丁仪刚走了两步就被人从背后拉住，回头一看，是一位叫松田诚一的日本物理学家——上届诺贝尔物理学奖获得者之一。

"丁博士，如果您在精神上无法承受马上要看到的东西，也不必太在意。我们现在可能是在梦中。"日本人说。他脸色苍白，抓着丁仪的手在微微颤抖。

"我刚从梦中醒来！"丁仪说，"发生了什么事？"

大家仍用那种怪异的目光看着他。总工程师拉起他，继续朝窗口走去。当丁仪看到窗外的景象时，立刻对自己刚才的话产生了怀疑。眼前的现实突然变得比刚才的梦境更虚幻了。

在淡蓝色的晨光中，以往他熟悉的横贯沙漠的加速器管道消失了，取而代之的是一条绿色的草带，沿东西两个方向伸向天边。

"再去看看中心控制室吧！"总工程师说。丁仪随着他们来到楼下的控制大厅，又受到了一次猝不及防的震撼——大厅中一片空旷，所有的设备都消失得无影无踪，原来放置设备的位置也长满了青草，那草是直接从防静电地板上长出来的。

丁仪发疯似的冲出控制大厅，奔跑着绕过大楼，站到那条取代加速器管道的草带上。看着它消失在太阳即将升起的东方地平线处，在早晨沙漠寒冷的空气中，他打了个寒战。

"加速器的其他部分呢？"他问喘着气跟上来的总工程师。

"都消失了。地上、地下和海中的，全部消失了。"

"也都变成了草？！"

"哦不，草只在我们附近的沙漠上有，其他部分只是消失了。地面和海底部分只剩下空空的支架，地下部分只留下空隧道。"

丁仪弯腰拔起一束青草。这草在别的地方看上去一定很普通，但在这里就很不寻常。它完全没有红柳或仙人掌之类的耐旱沙漠植物的特点，看上去饱含水分，青翠欲滴。这样的植物只能生长在多雨的南方。丁仪搓碎了一片草叶，手指上沾满绿色的汁液，一股淡淡的清香飘散开来。丁仪盯着手上的小草呆立了很长时间，最后说："看来，这真是梦了。"

东方传来一个声音："不，这是现实！"

2. 真空衰变

在绿色草带的尽头，朝阳已升出了一半，它的光芒照花了人们的眼睛。在这光芒中，有一个人沿着草带向他们走来。开始他只是一个以日轮为背景的剪影，剪影的边缘被日轮侵蚀，显得变幻不定。当那人走近些后，人们看到他是一名中年男子，穿着白衬衣和黑裤子，没打领带。再近些，他的面孔也可以看清了。这是一张兼具亚洲人和欧洲人特点的脸，这在这个地区并没有什么不寻常，但人们绝不会把他误认为是当地人。他的五官太端正了，端正得有些不现实，像某些公共标识上表示人类的一个图形符号。当他再走近些时，人们也不会把他误认为是这个世界的人了。他并没有走——他一直两腿并拢笔直地站着，鞋底紧贴着草地飘浮而来。在距他们两三米处，来人停了下来。

"你们好，我以这个外形出现是为了我们之间能更好地交流。不管各位是否认可我的人类形象，我已经尽力了。"来人用英语说，他的话音一如其面孔，极其标准而毫无特点。

"你是谁？"有人问。

"我是这个宇宙的排险者。"

回答中四个含义深刻的字立刻嵌入了物理学家们的脑海——"这个宇宙"。

"您和加速器的消失有关吗？"总工程师问。

"它在昨天夜里被蒸发了，你们计划中的实验必须被制止。作为补偿，我送给你们这些草，它们能在干旱的沙漠上以很快的速度生长蔓延。"

"可这些都是为了什么呢？"

"这个加速器如果真以最大功率运行，能将粒子加速到 10^{20} 吉电子伏特。这接近宇宙大爆炸的能量，可能给我们的宇宙带来灾难。"

"什么灾难？"

"真空衰变。"

听到这个回答，总工程师扭头看了看身边的物理学家们——他们都沉默不语，紧锁眉头思考着什么。

"还需要进一步解释吗？"排险者问。

"不，不需要了。"丁仪轻轻地摇摇头说。物理学家们本以为排险者会说出一个人类完全无法理解的概念，但没想到，他说出的东西人类的物理学界早在 20 世纪 80 年代初就想到了，只是当时大多数人都认为那不过是一个新奇的假设，与现实毫无关系，以至于现在几乎被遗忘了。

真空衰变的概念，最初出现在1980年《物理评论》杂志的一篇论文中，作者是西德尼·科尔曼和弗兰克·德卢西亚。早在这之前，狄拉克就指出，我们宇宙中的真空可能是一种伪真空。在那似乎空无一物的空间里，幽灵般的虚粒子在短得无法想象的瞬间出现又消失。这瞬息间创生与毁灭的活剧在空间的每一点上无休止地上演，我们所说的真空实际上是一个沸腾的量子海洋，这就使得真空具有一定的能级。科尔曼和德卢西亚的新思想在于，他们认为某种高能过程可能产生出另一种状态的真空。这种真空的能级比现有的真空低，甚至可能出现能级为零的"真真空"。这种真空的体积开始可能只有一个原子大小，但它一旦形成，周围相邻的高能级真空就会向它的能级跌落，变成与它一样的低能级真空。这就使得低能级真空的体积迅速扩大，形成一个球形。这个低能级真空球的扩张速度很快就能达到光速，球中的质子和中子将在瞬间衰变，使球内的物质世界全部蒸发，一切归于毁灭……

"……以光速膨胀的低能级真空球将在0.03秒内毁灭地球，五个小时内毁灭太阳系，四年后毁灭最近的恒星，十万年后毁灭银河系……没有什么能阻止球体的膨胀，随着时间的推移，整个宇宙都难逃劫难。"排险者说。他的话正好接上了大多数人的思维，难道他能看到人类的思想？！排险者张开双臂，做出一个囊括一切的姿势，"如果把我们的宇宙看作一个广阔的海洋，我们就是海中的鱼儿。我们周围这无边无际的海水是那么清澈透明，以至于我们忘记了它的存在。现在我要告诉你们，这不是海水，是液体炸药，一粒火星就会引发毁灭一切的大灾难。作为宇宙排险者，我的职责就是在这些火星燃到危险的温度前扑灭它。"

丁仪说："这大概不太容易。我们已知的宇宙有 200 亿光年半径，即使对于你们这样的超级文明，这也是一个极其广阔的空间。"

排险者笑了。这是他第一次笑，这笑同样毫无特点："没有你想得那么复杂。你们已经知道，我们目前的宇宙，只是大爆炸焰火的余烬。恒星和星系，不过是仍然保持着些许温热的飘散的烟灰罢了。这是一个低能级的宇宙，你们看到的类星体之类的高能天体只存在于遥远的过去，在目前的自然宇宙中，最高级别的能量过程，如大质量物体坠入黑洞，其能级也比大爆炸低许多。在目前的宇宙中，发生创世级别的能量过程的唯一机会，只能来自于其中的智慧文明探索宇宙终极奥秘的努力。这种努力会把大量的能量聚焦到一个微观点上，使这一点达到创世能级。所以，我们只需要监视宇宙中进化到一定程度的文明世界就行了。"

松田诚一问："那么，你们是从何时起开始注意到人类的呢？普朗克时代吗？"

排险者摇摇头。

"那么是牛顿时代？也不是？！不可能远到亚里士多德时代吧？"

"都不是。"排险者说，"宇宙排险系统的运行机制是这样的：它首先通过散布在宇宙中的大量传感器监视已有生命出现的世界，当发现这些世界中出现有能力产生创世能级能量过程的文明时，传感器就发出警报，我这样的排险者在收到警报后，将亲临那些世界监视其中的文明。但除非这些文明真要进行创世能级的实验，否则我们是绝不会对其进行任何干预的。"

这时，在排险者的头部左上方出现了一个黑色的正方形，约两米见方，仿佛现实被挖了一个深不见底的洞。几秒钟后，那黑色的空间中出现了一个蓝色的地球影像。排险者指着影像说："这就是放置在你们世界上方的传感器拍下的地球影像。"

"这个传感器是在什么时候放置于地球的?"有人问。

"按你们的地质学纪年，在古生代末期的石炭纪。"

"石炭纪?!""那就是……三亿年前了!"大家纷纷惊呼。

"这……太早了些吧?"总工程师敬畏地问。

"早吗? 不，是太晚了，当我们第一次到达石炭纪的地球，看到在广阔的冈瓦纳古陆上，皮肤湿滑的两栖动物在原生松林和沼泽中爬行时，真吓出了一身冷汗。在这之前相当长的岁月里，这个世界都有可能突然进化出技术文明。所以，传感器应该在古生代开始时的寒武纪或奥陶纪就放置在这里。"

地球的影像向前推来，充满了整个正方形。镜头在各大陆间移动，让人想到一双警惕巡视的眼睛。

排险者说："你们现在看到的影像是在更新世末期拍摄的，距今 37 万年。对我们来说，几乎是在昨天了。"

地球表面的影像停止了移动，那双眼睛的视线固定在非洲大陆上。这个大陆正处于地球黑夜的一侧，看上去是一个由稍亮些的大洋三面围绕的大墨块。显然大陆上的什么东西吸引了这双眼睛的注意。焦距拉长，非洲大陆向前扑来，很快占据了整个画面，仿佛观察者正在飞速冲向地球表面。陆地黑白相间的色彩渐渐在黑暗中显示出来，白色的是第四纪冰期的积雪，黑色部分很模糊，是森林还是布满乱石的平原，只能由人想象了。镜头继续拉近，雪原占满了画面，显示图像的正方形现在全变成白色了，是那种夜间雪地的灰白色，带着暗暗的淡蓝。在这雪原上有几个醒目的黑点，很快可以看出那是几个人影，接着可以看出他们的身型都有些驼背，寒冷的夜风吹起他们长长的披肩乱发。图像再次变黑，一个人仰起的面孔占满了画面。在微弱的光线里无法看清这张面孔的细部，只能看出他的眉骨和颧骨很高，嘴唇长而薄。镜头继续拉近，这似乎已是不可能再近的距离，一双深陷的眼睛占满了画面，黑暗中的瞳仁里有一些银色的光斑，那是映在其中的变形的星空。

图像定格，一声尖厉的鸣叫响起。排险者告诉人们，预警系统报警了。

"为什么?"总工程师不解地问。

"这个原始人仰望星空的时间超过了预警阈值，已对宇宙表现出了充分的好奇。到此为止，已在不同的地点观察到了十起这样的超限事件，符合报警条件。"

"如果我没记错的话，你前面说过，只有当有能力产生创世能级能量过程的文明出现时，预警系统才会报警。"

"你们看到的不正是这样一个文明吗?"

人们面面相觑，一片茫然。

排险者露出那毫无特点的微笑说:"这很难理解吗? 当生命意识到宇宙奥秘的存在时，距它最终解开这个奥秘就只有一步之遥了。"看到人们仍不明白，他接着说，"比如地球生命，用了40多亿年时间才第一次意识到宇宙奥秘的存在。但那一时刻距你们建成爱因斯坦赤道只有不到40万年，而这一进程最关键的加速期只有不到500年。如果说那个原始人对宇宙的几分钟凝视是看到了一颗宝石，那么其后你们所谓的整个人类文明，不过是弯腰去拾它罢了。"

丁仪若有所悟地点点头："说起来还真是这样，那个伟大的望星人！"

排险者接着说："以后我就来到了你们的世界，监视着文明的进程，像是守护着一个玩火的孩子。周围被火光照亮的宇宙使这孩子着迷，他不顾一切地让火越烧越旺，直到现在，宇宙已有被这火烧毁的危险。"

丁仪想了想，终于提出了人类科学史上最关键的问题："这就是说，我们永远不可能得到大统一模型，永远不可能探知宇宙的终极奥秘？"

科学家们呆呆地盯着排险者，像一群在最后审判日里等待宣判的灵魂。

"智慧生命有多种悲哀，这只是其中之一。"排险者淡淡地说。

松田诚一声音颤抖地问："作为更高一级的文明，你们是如何承受这种悲哀的呢？"

"我们是这个宇宙中的幸运儿。我们得到了宇宙的大统一模型。"

科学家们心中的希望之火又重新开始燃烧。

丁仪突然想到了另一种恐怖的可能："难道说，真空衰变已被你们在宇宙的某处触发了？"

排险者摇摇头："我们是用另一种方式得到大统一模型的，这一时说不清楚，以后我可能会详细地讲给你们听。"

"我们不能重复这种方式吗？"

排险者继续摇头："时机已过，这个宇宙中的任何文明都不可能再重复它。"

"那请把宇宙的大统一模型告诉人类！"

排险者还是摇头。

"求求你，这对我们很重要。不，这就是我们的一切！"丁仪冲动地去抓排险者的胳膊，但他的手毫无感觉地穿过了排险者的身体。

"《知识密封准则》不允许这样做。"

"《知识密封准则》？！"

"这是宇宙中文明世界的最高准则之一，它不允许高级文明向低级文明传递知识，我们把这种行为叫知识的管道传递，低级文明只能通过自己的探索来得到知识。"

丁仪大声说："这是一个不可理解的准则。如果你们把大统一模型告诉所有渴求宇宙最终奥秘的文明，他们就不会试图通过创世能级的高能实验来得到它，宇宙不就安全了吗？"

"你想得太简单了——这个大统一模型只是这个宇宙的，当你们得到它后就会知道，还存在着无数其他的宇宙，你们接着又会渴求得到制约所有宇宙的超统一模型。而大统一模型在技术上的应用会使你们拥有产生更高能量过程的手段，你们会试图用这种能量过程击穿不同宇宙间的壁垒，不同宇宙间的真空存在着能级差，这就会导致真空衰变，同时毁灭两个或更多的宇宙。知识的管道传递还会对接收它的低级文明产生其他更直接的不良后果甚至灾难，其原因大部分你们目前还无法理解，所以《知识密封准则》是绝对不允许违反的。这个准则所说的知识不仅是宇宙的深层秘密，还包括所有你们不具备的知识——假设人类现在还不知道牛顿三定律或微积分，我也同样不能传授给你们。"

科学家们沉默了。在他们眼中，已升得很高的太阳熄灭了，一切都陷入黑暗之中，整个宇宙顿时变成一个巨大的悲剧。这悲剧之大之广他们一时还无法把握，只能在余生不断地受其折磨。事实上，他们知道，余生已无意义。

松田诚一瘫坐在草地上，说了一句后来成为名言的话："在一个不可知的宇宙里，我的心脏都懒得跳动了。"

他的话道出了所有物理学家的心声。他们目光呆滞，欲哭无泪。就这样不知过了多长时间，丁仪突然打破沉默："我有一个办法，既可以使我得到大统一模型，又不违反《知识密封准则》。"

排险者对他点点头："说说看。"

"你把宇宙的终极奥秘告诉我，然后毁灭我。"

"给你三天时间考虑。"排险者说。他的回答不假思索，十分迅速，紧接着丁仪的话。

丁仪欣喜若狂："你是说这可行？！"

排险者点点头。

3. 真理祭坛

人们是这么称呼那个巨大的半球体的——真理祭坛。它直径五十米，底面朝上，球面向下，矗立在沙漠中，远看像一座倒放的山丘。这个半球是排险者用沙子筑成的，当时沙漠中出现了一股巨大的龙卷风，风中那高大的沙柱最后凝聚成这个东西。谁也不知道排险者是用什么东西使大量的沙子聚合成这样一个精确的半球形的，但它强度很高，尽管球面朝下放置都不会解体。但这样的放置方式使半球很不稳定，在沙漠中的阵风里，它明显在摇晃。

据排险者说，在他的那个遥远世界里，这样的半球是一个论坛。在那个文明的上古时代，学者们就聚集在上面讨论宇宙的奥秘。由于这样放置的半球的不稳定性，论坛上的学者们必须小心地使他们的位置均匀地分布，否则半球就会倾斜，上面的人就会滑下来。排险者一直没有解释这个半球形论坛的含义，人们猜测，它可能暗示了宇宙的非平衡态和不稳定。

在半球的一侧，还有一条沙子构筑的长长的坡道，通过它可以从下面走上祭坛。在排险者的世界里，这条坡道是不需要的。在纯能化之前的上古时代，他的种族是一种长着透明双翼的生物，可以直接飞到论坛上。这条坡道是专为人类修筑的，他们中的三百多人将通过它走上真理祭坛，用生命换取宇宙的奥秘。

三天前，当排险者答应了丁仪的要求后，事情的发展令世界恐慌。在短短一天时间内，有几百人提出了同样的要求。这些人除了世界核子中心的其他科学家外，还有来自世界各国的学者。开始只有物理学家，后来报名者的专业越出了物理学和宇宙学，出现了数学、生物学等其他基础学科的科学家，甚至还有经济学和历史学这类非自然科学的学者。这些要求用生命来换取真理的人，都是他们所在学科的领军人物，是科学界精英中的精英，其中，诺贝尔奖获得者就占了一半。可以说，在真理祭坛前聚集了人类科学的精华。

真理祭坛前其实已经不是沙漠了，排险者在三天前种下的草迅速蔓延，草带宽了两倍，不规则的边缘延伸到真理祭坛下面。在这绿色的草地上聚集了上万人。除了即将献身的科学家和世界各大媒体的记者外，还有科学家的亲人和朋友。两天两夜无休止的劝阻和哀求已使他们心力交瘁，精神都处于崩溃的边缘，但他们还是决定在这最后的时刻做最后的努力。与他们一同做这种努力的还有数量众多的各国政府代表，其中包括十多位国家元首，他们也竭力留住自己国家的科学精英。

"你怎么把孩子带来了？！"丁仪盯着方琳问。在他们身后，毫不知情的文文正在草地上玩耍，她是这群表情阴沉的人中唯一的快乐者。

"我要让她送你上路。"方琳冷冷地说。她脸色苍白，双眼茫然地平视远方。

"你认为这能阻止我？"

"我不抱希望，但能阻止你女儿将来像你一样。"

"你可以惩罚我，但孩子……"

"没人能惩罚你，你也别把即将发生的事伪装成一种惩罚。你正走在通向自己梦中天堂的路上！"

丁仪直视着爱人的双眼说："琳，如果这是你的真实想法，那么你终于从最深处认识了我。"

"我谁也不认识，现在我的心中只有仇恨。"

"你当然有权恨我。"

"我恨物理学!"

"可如果没有它,人类现在还是丛林和岩洞中愚钝的动物。"

"但我现在并不比它们快乐多少!"

"但我快乐,也希望你能分享我的快乐。"

"那就让孩子也一起分享吧。当她亲眼看到父亲的下场,长大后至少会远离物理学这种毒品!"

"琳,把物理学称为毒品,你也就从最深处认识了它。看,在这两天你真正认识了多少东西?如果你早点理解这些,我们就不会有现在的悲剧了。"

元首们在真理祭坛上努力劝说排险者,让他拒绝那些科学家的要求。

美国总统说:"先生——我可以这么称呼您吗?我们的世界里最出色的科学家都在这里了,您真想毁灭地球的科学吗?"

排险者说:"没有那么严重,另一批科学精英很快会涌现并补上他们的位置,对宇宙奥秘的探索欲望是所有智慧生命的本性。"

"既然同为智慧生命,您就忍心杀死这些学者吗?"

"这是他们自己的选择。生命是他们自己的,他们当然可以用它来换取自己认为崇高的东西。"

"这个用不着您来提醒我们!"俄罗斯总统激动地说,"用生命来换取崇高的东西对人类来说并不陌生。在20世纪的一场战争中,我的国家就有2000多万人这么做了。但现在的事实是,那些科学家的生命什么都换不到!只有他们自己能得知那些知识,这之后,你只给他们十分钟的生存时间！他们对终极真理的欲望已成为一种地地道道的变态，这您是清楚的！"

"我清楚的是，他们是这个星球上仅有的正常人。"

元首们面面相觑，然后都困惑地看着排险者，他们不明白他的意思。

排险者伸开双臂拥抱天空："当宇宙的和谐之美一览无余地展现在你面前时，生命只是一个很小的代价。"

"但他们看到这美后只能再活十分钟！"

"就是没有这十分钟，仅仅经历看到那终极之美的过程，也是值得的。"

元首们又互相看了看，都摇头苦笑。

"随着文明的进化，像他们这样的人会渐渐多起来的。"排险者指指真理祭坛下的科学家们说，"最后，当生存问题完全解决，当爱情因个体的异化和融合而消失，当艺术因过分的精致和晦涩而最终死亡，对宇宙终极美的追求便成为文明存在的唯一寄托，他们的这种行为方式也就符合了整个宇宙的基本价值观。"

元首们沉默了一会儿，试着理解排险者的话。美国总统突然哈哈大笑起来："先生，您在耍我们，您在耍弄整个人类！"

排险者露出一脸困惑："我不明白……"

日本首相说："人类还没有笨到你想象的程度，你话中的逻辑错误连小孩子都明白！"

排险者显得更加困惑了："我看不出这有什么逻辑错误。"

美国总统冷笑着说："一万亿年后，我们的宇宙肯定充满了高度进化的文明。照您的意思，对终极真理的这种变态的欲望将成为整个宇宙的基本价值观，那时全宇宙的文明将一致同意，用超高能的实验来探索囊括所有宇宙的超统一模型，不惜在这种实验中毁灭包括自己在内的一切？您想告诉我们这种事会发生？！"

排险者盯着元首们长时间不说话，那怪异的目光使他们不寒而栗。他们中有人似乎悟出了什么。

"您是说……"

排险者举起一只手制止他说下去，然后向真理祭坛的边缘走去。在那里，他用响亮的声音对所有人说："你们一定很想知道我们是如何得到这个宇宙的大统一模型的，现在可以告诉你们了。

"很久很久以前，我们的宇宙比现在小得多，而且很热，恒星还没有出现，但已有物质从能量中沉淀出来，形成弥漫在发着红光的太空中的星云。这时生命已经出现了，那是一种力场与稀薄的物质共同构成的生物，其个体看上去很像太空中的龙卷风。这种星云生物的进化速度快得如同闪电，很快产生了遍布全宇宙的高度文明。当星云文明对宇宙终极真理的渴望达到顶峰时，全宇宙的所有世界一致同意，冒着真空衰变的危险进行创世能级的实验，以探索宇宙的大统一模型。

"星云生物操纵物质世界的方式与现今宇宙中的生命完全不同。由于没有足够多的物质可供使用，他们的个体自己进化为自己想要的东西。在最后的决定做出后，某些个体飞快地进化，把自己进化为加速器的一部分。最后，上百万个这样的星云生物排列起来，组成了一台能把粒子加速到创世能级的高能加速器。加速器启动后，暗红色的星云中出现了一个发出耀眼蓝光的灿烂光环。

"他们深知这个实验的危险，所以在实验进行的同时把得到的结果用引力波发射了出去。引力波是唯一能在真空衰变后存留下来的信息载体。

"加速器运行了一段时间后，真空衰变发生了，低能级的真空球从原子大小以光速膨胀，转眼间扩大到天文尺度，内部的一切蒸发殆尽。真空球的膨胀速度大于宇宙的膨胀速度，虽然经过了漫长的时间，最后还是毁灭了整个宇宙。

"漫长的岁月过去了，在空无一物的宇宙中，被蒸发的物质缓慢地重新沉淀凝结，星云又出现了，但宇宙一片死寂，直到恒星和行星出现，生命才在宇宙中重新萌发。而这时，早已毁灭的星云文明发出的引力波还在宇宙中回荡，实体物质的重新出现使它迅速衰减。但就在它完全消失以前，被新宇宙中最早出现的文明接收到，它所带的信息被破译，从这远古的实验数据中，新文明得到了大统一模型。他们发现，对建立模型最关键的数据，是在真空衰变前万分之一秒左右产生的。

"让我们的思绪再回到那个毁灭中的星云宇宙。由于真空球以光速膨胀，球体之外的所有文明世界都处于光锥视界之外，不可能预知灾难的到来。在真空球到达之前，这些世界一定在专心地接收着加速器产生的数据。在他们收到足够建立大统一模型的数据后的万分之一秒，真空球毁灭了一切。但请注意一点：星云生物的思维频率极高，万分之一秒对他们来说是一段相当长的时间，所以他们有可能在生命的最后时刻推导出大统一模型。当然，这也可能只是我们的一种自我安慰。更有可能的是，他们最后什么也没推导出来。星云文明掀开了宇宙的面纱，但他们自己没来得及向宇宙那终极的美瞥一眼就毁灭了。更为可敬的是，开始实验前他们可能已经想到了这种结果，但仍然决定牺牲自己，把包含着宇宙终极秘密的数据传给遥远未来的文明。

"现在你们应该明白，对宇宙终极真理的追求，是文明的最终目标和归宿。"

排险者的讲述使真理祭坛上下的所有人陷入长久的沉思。不管这个世界对他最后那句话是否认同，有一点可以肯定——它将对今后人类思想和文化的进程产生重大影响。

美国总统首先打破沉默说："您为文明描绘了一幅阴暗的前景。难道生命在漫长进程中所有的努力和希望，都是为了那飞蛾扑火的一瞬？"

"飞蛾并不觉得阴暗，它至少享受了短暂的光明。"

"人类绝不可能接受这样的价值观！"

"这完全可以理解。在我们这个真空衰变后重生的宇宙中，文明还处于萌芽阶段，各个世界都有自己的生活方式，追求着不同的目标。对大多数世界来说，对终极真理的追求并不具有至高无上的意义，为此而冒毁灭宇宙的危险，对宇宙中大多数生命是不公平的。即使在我自己的世界中，也并非所有的成员都愿意为此牺牲一切。所以，我们自己没有继续进行探索超统一模型的高能实验，并在整个宇宙中建立排险系统。但我们相信，随着文明的进化，总有一天，宇宙中的所有世界都会认同文明的终极目标。其实，就是现在，就是在你们这样一个婴儿文明中，也已经有人认同了这个目标。好了，时间快到了，如果各位不想用生命换取真理，就请你们下去，让那些想这么做的人上来。"

元首们走下真理祭坛，来到那些科学家面前，进行最后的努力。

法国总统说："能不能这样，把这事稍往后放一放，让我陪大家去体验另一种生活。让我们放松自己，在黄昏的鸟鸣中看着夜幕降临大地，在银色的月光下听着怀旧的音乐，喝着美酒想着心爱的人……这时你们就会发现，终极真理并不像你们想得那么重要，与你们追求的虚无缥缈的宇宙和谐之美相比，这样的美更让人陶醉。"

一位物理学家冷冷地说："所有的生活都是合理的，我们没必要互相理解。"

法国元首还想说什么，美国总统已失去了耐心："好了，不要对牛弹琴了！您还看不出来这是怎样一群毫无责任心的人？还看不出这是怎样一群骗子？！他们声称为全人类的利益而研究，其实只是拿社会的财富满足自己的欲望，满足他们对那种玄虚的宇宙和谐美的变态欲望。这和拿公款嫖娼有什么区别？！"

丁仪挤上前来，拍拍他的肩膀，笑着说："总统先生，科学发展到今天，终于有人对它的本质进行了比较准确的定义。"

旁边的松田诚一说："我们早就承认这点，并反复声明，但一直没人相信我们。"

4. 交换

生命和真理的交换开始了。

第一批八位数学家沿着长长的坡道走上真理祭坛。这时，沙漠上没有一丝风,仿佛大自然屏住了呼吸。寂静笼罩着一切。刚刚升起的太阳把他们的影子长长地投在沙漠上,那几条长影是这个凝固的世界中唯一能动的东西。

数学家们的身影消失在真理祭坛上,下面的人们看不到他们了。所有的人都凝神听着,他们首先听到祭坛上传来排险者的声音——在死一般的寂静中,这声音很清晰。

"请提出问题。"

接着是一位数学家的声音:"我们想看到哥德巴赫猜想的最后证明。"

"好的,但证明很长,时间只够你们看关键的部分,其余用文字说明。"

排险者是如何向科学家们传授知识的,以后对人类一直是个谜。在远处的监视飞机上拍下的图像中,科学家们都仰起头看着天空,而他们看的方向上空无一物。一个被普遍接受的说法是:外星人用某种思维波把信息直接输入他们的大脑中。但实际情况比那要简单得多——排险者把信息投射在天空上,在真理祭坛上的人看来,整个地球的天空变成了一个显示屏,而从祭坛之外什么都看不到。

一个小时过去了,真理祭坛上有个声音打破了寂静:"我们看完了。"

接着是排险者平静的回答:"你们还有十分钟的时间。"

真理祭坛上隐隐传来了多个人的交谈声,只能听清只言片语,但能清楚地感受到那些人的兴奋和喜悦,像是一群在黑暗的隧道中跋涉多年的人突然看到了洞口的光亮。

"……这完全是全新的……""……怎么可能……""……我以前在直觉上……""……天啊，真是……"

当十分钟就要结束时，真理祭坛上响起了一个清晰的声音："请接受我们八个人真诚的谢意。"

真理祭坛上闪起一片强光。强光消失后，下面的人们看到八个等离子体火球从祭坛上升起，轻盈地向高处飘升。它们的光度渐渐减弱，由明亮的黄色变成柔和的橘红色，最后一个接一个地消失在蓝色的天空中，整个过程悄无声息。从监视飞机上看，真理祭坛上只剩下排险者站在圆心。

"下一批！"他高声说。

在上万人的凝视下，又有十一个人走上了真理祭坛。

"请提出问题。"

"我们是古生物学家，想知道地球上恐龙灭绝的真正原因。"

古生物学家们开始仰望长空，但所用的时间比刚才数学家们短得多，很快有人对排险者说："我们知道了，谢谢！"

"你们还有十分钟。"

"……好了，七巧板对上了……""……做梦也不会想到那方面去……""……难道还有比这更……"

然后强光出现又消失，十一个火球从真理祭坛上飘起，很快消失在沙漠上空。

……

一批又一批的科学家走上真理祭坛，完成了生命和真理的交换，在强光中化为美丽的火球飘逝而去。

一切都在庄严与宁静中进行。真理祭坛下面，预料中的生离死别并没有出现。全世界的人们静静地看着这壮丽的景象，心灵被深深地震撼了。人类正在经历一场有史以来最大的灵魂洗礼。

　　一个白天的时间不知不觉过去了，太阳已在西方地平线落下了一半，夕阳给真理祭坛洒上了一层金辉。物理学家们开始走向祭坛，他们是人数最多的一批，有八十六人。就在这一群人刚刚走上坡道时，从日出一直持续到现在的寂静被一个童声打破了。

　　"爸爸！"文文哭喊着从草坪上的人群中冲出来，一直跑到坡道前，冲进那群物理学家中间，抱住了丁仪的腿："爸爸，我不让你变成火球飞走！"

　　丁仪轻轻抱起了女儿，问她："文文，告诉爸爸，你能记起来的最让自己难受的事情是什么？"

　　文文抽泣着想了几秒钟，说："我一直在沙漠里长大，最……最想去动物园。上次爸爸去南方开会，带我去了那边的一个大大的动物园，可刚进去，你的电话就响了，说工作上有急事。那是个野生动物园，小孩儿一定要大人带着才能进去。我就只好跟你回去了，后来你再也没时间带我去。爸爸，这是最让我难受的事儿。在回来的飞机上我一直哭。"

　　丁仪说："但是，好孩子，那个动物园你以后肯定有机会去，妈妈以后会带文文去的。爸爸现在也在一个大动物园的门口，那里面也有爸爸做梦都想看到的神奇的东西，而爸爸如果这次不去，以后就真的再也没机会了。"

　　文文用泪汪汪的大眼睛呆呆地看了爸爸一会儿，点点头说："那……那爸爸就去吧。"

方琳走过来，从丁仪怀中抱走了女儿，看着前面矗立的真理祭坛说："文文，你爸爸是世界上最坏的爸爸，但他真的很想去那个动物园。"

丁仪两眼看着地面，用近乎祈求的声调说："是的，文文，爸爸真的很想去。"

方琳用冷冷的目光看着丁仪说："冷血的基本粒子，去完成你最后的碰撞吧。记住，我决不会让你女儿成为物理学家的！"

这群人正要转身走去，另一个女性的声音使他们又停了下来。

"松田君，你要再向上走，我就死在你面前！"

说话的是一位娇小美丽的日本姑娘，她此时站在坡道起点的草地上，一支银色的小手枪顶着自己的太阳穴。

松田诚一从那群物理学家中走了出来，走到姑娘的面前，直视着她的双眼说："泉子，还记得北海道那个寒冷的早晨吗？你说要出道题考验我是否真的爱你。你问我，如果你的脸在火灾中被烧得不成样子，我该怎么办？我说我将忠贞不渝地陪伴你一生。你听到这回答后很失望，说我并不是真的爱你；如果我真的爱你，就会弄瞎自己的双眼，让一个美丽的泉子永远留在心中。"

泉子拿枪的手没有动，但美丽的双眼噙满了泪水。

松田诚一接着说："所以，亲爱的，你深知美对一个人生命的重要。现在，宇宙终极之美就在我面前，我能不看她一眼吗？"

"你再向上走一步我就开枪！"

松田诚一对她微笑了一下，轻声说："泉子，天上见。"然后转身和其他物理学家一起沿坡道走向真理祭坛。

物理学家们走上了真理祭坛那圆形的顶面。在圆心，排险者微笑着向他们致意。突然间，映着晚霞的天空消失了，地平线的夕阳消失了，沙漠和草地都消失了。真理祭坛悬浮于无际的黑色太空中，这是创世前的黑夜，没有一颗星星。排险者挥手指向一个方向，物理学家们看到在遥远的黑色深渊中有一颗金色的星星。它起初小得难以看清，后来由一个亮点渐渐增大，开始具有面积和形状。他们看出那是一个向这里漂来的旋涡星系。星系很快增大，显出它磅礴的气势。距离更近一些后，他们发现星系中的恒星都是数字和符号，它们组成的方程式构成了这金色星海中的一排排波浪。

宇宙大统一模型缓慢而庄严地从物理学家们的上空移过。

……

当八十六个火球从真理祭坛上升起时，方琳眼前一黑，倒在草地上。她隐约听到文文的声音："妈妈，哪个是爸爸？"

最后一个上真理祭坛的人是史蒂芬·霍金。他的电动轮椅沿着长长的坡道慢慢向上移动，像一只在树枝上爬行的昆虫。他那仿佛已抽去骨骼的绵软身躯瘫陷在轮椅中，像一支在高温中变软且即将熔化的蜡烛。

轮椅终于开上了祭坛，在空旷的圆面上开到了排险者面前。这时，太阳落下了一段时间，暗蓝色的天空中有零落的星星出现，祭坛周围的沙漠和草地模糊了。

"博士，您的问题？"排险者问。对霍金，他似乎并没有表示出比对其他人更多的尊重。他面带毫无特点的微笑，听着博士轮椅上的扩音器发出的呆板的电子声音："宇宙的目的是什么？"

天空中没有答案出现。排险者脸上的微笑消失了，他的双眼中掠过了一丝不易觉察的恐慌。

"先生?"霍金问。

仍是沉默。天空仍是一片空旷，在地球的几缕薄云后面，宇宙的群星正在浮现。

"先生?"霍金又问。

"博士，出口在您后面。"排险者说。

"这是答案吗?"

排险者摇摇头，"我是说您可以回去了。"

"你不知道?"

排险者点点头说："我不知道。"这时，他的面容第一次不再是一个图形符号。一片悲哀的黑云罩上这张脸，那样生动和富有个性，以至于谁也不怀疑他是一个人，而且是一个最平常因而最不平常的普通人。

"我怎么知道?"排险者喃喃地说。

5. 尾 声

十五年之后的一个夜晚，在已被变成草原的昔日的塔克拉玛干沙漠上，一对母女正在交谈。母亲四十多岁，但白发已过早地出现在她的双鬓。从那饱经风霜的双眼中透出的，除了忧伤，就是疲倦。女儿是一位苗条的少女，大而清澈的双眸中映着晶莹的星光。

母亲在柔软的草地上坐下来，两眼失神地看着模糊的地平线说："文文，你当初报考你爸爸母校的物理系，现在又要攻读量子

59

引力专业的博士学位，妈都没拦你。你可以成为一位理论物理学家，甚至可以把这门学科当作自己唯一的精神寄托，但，文文，妈求你了，千万不要越过那条线啊！"

文文仰望着灿烂的银河，说："妈妈，你能想象，这一切都来自于200亿年前一个没有大小的奇点吗？宇宙早就越过那条线了。"

方琳站起来，抓着女儿的肩膀说："孩子，求你别这样！"

文文仍凝视着星空，一动不动。

"文文，你在听妈妈说话吗？你怎么了？！"方琳摇晃着女儿。

文文的目光仍被星海吸住收不回来，她盯着群星问："妈妈，宇宙的目的是什么？"

"啊……不——"方琳彻底崩溃了，又跌坐在草地上，双手捂着脸抽泣，"孩子，别……别这样！"

文文终于收回了目光，蹲下来扶着妈妈的双肩，轻声问道："那么，妈妈，人生的目的是什么？"

这个问题像一块冰，使方琳灼热的心立刻冷了下来。她扭头看了女儿一眼，然后望着远方深思。十五年前，就在她望着的那个方向，曾矗立过真理祭坛。再早些，爱因斯坦赤道曾穿过沙漠。

微风吹来，草海上泛起道道波纹，仿佛是星空下无际的骚动的人海，向整个宇宙无声地歌唱着。

"不知道，我怎么会知道呢？"方琳喃喃地说。

诗云——当技术染上浪漫色彩

伊依一行三人乘一艘游艇在南太平洋上作吟诗航行,他们的目的地是南极,如果几天后能顺利到达那里,他们将钻出地壳去看诗云。

今天,天空和海水都很清澈,对于作诗来说,世界显得太透明了。抬头望去,平时难得一见的美洲大陆清晰地出现在天空中,在东半球构成的覆盖世界的巨大穹顶上,大陆好像是墙皮脱落的区域……

哦,现在人类生活在地球里面,更准确地说,人类生活在气球里面——地球已变成了气球。地球被掏空了,只剩下厚约100公里的一层薄壳,但大陆和海洋还原封不动地存在着,只不过都跑到里面了——球壳的里面。大气层也还存在,也跑到球壳里面了,所以地球变成了气球,一个内壁贴着海洋和大陆的气球。空心地球仍在自转,但自转的意义已与以前大不相同——它产生重力。构成薄薄地壳的那点质量产生的引力是微不足道的,地球重力现在主要由自转的离心力来产生了。但这样的重力在世界各个区域是不均匀的：赤道上最强，约为 1.5 个原地球重力；随着纬度增高，重力也渐渐减小，两极地区的重力为零。现在吟诗游艇航行的纬度正好是原地球的标准重力，但很难令伊依找到已经消失的实心地球上旧世界的感觉。

空心地球的球心悬浮着一个小太阳，现在正以正午的阳光照耀着世界。这个太阳的光度在 24 小时内不停地变化，由最亮渐变至熄灭，给空心地球里面带来昼夜更替。在某些夜里，它还会发出月亮的冷光，但只是从一点发出，看不到圆月。

游艇上的三人中有两个不是人，其中一个是一头名叫大牙的恐龙。它高达十米的身躯一移动，游艇就跟着摇晃倾斜，这令站在船头的吟诗者很烦。吟诗者是一个干瘦老头儿，同样雪白的长发和胡须混在一起飘动。他身着唐朝的宽大古装，仙风道骨，仿佛是在海天之间挥洒写就的一个狂草字。

他就是新世界的创造者——伟大的——李白。

1. 礼物

事情是从十年前开始的。当时，吞食帝国刚刚完成了对太阳系长达两个世纪的掠夺，来自远古的恐龙驾驶着那个直径五万公里的环形世界飞离太阳，航向天鹅座。吞食帝国还带走了被恐龙掠去当作小家禽饲养的 12 亿人类。但就在接近土星轨道时，环形世界突然开始减速，最后竟沿原轨道返回，重新驶向太阳系内层空间。

在吞食帝国开始返程后的一个大环星期，使者大牙乘一艘如古老锅炉般的飞船飞离大环，衣袋中装着一个叫伊依的人。

"你是一件礼物!"大牙对伊依说,眼睛看着舷窗外黑暗的太空。它那粗嘎的嗓音震得衣袋中的伊依浑身发麻。

"送给谁?"伊依在衣袋中仰头大声问。他能从袋口看到恐龙的下颚,像是悬崖顶上一大块凸出的岩石。

"送给神!神来到了太阳系,这就是帝国返回的原因。"

"是真的神吗?"

"它们掌握了不可思议的技术,已经纯能化,并且能在瞬间从银河系的一端跃迁到另一端,这不就是神了?如果我们能得到那些超级技术的百分之一,吞食帝国的前景就很光明了。我们正在完成一个伟大的使命,你要学会讨神喜欢!"

"为什么选中了我?我的肉质是很次的。"伊依说。他三十多岁,与吞食帝国精心饲养的那些肌肤白嫩的人相比,他的外貌很有些沧桑。

"神不吃虫虫,只是收集,我听饲养员说你很特别,你好像还有很多学生?"

"我是一名诗人,在饲养场的家禽人中教授人类古典文学。"伊依很吃力地念出了"诗""文学"这类在吞食语中相当生僻的词。

"无用又无聊的学问。你那里的饲养员之所以默许你授课,是因为其中的一些内容有助于改善虫虫们的肉质……我观察过,你自视清高、目空一切,对于一个被饲养的小家禽来说,这很有趣。"

"诗人都是这样!"伊依在衣袋中站直。虽然知道大牙看不见,但他还是骄傲地昂起头。

"你的先辈参加过地球保卫战吗?"

伊依摇摇头,"我在那个时代的先辈也是诗人。"

"一种最无用的虫虫。在当时的地球上也十分稀少了。"

"他生活在自己的内心世界里，对外部世界的变化并不在意。"

"没出息……呵，我们快到了。"

听到大牙的话，伊依把头从衣袋中伸出来，透过宽大的舷窗向外看。飞船前方有两个发出白光的物体，那是悬浮在太空中的一个正方形平面和一个球体，当飞船移动到与平面齐平时，平面在星空的背景上短暂地消失了一下，这说明它几乎没有厚度。那个完美的球体悬浮在平面正上方，两者都发出柔和的白光，表面均匀得看不出任何特征。它们仿佛是从计算机图库中取出的两个元素，是这纷乱宇宙中两个简明而抽象的概念。

"神呢？"伊依问。

"就是这两个几何体啊。神喜欢简洁。"

距离拉近，伊依发现平面有足球场大小，飞船正在向平面上降落。发动机喷出的炽焰首先接触到平面，仿佛只是接触到一个幻影，没有在上面留下任何痕迹。但伊依感到了重力和飞船接触平面时的震动，说明它不是幻影。大牙显然以前曾经来过这里，毫不犹豫地拉开舱门走了出去。伊依看到它同时打开了气密过渡舱的两道舱门，心一下抽紧了，但他并没有听到舱内空气涌出时的呼啸声。当大牙走出舱门后，衣袋中的伊依嗅到了清新的空气，伸到外面的脸上感到了习习的凉风……这是人和恐龙都无法理解的超级技术，却以温柔而漫不经心的方式呈现出来，这震撼了伊依。与人类第一次见到吞食者时相比，这震撼更加深入灵魂。他抬头望望，球体悬浮在他们上方，背后是灿烂的银河。

"使者，这次你又给我带来了什么小礼物？"神问。他说的是吞食语，声音不高，仿佛从无限远处的太空深渊中传来，让伊依第一次感觉到这种粗陋的恐龙语言听起来很悦耳。

大牙把一只爪子伸进衣袋，抓出伊依放到平面上。伊依的脚底感到了平面的弹性。大牙说："尊敬的神，得知您喜欢收集各个星系的小生物，我带来了这个很有趣的小东西——地球人。"

"我只喜欢完美的小生物，你把这么肮脏的虫子拿来干什么？"神说。球体和平面发出的白光微微地闪动了两下，可能是表示厌恶。

"您知道这种虫虫？！"大牙惊奇地抬起头。

"只是听这个旋臂的一些航行者提到过，不是太了解。在这种虫子不算长的进化史中，航行者曾频繁造访地球。这种生物的思想之猥琐、行为之低劣、历史之混乱和肮脏，都让他们恶心，以至于直到地球世界毁灭之前，也没有一个航行者屑于同它们建立联系……快把它扔掉。"

大牙抓起伊依，转动着硕大的脑袋，看看可往哪儿扔，"垃圾焚化口在你后面。"神说。大牙一转身，看到身后的平面上突然出现了一个小圆口，里面闪着蓝幽幽的光……

"你不要这样说！人类建立了伟大的文明！"伊依用吞食语声嘶力竭地大喊。

球体和平面的白光又颤动了两次。神冷笑了两声，"文明？使者，告诉这个虫子什么是文明。"

大牙把伊依举到眼前，伊依甚至听到了恐龙的两个大眼球转动时骨碌碌的声音，"虫虫，在这个宇宙中，对一个种族文明程度的统一度量标准是这个种族所进入的空间的维度。只有进入六维以上空间的种族才具备加入文明大家庭的起码条件。我们尊敬的神的一族已能够进入十一维空间。吞食帝国已能在实验室中小规模地进入四维空间，只能算是银河系中一个未开化的原始群落。而你们，在神的眼里不过是杂草和青苔。"

"快扔了，脏死了！"神不耐烦地催促道。

大牙举着伊依向垃圾焚化口走去。伊依拼命挣扎，从衣服中掉出了许多白色的纸片。那些纸片飘荡着下落，从球体中射出一条极细的光线，射到其中一张纸上时，纸片便在半空中悬住了，光线飞快地在上面扫描了一遍。

"唔，等等，这是什么东西？"

大牙把伊依悬在焚化口上方，扭头看着球体。

"那是……是我的学生们的作业！"伊依在恐龙的巨掌中吃力地挣扎着说。

"这种方形的符号很有趣，它们组成的小矩阵也很好玩儿。"神说，从球体中射出的光束又飞快地扫描了已落在平面上的另外几张纸。

"那是汉……汉字，这些是用汉字写的古诗！"

"诗？"神惊奇地问，收回了光束，"使者，你应该懂这种虫子的文字吧？"

"当然，尊敬的神，在吞食帝国吃掉地球前，我在它们的世界生活了很长时间。"大牙把伊依放到焚化口旁边的平面上，弯腰拾起一张纸，举到眼前吃力地辨认着上面的小字，"它的大意是……"

"算了吧，你会曲解它的！"伊依挥手制止大牙说下去。

"为什么？"神很感兴趣地问。

"因为这是一种只能用古汉语表达的艺术。即使翻译成人类的其他语言，也会失去大部分内涵和魅力，变成另一种东西了。"

"使者，你的计算机中有这种语言的数据库吗？我还要有关地球历史的一切知识。给我传过来吧，就用我们上次见面时建立的那个信道。"

大牙急忙返回飞船，在舱内的电脑上鼓捣了一阵儿，嘴里嘟囔着："古汉语部分没有，还要从帝国的网络上传过来，可能有些时滞。"伊依从敞开的舱门中看到，恐龙的大眼球中反射着电脑屏幕上变幻的彩光。当大牙从飞船上走出来时，神已经能用标准的汉语读出一张纸上的中国古诗了：

"白日依山尽，黄河入海流。欲穷千里目，更上一层楼。"

"您学得真快！"伊依惊叹道。

神没有理他，只是沉默着。

大牙解释说："它的意思是：恒星已在行星的山后面落下，一条叫黄河的河流向着大海的方向流去——哦，这河和海都是由那种由一个氧原子和两个氢原子构成的化合物组成。要想看得更远，就应该在建筑物上登得更高些。"

神仍然沉默着。

"尊敬的神，您不久前曾君临吞食帝国，那里的景色与写这首诗的虫虫的世界十分相似，有山有河也有海，所以……"

"所以我明白诗的意思。"神说。球体突然移动到大牙头顶上，伊依感觉它就像一只盯着大牙看的没有瞳仁的大眼睛，"但，你，没有感觉到些什么？"

大牙茫然地摇摇头。

"我是说，隐含在这个简洁的方块符号矩阵的表面含义之后的一些东西？"

大牙显得更茫然了，于是神又吟诵了一首古诗：

"前不见古人，后不见来者。念天地之悠悠，独怆然而涕下。"

大牙赶紧殷勤地解释道："这首诗的意思是：向前看，看不到在遥远过去曾经在这颗行星上生活过的虫虫；向后看，看不到未来将要在这颗行星上生活的虫虫。于是感到时空的无限，于是哭了。"

神沉默。

"呵，哭是地球虫虫表达悲哀的一种方式，它们的视觉器官……"

"你仍没感觉到什么？"神打断了大牙的话。球体又向下降了一些，几乎贴到大牙的鼻子上。

大牙这次坚定地摇摇头，"尊敬的神，我想里面没有什么的。一首很简单的小诗罢了。"

接下来，神又连续吟诵了几首古诗，都很简短，且属于题材空灵超脱的一类，有李白的《下江陵》《静夜思》《黄鹤楼送孟浩然之广陵》、柳宗元的《江雪》、崔颢的《黄鹤楼》、孟浩然的《春晓》等。

大牙说："在吞食帝国，有许多长达百万行的史诗。尊敬的神，我愿意把它们全部献给您！相比之下，人类虫虫的诗是这么短小简陋，就像他们的技术……"

球体忽地从大牙头顶飘开去，在半空中沿着随机的曲线飘行，"使者，我知道你们最大的愿望就是希望我回答一个问题：吞食帝国已经存在了 8000 万年，为什么其技术仍徘徊在原子时代？我现在有答案了。"

大牙热切地望着球体说："尊敬的神，这个答案对我们很重要！求您……"

"尊敬的神，"伊依举起一只手大声说，"我也有一个问题，不知能不能问？！"

大牙恼怒地瞪着伊依，像要把他一口吃了似的，但神说："我仍然讨厌地球虫子，但那些小矩阵为你赢得了这个权利。"

"艺术在宇宙中普遍存在吗？"

球体在空中微微颤动，似乎在点头，"是的，我就是一名宇宙艺术的收集和研究者。我穿行于星云间，接触过众多文明的各种艺术，它们大多是庞杂而晦涩的体系。用如此少的符号，在如此小巧的矩阵中包含如此丰富的感觉层次和含义分支，而且还要受到严酷得有些变态的诗律和音韵的约束——这，我确实是第一次见到……使者，现在可以把这虫子扔了。"

大牙再次把伊依抓在爪子里，"对，该扔了它，尊敬的神。吞食帝国中心网络中存储的人类文化资料是相当丰富的，现在您的记忆中已经拥有了所有资料，而这个虫虫，大概就记得那么几首小诗。"说着，它拿着伊依向焚化口走去。"把这些纸片也扔了。"神说。大牙又赶紧返身，用另一只爪子收拾纸片，这时伊依在大爪中高喊：

"神啊，把这些写着人类古诗的纸片留作纪念吧！您收集到了一种不可超越的艺术，向宇宙中传播它吧！"

"等等。"神再次制止了大牙。伊依已经悬到了焚化口上方，感到了下面蓝色火焰的热力。球体飘过来，悬停在距伊依的额头几厘米处。他同刚才的大牙一样，受到了那只没有瞳仁的巨眼的逼视。

"不可超越？"

"哈哈哈……"大牙举着伊依大笑起来，"这个可怜的虫虫居然在伟大的神面前说这样的话。滑稽！人类还剩下什么？你们失去了地球上的一切，科学知识也忘得差不多了。有一次在晚餐桌上，我在吃一个人之前问它：地球保卫战争中的人类的原子弹是用什么做的？他说是原子做的！"

"哈哈哈哈……"神也被大牙逗得大笑起来，球体颤动得成了椭圆，"不可能有比这更正确的回答了，哈哈哈……"

"尊敬的神，这些脏虫虫就剩下几首小诗了！哈哈哈……"

"但它们是不可超越的！"伊依在大爪中挺起胸膛庄严地说。

球体停止了颤动，用近似耳语的声音说："技术能超越一切。"

"这与技术无关，这是人类心灵世界的精华，不可超越！"

"那是因为你不知道技术最终能具有什么样的力量，小虫子。小小的虫子，你不知道。"神的语气变得父亲般温柔，但潜藏在深处的阴冷杀气让伊依不寒而栗。"看着太阳。"

伊依按神的话做了。他们位于地球和火星轨道之间的太空，太阳的光芒使他眯起了双眼。

"你最喜欢的颜色是什么？"神问。

"绿色。"

话音刚落，太阳变成了绿色。那绿色妖艳无比，太阳仿佛是一只突然浮现在太空深渊中的猫眼，在它的凝视下，整个宇宙都变得诡异无比。

　　大牙爪子一颤，伊依掉在平面上。当理智稍稍恢复后，他们都意识到一个比太阳变绿更加令人震撼的事实：从这里到太阳，光需要行走十几分钟，但这一切都发生在一瞬间！

　　半分钟后，太阳恢复原状，又发出耀眼的白光。

　　"看到了吗？这就是技术，是这种力量使我们的种族从海底淤泥中的鼻涕虫变为神。其实技术本身才是真正的神，我们都真诚地崇拜它。"

　　伊依眨着昏花的双眼说："但神并不能超越那样的艺术，我们也有神，想象中的神，我们崇拜它们，但并不认为它们能写出李白和杜甫那样的诗。"

　　神冷笑了两声，对伊依说："真是一只无比固执的虫子，这使你更让人厌恶。不过，为了消遣，就让我来超越一下你们的矩阵艺术吧。"

　　伊依也冷笑了两声，"不可能的，首先你不是人，不可能有人的心灵感受，人类艺术在你那里只是石板上的花朵，技术并不能使你超越这个障碍。"

　　"技术超越这个障碍易如反掌，给我你的基因！"

　　伊依不知所措。"给神一根头发！"大牙提醒说。伊依伸手拔下一根头发，一股无形的吸力将头发吸向球体，然后从球体飘落到平面，神只是提取了发根上的一点皮屑。

　　球体中的白光涌动起来，渐渐变得透明，里面充满了清澈的液体，浮起串串水泡。接着，伊依在液体中看到了一个蛋黄大小的球，它在射入液球的阳光中呈淡红色，仿佛自己会发光。小球很快长大，伊依认出那是一个蜷曲着的胎儿，他肿胀的双眼紧闭着，大大的脑袋上交错着红色的血管。胎儿继续成长，小身体终于伸展开来，像青蛙似的在液球中游动。液体渐渐变得浑浊，透过液球的阳光只映出一个模糊的影子。看得出那个影子仍在飞速成长，最后变成了一个游动着的成人的身影。这时，液球又恢复成原来那样完全不透明的白色光球，一个赤裸的人从球中掉出来，落到平面上。伊依的克隆体摇摇晃晃地站了起来，阳光在他湿漉漉的身体上闪亮。他的头发和胡子老长，但看得出来只有三四十岁的样子。除了一样的精瘦外，一点也不像伊依本人。克隆体僵立着，呆滞的目光看着无限的远方，似乎对这个刚刚进入的宇宙浑然不知。在他的上方，球体的白光暗下来，最后完全熄灭，球体本身也像蒸发似的消失了。但这时，伊依感觉什么东西又亮了起来，很快发现那是克隆体的眼睛，它们由呆滞突然变得充满了智慧的灵光。后来伊依知道，神的记忆这时已全部转移到克隆体中了。

"冷，这就是冷？！"一阵轻风吹来，克隆体双手抱住湿漉漉的双肩，浑身打战，但声音里充满了惊喜，"这就是冷。这就是痛苦，精致的、完美的痛苦。我在星际间苦苦寻觅的感觉，尖锐如洞穿时空的十维弦，晶莹如类星体中心的纯能钻石，啊——"他伸开皮包骨头的双臂，仰望银河，"前不见古人，后不见来者，念天地之……"克隆体冷得牙齿咯咯作响，赶紧停止了出生演说，跑到焚化口边烤火。

克隆体把两手放到焚化口的蓝火焰上，哆哆嗦嗦地对伊依说："其实，我现在进行的是一项很普通的操作。当我研究和收集一种文明的艺术时，总是将自己的记忆借宿于该文明的一个个体中，这样才能保证对该艺术的完全理解。"

焚化口中的火焰亮度剧增，周围的平面上也涌动着各色的光晕，伊依感觉这里仿佛成了一块漂浮在火海上的毛玻璃。

大牙低声对伊依说："焚化口已转换为制造口了，神正在进行能—质转换。"看到伊依不太明白，它又解释说，"傻瓜，就是用纯能制造物品——上帝的活计！"

制造口突然喷出一团白色的东西，在空中展开并落了下来，原来是一件衣服。克隆体接住衣服穿了起来。伊依看到那竟是一件宽大的唐朝古装，用雪白的丝绸做成，有宽大的黑色镶边。刚才还一副可怜相的克隆体穿上它后立刻显得就像神仙下凡。伊依实在想象不出它是如何从蓝火焰中被制造出来的。

又有物品被制造出来——从制造口飞出一块黑色的东西，像石头一样咚地砸在平面上。伊依跑过去拾起来。他几乎不敢相信自己的眼睛——手中拿着的，分明是一方沉重的石砚，而且还是冰凉的。接着又有什么啪地掉下来，伊依拾起那个黑色的条状物。他没猜错，这是一块墨！接着被制造出来的是几支毛笔、一副笔架、一张雪白的宣纸——从火里飞出的纸！还有几件古色古香的案头小饰品，最后制造出来的也是最大的一件东西：一张样式古老的书案！伊依和大牙忙着把书案扶正，把那些小东西在案头摆放好。

"转化这些东西的能量，足以把一颗行星炸成碎末。"大牙对伊依耳语，声音有些发颤。

克隆体走到书案旁，看着上面的摆设，满意地点点头，一手

73

理着刚刚干了的胡子，说："我，李白。"

伊依审视着克隆体问："你是说想成为李白呢，还是真把自己当成了李白？"

"我就是李白，超越李白的李白！"

伊依笑着摇摇头。

"怎么，到现在你还怀疑吗？"

伊依点点头说："不错，你们的技术远远超过了我的理解力，已与人类想象中的神力和魔法无异，即使是在诗歌艺术方面也有让我惊叹的东西——跨越如此巨大的文化和时空鸿沟，你竟能感觉到中国古诗的内涵……但理解李白是一回事，超越他又是另一回事，我仍然认为你面对的是不可超越的艺术。"

克隆体——李白的脸上浮现出高深莫测的笑容，但转瞬即逝。他手指书案，对伊依大喝一声："研墨！"然后径自走去，在快要走到平面边缘时站住，理着胡须遥望星河沉思起来。

伊依提起书案上的一只紫砂壶向砚上倒了一点清水，拿过那条墨研了起来。他是第一次干这个，笨拙地斜着墨条磨边角。看着砚中渐渐浓起来的墨汁，伊依想到自己正身处距太阳 1.5 个天文单位的茫茫太空中，这个无限薄的平面（即使在刚才由纯能制造物品时，从远处看它仍没有厚度）仿佛是漂浮在宇宙深渊中的舞台，在它上面，一头恐龙、一个被恐龙当作肉食家禽饲养的人和一个穿着唐朝古装、准备超越李白的技术之神，正在上演一场怪诞到极点的活剧，伊依不禁摇头苦笑起来。

墨研得差不多了，伊依站起来，同大牙一起等待着。这时，平面上的轻风已经停止，太阳和星河静静地发着光，仿佛整个字宙都在期待。李白静立在平面边缘。由于平面上的空气层几乎没有散射，他在阳光中的明暗部分极其分明，除了理胡须的手不时动一下外，简直就是一尊石像。伊依和大牙等啊等，时间在静静地流逝，书案上蘸满了墨的毛笔渐渐有些发干。不知不觉，太阳的位置已移动了很多，把他们和书案、飞船的影子长长地投在平面上，书案上平铺的白纸仿佛变成了平面的一部分。终于，李白转过身来，慢步走到书案前。伊依赶紧把毛笔重新蘸了墨，双手递了过去，但李白抬起一只手回绝了，只是看着书案上的白纸继续沉思，目光中有了些新的东西。

伊依得意地看出，那是困惑和不安。

"我还要制造一些东西，那都是……易碎品，你们去小心接着。"李白指了指制造口说。那里面本来已暗淡下去的蓝焰又明亮起来。伊依和大牙刚刚跑过去，就有一条蓝色的火舌把一个球形物推出来。大牙眼疾手快地接住了，细看是一个大坛子。接着又从蓝焰中飞出了三只大碗，伊依接住了其中的两只，有一只摔碎了。大牙把坛子抱到书案上，小心地打开封盖，一股浓烈的酒味溢了出来，它和伊依惊奇地对视了一眼。

"在我从吞食帝国接收到的地球信息中，有关人类酿造业的资料不多，所以这东西造得不一定准确。"李白说，同时指着酒坛示意伊依尝尝。

伊依拿碗从中舀了一点儿，抿了一口，一股火辣感从嗓子眼儿流到肚子里，他点点头，"是酒，但是与我们为改善肉质喝的那些相比太烈了。"

"满上。"李白指着书案上的另一只空碗说。待大牙倒满烈酒

75

后，李白端起来咕咚咚一饮而尽，然后转身再次向远处走去，不时踉跄两下。到达平面边缘后，他又站在那里对着星海深思。但与上次不同的是，他的身体有节奏地左右摆动，像在和着某首听不见的曲子。这次李白沉思不久就走回到书案前，回来的一路上近乎在跳舞。面对伊依递过来的笔，他一把抓过扔到远处。

"满上。"李白眼睛直勾勾地盯着空碗说。

……

一小时后，大牙用两只大爪小心翼翼地把烂醉如泥的李白放到已清空的书案上，但他一翻身又骨碌下来，嘴里嘀咕着恐龙和人都听不懂的语言。他已经红红绿绿地吐了一大摊——真不知是什么时候吃进的这些食物——宽大的古服上也污了一片。那一摊呕吐物被平面发出的白光透过，形成了一幅抽象图形。李白的嘴上黑乎乎的全是墨，这是因为在喝光第四碗后，他曾试图在纸上写什么，但只是把蘸饱墨的毛笔重重地戳到桌面上，接着，李白就像初学书法的小孩子那样，试图用嘴把笔毛理顺……

"尊敬的神？"大牙俯下身来小心翼翼地问。

"哇咦卡啊……卡啊咦唉哇。"李白大着舌头说。

大牙站起身，摇摇头叹了一口气，对伊依说："我们走吧。"

2. 另一条路

伊依所在的饲养场位于吞食者的赤道上。当吞食帝国处于太阳系内层空间时，这里曾是一片夹在两条大河之间的美丽草原。吞食帝国航出木星轨道后，严冬降临了，草原消失，大河封冻，被饲养的人类都转到地下城中。当吞食帝国受到神的召唤而返回

76

后，随着太阳的临近，大地回春，两条大河很快解冻了，草原也开始变绿。

气候好的时候，伊依总是独自住在河边自己搭的一间简陋草棚中，种地过日子。对于一般人来说，这是不被允许的，但由于伊依在饲养场中讲授的古典文学课程有陶冶情操的功能，他的学生的肉有一种很特别的风味，所以恐龙饲养员也就不干涉他了。

这是伊依与李白初次见面两个月后的一个黄昏，太阳刚刚从吞食帝国平直的地平线上落下，两条映着晚霞的大河在天边交汇。在河边的草棚外，微风把远处草原上欢舞的歌声隐隐送来，伊依和自己下着围棋，抬头看到李白和大牙沿着河岸向这里走来。这时的李白已有了很大的变化——他头发蓬乱，胡子老长，脸晒得很黑，左肩挎着一只粗布包，右手提着一个大葫芦，身上那件古装已破烂不堪，脚上穿着一双磨得不像样子的草鞋。伊依觉得这时的他倒更像一个"人"了。

李白走到围棋桌前，像前几次来一样，不看伊依一眼就把葫芦重重地向桌上一放，说："碗！"待伊依拿来两只木碗后，李白打开葫芦盖，往两只碗里倒满酒，然后又从布包中拿出一个纸包，打开来，伊依发现里面竟放着切好的熟肉，香味扑鼻，不由得拿起一块嚼了起来。

大牙只是站在两三米远处静静地看着他们。有前几次的经验，它知道他们俩又要谈诗了。对这种谈话，它既无兴趣，也没资格参与。

"好吃，"伊依赞许地点点头，"这牛肉也是纯能转化的？"

"不，我早就回归自然了。你可能没听说过，在距这里很遥远

77

的一个牧场，饲养着来自地球的牛群。这牛肉是我亲自做的，用山西平遥牛肉的做法，诀窍是在炖的时候放——"李白凑到伊依耳边神秘地说，"尿碱。"

伊依迷惑不解地看着他。

"哦，就是人类的小便蒸干以后析出的那种白色的东西，能使炖好的肉外观红润，肉质鲜嫩，肥而不腻，瘦而不柴。"

"这尿碱……也不是纯能做出来的?"伊依惊恐地问。

"我说过自己已经回归自然了! 尿碱是我费了好大劲儿从几个人类饲养场收集来的。这是很正宗的民间烹饪技艺，在地球毁灭前就早已失传。"

伊依已经把嘴里的牛肉咽下去了。为了抑制呕吐，他端起了酒碗。

李白指指葫芦说："在我的指导下，吞食帝国已经建起了几个酒厂，能够生产大部分的地球名酒。这是它们酿制的正宗竹叶青，用汾酒浸泡竹叶而成。"

伊依这才发现碗里的酒与前几次李白带来的不同，呈翠绿色，入口后有甜甜的药草味。

"看来，你对人类文化已了如指掌了。"伊依感慨道。

"不仅如此，我还花了大量的时间亲身体验。你知道，吞食帝国很多地区的风景与李白所在的地球极为相似。这两个月来，我浪迹山水之间，饱览美景，月下饮酒，山巅吟诗，还在遍布各地的人类饲养场中有过几次艳遇……"

"那么，现在总能让我看看你的诗作了吧。"

李白呼地放下酒碗，站起身，不安地踱起步来，"是作了一些诗，而且肯定是些让你吃惊的诗，你会看到，我已经是一个很出色的诗人了，甚至比你和你的祖爷爷都出色。但我不想让你看，因为我同样肯定你会认为那些诗没有超越李白，而我……"他抬起头遥望天边落日的余晖，目光中充满了迷离和痛苦，"也这么认为。"

远处的草原上，舞会已经结束，快乐的人们开始享用丰盛的晚餐。一群少女向河边跑来，在岸边的浅水中嬉戏。她们头戴花环，身上披着薄雾一样的轻纱，在暮色中构成一幅醉人的画面。伊依指着距草棚较近的一个少女问李白："她美吗？"

"当然。"李白不解地看着伊依说。

"想象一下，用一把利刃把她切开，取出她的每一个脏器，剜出她的眼球，挖出她的大脑，剔出每一根骨头，把肌肉和脂肪按不同部位和功能分割开来，再把所有的血管和神经分别理成两束，最后在这里铺上一大块白布，把这些东西按解剖学原理分门别类地放好，你还觉得美吗？"

"你怎么在喝酒的时候想到这些？恶心。"李白皱起眉头说。

"怎么会恶心呢？这不正是你所崇拜的技术吗？"

"你到底想说什么？"

"李白眼中的大自然就是你现在看到的河边少女；而同样的大自然在技术的眼中呢，就是那张白布上井然有序但血淋淋的部件。所以，技术是反诗意的。"

"你好像对我有什么建议？"李白理着胡子若有所思地说。

"我仍然不认为你有超越李白的可能，但可以尝试为你指出一个正确的方向：技术的迷雾蒙住了你的双眼，使你看不到自然之美，所以，你首先要做的是把那些超级技术全部忘掉。你既然能够把自己的全部记忆移植到你现在的大脑中，当然也可以删除其中的一部分。"

李白抬头和大牙对视了一眼，两者都哈哈大笑起来。大牙对李白说："尊敬的神，我早就告诉过您，虫虫是多么的狡诈，您稍不留心就会跌入他们设下的陷阱。"

"哈哈哈哈，是狡诈，但也有趣。"李白对大牙说，然后转向伊依，冷笑着说："你真的认为我是来认输的？"

"你没能超越人类诗词艺术的巅峰，这是事实。"

李白突然抬起一只手，指着大河，问："到河边去有几种走法？"

伊依不解地看了李白几秒钟，"好像……只有一种。"

"不，有两种。我还可以向这个方向走，"李白指着与河相反的方向说，"这样一直走，绕吞食帝国的大环一周，再从对岸过河，也能走到这个岸边。我甚至还可以绕银河系一周再回来。对于我们的技术来说，这也易如反掌。技术可以超越一切！我现在已经被逼得要走另一条路了！"

伊依努力想了好半天，终于困惑地摇摇头，"就算是你有神一般的技术，我还是想不出超越李白的另一条路在哪儿。"

李白站起来说："很简单，超越李白的两条路是：一、把超越他的那些诗写出来；二、把所有的诗都写出来！"

伊依显得更糊涂了，但站在一旁的大牙似有所悟。

"我要写出所有的五言和七言诗，这是李白所擅长的；另外我还要写出常见词牌的所有的词！你怎么还不明白？！我要在符合这些格律的诗词中，试遍所有汉字的所有组合！"

"啊，伟大！伟大的工程！"大牙忘形地欢呼起来。

"这很难吗？"伊依傻傻地问。

"当然难，难极了！如果用吞食帝国最大的计算机来进行这样的计算，可能到宇宙末日也完成不了！"

"没那么多吧？"伊依充满疑问地说。

"当然有那么多？"李白得意地点点头，"但使用你们还远未掌握的量子计算技术，就能在可以接受的时间内完成这样的计算。到那时，我就写出了所有的诗词，包括所有以前写过的和所有以后可能写的。特别注意，所有以后可能写的！超越李白的巅峰之作自然包括在内。事实上，我终结了诗词艺术。直到宇宙毁灭，所出现的任何一个诗人，不管他达到了怎样的高度，都不过是个抄袭者，他的作品肯定能在我那巨大的存储器中检索出来。"

大牙突然发出一声低沉的惊叫，看着李白的目光由兴奋变为震惊，"巨大的……存储器？！尊敬的神，您该不是说，要把量子计算机写出的诗都……都存起来吧？"

"写出来就删除有什么意思呢？当然要存起来！这将是我的种族留在这个宇宙中的艺术丰碑之一！"

大牙的目光由震惊变为恐惧，它粗大的双爪前伸，两腿打弯，像要给李白跪下，声音也像要哭出来似的，"使不得，尊敬的神，这使不得啊！"

"是什么把你吓成这样？"伊依抬头惊奇地看着大牙问。

"你个白痴！你不是知道原子弹是原子做的吗？那存储器也是原子做的，它的存储精度最高只能达到原子级别！知道什么是原子级别的存储吗？就是说一个针尖大小的地方，就能存下人类所有的书！不是你们现在那点儿书，是地球被吃掉前上面所有的书！"

"啊，这好像是有可能的，听说一杯水中的原子数比地球上海洋中水的杯数都多。这么说，他写完那些诗后带根针走就行了。"伊依指指李白说。

大牙恼怒已极，来回急走几步，总算挤出了一点儿耐性，"好，好，你说，按神说的那些五言七言诗，还有那些常见的词牌，各写一首，总共有多少字？"

"不多，也就两三千字吧，古典诗词是最精练的艺术。"

"那好，我就让你这个白痴虫虫看看它有多么精练！"大牙说着走到桌前，用爪指着上面的棋盘说，"你们管这种无聊的游戏叫什么？哦，围棋，这上面有多少个交叉点？"

"纵横各 19 行，共 361 个点。"

"很好，每个点上可以放黑子、白子或空着，共三种状态，这样，每一个棋局，就可以看作由三个汉字写成的一首 19 行 361 个字的诗。"

"这比喻很妙。"

"那么，穷尽这三个汉字在这种诗上的所有组合，总共能写出多少首诗呢？让我告诉你：3 的 361 次方首，或者说，嗯，我想想，10 的 172 次方首！"

"这……很多吗？"

"白痴！"大牙第三次骂出这个词，"宇宙中的全部原子只有……啊——"它气恼得说不下去了。

"有多少?"伊依仍是那副傻样。

"只有 10 的 80 次方个！你个白痴虫虫啊——"

直到这时,伊依才表现出了一点儿惊奇,"你是说,如果一个原子存储一首诗,用光宇宙中的所有原子,还存不完他的量子计算机写出的那些诗?"

"差得远呢！差 10 的 92 次方倍呢！再说,一个原子哪能存下一首诗?人类虫虫的存储器,存一首诗用的原子数可能比你们的人口都多。至于我们,用单个原子存储一位二进制还仅处于实验室阶段……唉。"

"使者,在这一点上是你目光短浅了。想象力不足,正是吞食帝国技术进步缓慢的原因之一。"李白笑着说,"使用基于量子多态叠加原理的量子存储器,只用很少量的物质就可以存下那些诗。当然,量子存储不太稳定,为了永久保存那些诗作,还需要与更传统的存储技术结合使用。即使这样,制造存储器需要的物质量也是很少的。"

"是多少?"大牙问,看那样子显然心已提到了嗓子眼儿。

"大约为 10 的 57 次方个原子。微不足道,微不足道。"

"这……这正好是整个太阳系的物质量！"

"是的,包括所有的太阳行星,当然也包括吞食帝国。"

李白最后这句话是轻描淡写地随口而出的,但在伊依听来却像晴天霹雳,不过大牙反倒显得平静下来。长时间受到灾难预感的折磨后,灾难真正来临时,它反而有一种解脱感。

"您不是能把纯能转换成物质吗?"大牙问。

"得到如此巨量的物质需要多少能量你不会不清楚，这对我们也是不可想象的，还是用现成的吧。"

　　"这么说，皇帝的忧虑不无道理。"大牙自语道。

　　"是的是的。"李白欢快地说，"我前天已向吞食皇帝说明，这个伟大的环形帝国将被用于一个更伟大的目的，所有的恐龙应该为此感到自豪。"

　　"尊敬的神，您会看到吞食帝国的感受的。"大牙阴沉地说，"还有一个问题：与太阳相比，吞食帝国的质量实在是微不足道。为了得到这九牛之一毛的物质，有必要毁灭一个进化了几千万年的文明吗？"

　　"你的这个疑问我完全理解。但要知道，熄灭、冷却和拆解太阳是需要很长时间的，在这之前对诗的量子计算就已经开始了，我们需要及时地把结果存起来，清空量子计算机的内存以继续计算。这样，可以立即用于制造存储器的行星和吞食帝国的物质就是必不可少的了。"

　　"明白了，尊敬的神。最后一个问题：有必要把所有的组合结果都存起来吗？为什么不能在输出端加一个判断程序，把那些不值得存储的诗作剔除掉？据我所知，中国古诗是要遵从严格的格律的。如果把不符合格律的诗去掉，那最后的总量将大为减少。"

　　"格律？哼，"李白不屑地摇摇头，"那不过是对灵感的束缚。中国南北朝以前的古体诗并不受格律的限制，即使是在唐代以后严格的近体诗中，也有许多古典诗词大师不遵从格律，写出了大量卓越的变体诗。所以，在这次终极吟诗中，我将不考虑格律。"

　　"那您总该考虑诗的内容吧？最后的计算结果中，肯定有百

84

分之九十九的诗是毫无意义的，存下这些随机的汉字矩阵有什么用？"

"意义？"李白耸耸肩说，"使者，诗的意义并不取决于你的认可，也不取决于我或其他任何人——它取决于时间。许多在当时毫无意义的诗后来成了旷世杰作，而现今和以后的许多杰作在遥远的过去肯定也曾是毫无意义的。我要作出所有的诗，亿亿亿万年之后，谁知道伟大的时间会把其中的哪首选为巅峰之作呢？"

"这简直荒唐！"大牙大叫起来，它那粗嘎的嗓音惊起了远处草丛中的几只鸟，"如果按现有的人类虫虫的汉字字库，您的量子计算机写出的第一首诗应该是这样的：

啊啊啊啊啊

啊啊啊啊啊

啊啊啊啊啊

啊啊啊啊唉

"请问，伟大的时间会把这首选为杰作？！"

一直不说话的伊依这时欢叫起来："哇！还用什么伟大的时间来选？！它现在就是一首巅峰之作耶！前三行和第四行的前四个字都是表达生命对宏伟宇宙的惊叹；最后一个字是诗眼，是诗人在领略了宇宙之浩渺后，对生命在无限时空中的渺小发出的一声无奈的叹息。"

"呵呵呵呵呵。"李白抚着胡须乐得合不上嘴，"好诗，伊依虫虫，真的是好诗。呵呵呵……"说着拿起葫芦给伊依倒酒。

大牙挥起巨爪，一巴掌把伊依打了老远，"混账虫虫！我知道你现在高兴了，可不要忘记，吞食帝国一旦毁灭，你们也活不了！"

伊依一直滚到河边，好半天才爬起来。他满脸沙土，咧大了嘴，不顾疼痛地大笑起来，"哈哈有趣，这个宇宙真他妈妈的不可思议！"他忘形地喊道。

"使者，还有问题吗？"看到大牙摇头，李白接着说，"那么，我在明天就要离去。后天，量子计算机将启动作诗软件，终极吟诗将开始，同时，熄灭太阳，拆解行星和吞食帝国的工程也将启动。"

"尊敬的神，吞食帝国在今天夜里就能做好战斗准备！"大牙立正后庄严地说。

"好好，真是很好，往后的日子会很有趣的。但这一切发生之前，还是让我们喝完这一壶吧。"李白快乐地点点头说，同时拿起了酒葫芦。倒完酒，他看着已笼罩在夜幕中的大河，意犹未尽地回味着，"真是一首好诗。第一首，呵呵，第一首就是好诗。"

3. 终极吟诗

吟诗软件其实十分简单，用人类的 C 语言表达可能不超过2000 行代码，另外再加一个存储所有汉字字符的不大的数据库。当这个软件在位于海王星轨道上的那台量子计算机（一个飘浮在太空中的巨大透明锥体）上启动时，终极吟诗就开始了。

这时吞食帝国才知道，李白只是超级文明种族中的一个个体。这与以前预想的不同，当时恐龙们都认为，进化到这样技术级别的社会在意识上早就融为一个整体了，吞食帝国在过去 1000 万年中遇到的五个超级文明都是这种形态。但李白一族保持了个体的存在，这也部分解释了他们对艺术超常的理解力。当吟诗开始时，李白一族又有大量的个体从外太空的各个方位跃迁到太阳系，开始了制造存储器的工程。

吞食帝国上的人类看不到太空中的量子计算机，也看不到新来的神族。在他们看来，终极吟诗的过程，就是太空中太阳数目的增减过程。

在吟诗软件启动一个星期后，神族成功地熄灭了太阳。这时，太空中太阳的数目减到零，但太阳内部核聚变的停止使恒星的外壳失去了支撑，很快坍缩成一颗超新星，于是暗夜很快又被照亮，只是这颗太阳的亮度是以前的上百倍，使吞食帝国表面草木生烟。超新星又被熄灭了，但过一段时间后又爆发了，就这样亮了又灭，灭了又亮，仿佛太阳是一只九条命的猫，在没完没了地挣扎。但神族对于杀死恒星其实很熟练，他们从容不迫地一次次熄灭超新星，使它的物质最大比例地聚变为制造存储器所需的重元素。当第十一次超新星熄灭后，太阳才真正咽了气。这时，终极吟诗已经开始了三个地球月。早在此之前，在第三次超新星出现时，太空中就有其他的太阳出现，这些太阳在太空中的不同位置此起彼伏地亮起或熄灭，最多时，天空中出现过九个新太阳。这些太阳是神族在拆解行星时释放的能量，由于后来恒星太阳的闪烁已变得暗弱，人们就分不清这些太阳的真假了。

对吞食帝国的拆解是在吟诗开始后第五个星期进行的。这之前，李白曾向帝国提出了一个建议：由神族将所有恐龙跃迁到银河系另一端的一个世界。那里有一个文明，比神族落后许多，仍未纯能化，但比吞食文明要先进得多。恐龙们到那里后，将作为一种小家禽被饲养，过上衣食无忧的快乐生活。但恐龙们宁为玉碎不为瓦全，愤怒地拒绝了这个提议。

李白接着提出了另一个要求：让人类活下来，并返回他们的母亲星球。其实，地球也被拆解了，它的大部分用于制造存储器，但神族还是剩下了其中的一小部分物质为人类建造了一个空心地球。空心地球的大小与原地球差不多，但其质量仅为后者的百分之一。说地球被掏空了是不确切的，因为原地球表面那层脆弱的岩石根本不可能用来做球壳。球壳的材料可能取自地核，另外球壳上像经纬线般交错的、虽然很细但强度极高的加固圈，是用太阳坍缩时产生的简并态中子物质制造的。

令人感动的是，吞食帝国不但立即答应了李白的要求，允许所有人类离开大环世界，还把从地球掠夺来的海水和空气全部还给了人类，神族借此在空心地球内部恢复了原地球的大陆、海洋和大气层。

接着，惨烈的大环保卫战开始了。吞食帝国向太空中的神族目标发射大批核弹和伽马射线激光，但这些对敌人毫无作用。在神族发射的一个无形的强大力场推动下，吞食者大环越转越快，最后在超速自转产生的离心力下解体了。这时，伊依正在飞向空心地球的途中。他从1200万公里之外目睹了吞食帝国毁灭的全过程：

大环解体的过程很慢，如同梦幻。在漆黑太空的背景上，这个巨大的世界如同一团浮在咖啡上的奶沫一样散开。边缘的碎块渐渐隐没于黑暗之中，仿佛被太空溶解了，只有不时出现的爆炸的闪光才使它们重新现形。

这个充满阳刚之气的伟大文明就这样被毁灭了，伊依悲哀万分。只有一小部分恐龙活了下来，与人类一起回归地球，其中包括使者大牙。

在返回地球的途中，人类普遍都很沮丧，但原因与伊依不同——回到地球后是要开荒种地才有饭吃的，这对于已在长期被饲养的生活中变得四肢不勤、五谷不分的人类来说，简直像一场噩梦。

但伊依对地球世界的前途满怀信心，不管前面有多少磨难，人将重新成为人。

4. 诗云

吟诗航行的游艇到达了南极海岸。

这里的重力已经很小，海浪的运行十分缓慢，像是一种描述梦幻的舞蹈。在低重力下，拍岸浪把水花儿送上十几米高处，飞上半空的海水由于表面张力而形成无数水球，大的像足球，小的如雨滴。这些水球下落缓慢，慢到可以用手在它们周围画圈。它们折射着小太阳的光芒，使上岸后的伊依、李白和大牙置身于一片晶莹灿烂之中。低重力下的雪也很奇特，呈蓬松的泡沫状，浅处齐腰深，深处能把大牙都淹没。但在被淹没后，他们竟能在雪沫中正常呼吸！整个南极大陆就覆盖在这雪沫之下，起伏不平，一片雪白。

伊依一行乘一辆雪地车前往南极点。雪地车像是一艘掠过雪沫表面的快艇，在两侧激起片片雪浪。

第二天，他们到达了南极点。极点的标志是一座高大的水晶金字塔，这是为纪念两个世纪前的地球保卫战而建造的纪念碑，上面没有任何文字和图形，只有晶莹的碑体在地球顶端的雪沫之上默默地折射着阳光。

从这里看去，整个地球世界尽收眼底。光芒四射的小太阳周围，围绕着大陆和海洋，使它看上去仿佛是从北冰洋中浮出来似的。

"这个小太阳真的能够永远亮着吗？"伊依问李白。

"至少能亮到新的地球文明进化到能制造新太阳之时。它是一个微型白洞。"

"白洞？是黑洞的反演吗？"大牙问。

"是的，它通过空间虫洞与 200 万光年外的一个黑洞相连。那个黑洞围绕着一颗恒星运行，它吸入的恒星的光从这里被释放出来，可以把它看作一根超时空光纤的出口。"

纪念碑的塔尖是拉格朗日轴线的南起点，这是指连接空心地球南北两极的轴线，因战前地月之间的零重力拉格朗日点而得名，是一条长 1.3 万公里的零重力轴线。以后，人类肯定要在拉格朗日轴线上发射各种卫星。比起战前的地球来，这种发射易如反掌——只需把卫星运到南极点或北极点，愿意的话用驴车运都行，然后用脚把它向空中踹出去就行了。

就在他们观看纪念碑时，又有一辆较大的雪地车载来了一群年轻的旅行者。这些人下车后双腿一弹，径直跃向空中，沿拉格朗日轴线高高飞去，把自己变成了卫星。从这里看去，有许多小黑点在空中标出了轴线的位置，那都是在零重力轴线上飘浮的游客和各种车辆。本来从这里可以直接飞到北极，但小太阳位于拉格朗日轴线中部，最初有些沿轴线飞行的游客因随身携带的小型喷气推进器坏了，无法减速，只能朝太阳飞去。不过，在距小太阳很远的距离上，他们就被蒸发了。

在空心地球，进入太空也是一件很容易的事，只需要跳进赤道上的五口深井（名叫地门）中的一口，向下坠落 100 公里，穿过地壳，就被空心地球自转的离心力抛进太空了。

现在，伊依一行为了看诗云也要穿过地壳，但他们走的是南极的地门，在这里，地球自转的离心力为零，所以不会被抛入太空，只能到达空心地球的外表面。他们在南极地门控制站穿好轻便太空服后，就进入了那条长 100 公里的深井，由于没有重力，叫它隧道更合适一些。在失重状态下，他们借助太空服上的喷气推进器前进，这比在赤道的地门中坠落要慢得多，用了半个小时才来到外表面。

空心地球外表面十分荒凉，只有纵横的中子材料加固圈。这些加固圈把地球外表面按经纬线划分成许多个方格，南极点正是所有经线加固圈的交点。当伊依一行走出地门后，发现自己身处一个面积不大的高原上，地球加固圈像一道道漫长的山脉，以高原为中心呈放射状朝各个方向延伸。

抬头，他们看到了诗云。

诗云处于已消失的太阳系所在的位置，是一片直径为 100 个天文单位的旋涡状星云，形状很像银河系。空心地球处于诗云边缘，与原来太阳在银河系中的位置很相似。不同的是，地球的轨道与诗云不在同一平面，这就使得从地球上可以看到诗云的侧面，而不是像银河系那样只能看到截面。但地球离开诗云平面的距离还远不足以使这里的人们观察到诗云的完整形状——事实上，南半球的整个天空都被诗云所覆盖。

诗云发出银色的光芒，能在地上投下人影。据说诗云本身是不发光的，这银光是宇宙射线激发出来的。由于宇宙射线密度不均，诗云中常涌动着大团的光晕，那些色彩各异的光晕滚过长空，好像是潜行在诗云中的发光巨鲸。也有很少的时候，宇宙射线的强度急剧增加，在诗云中激发出粼粼的光斑。这时的诗云已完全不像云了，整个天空仿佛是在月夜从水下看到的海面。地球与诗云的运行并不是同步的，所以有时地球会处于旋臂间的空隙上，这时，透过空隙可以看到夜空和星星。最为激动人心的是，在旋臂的边缘还可以看到诗云的断面形状，它很像地球大气中的积雨云，变幻出各种宏伟的让人浮想联翩的形体。这些巨大的形体高高地升出诗云的旋转平面，发出幽幽的银光，仿佛是一个超级意识里没完没了的梦境。

伊依把目光从诗云收回，从地上拾起一块晶片。这种晶片散布在他们周围的地面上，像严冬的碎冰般闪闪发亮。伊依举起晶片，对着诗云密布的天空。晶片很薄，有半个手掌大小，正面看全透明，但把它稍斜一下，就会看到诗云的亮光在它表面映出的霓彩光晕。这就是量子存储器，人类历史上产生的全部文字信息，也只能占一块晶片存储量的几亿分之一。诗云就是由 10 的 40 次方片这样的存储器组成的，它们存储了终极吟诗的全部结果。这片诗云，是用原来构成太阳和它的九大行星的全部物质所制造，当然也包括吞食帝国。

"真是伟大的艺术品！"大牙由衷地赞叹道。

"是的，它的美在于其内涵——一片直径 100 亿公里、包含着全部可能的诗词的星云，这太伟大了！"伊依仰望着星云激动地说，"我也开始崇拜技术了。"

一直情绪低落的李白长叹一声，"唉，看来我们都在走向对方。我看到了技术在艺术上的极限，我……"他抽泣起来，"我是个失败者，呜呜……"

"你怎么能这样讲呢？！"伊依指着上空的诗云说，"这里面包含了所有可能的诗，当然也包括那些超越李白的诗！"

"可我却得不到它们！"李白一跺脚，飞起了几米高，又在地壳那十分微小的重力下缓缓下落，"在终极吟诗开始时，我就着手编制诗词识别软件，但技术在艺术中再次遇到了不可逾越的障碍。到现在，具备古诗鉴赏力的软件还没能编出来。"他在半空中指指诗云，"不错，借助伟大的技术，我写出了诗词的巅峰之作，却不可能把它们从诗云中检索出来，唉……"

"智慧生命的精华和本质，真的是技术所无法触及的吗？"大牙仰头对着诗云大声问。经历过这一切，它变得越来越哲学了。

"既然诗云中包含了所有可能的诗，那其中自然有一部分诗，是描写我们全部的过去和所有可能与不可能的未来的。伊依虫虫肯定能找到一首诗，描述他在三十年前的一天晚上剪指甲时的感受，或十二年后的一顿午餐的菜谱；大牙使者也可以找到一首诗，描述它的腿上的一块鳞片在五年后的颜色……"说着，已重新落回地面的李白拿出了两块晶片，它们在诗云的照耀下闪闪发光，"这是我临走前送给二位的礼物——量子计算机以你们的名字为关键词，从诗云中检索出了几亿亿首与二位有关的诗。这些诗描述了你们在未来各种可能的生活，现在它们都在这里了，当然，在诗云中，这也只占描写你们的诗作的极小一部分。我只看过其中的几十首，最喜欢的是关于伊依虫虫的一首七律，描写他与一位美丽的村姑在江边相爱的情景……我走后，希望人类和剩下的恐龙好好相处，人类之间更要好好相处。要是空心地球的球壳被核弹炸个洞，可就麻烦了……"

"我和那位村姑后来怎样了？"伊依好奇地问。

在诗云的银光下，李白嘻嘻一笑，"你们幸福地生活在一起。"

宇宙坍缩——光年尺度下的思考

坍缩将在凌晨 1 时 24 分 17 秒发生。

对坍缩的观测将在国家天文台最大的观测厅进行。这个观测厅接收在同步轨道上运行的太空望远镜发回的图像，并把它投射到一块篮球场大小的巨型屏幕上。现在，屏幕上还是空白。到场的人并不多，都是理论物理学、天体物理学和宇宙学的权威。对即将到来的这一时刻，他们是这个世界上少数真正能理解其含义的人。此时他们静静地坐着，等着那一时刻，就像刚刚用泥土做成的亚当、夏娃等着上帝那一口生命之气一样。只有天文台的台长在焦躁地来回踱着步。巨型屏幕出了故障，而负责维修的工程师到现在还没来，如果她来不了的话，来自太空望远镜的图像就只能在小屏幕上显示，那这一伟大时刻的气氛就差多了。

丁仪教授走进了大厅。

科学家们都提前变活了，一齐站了起来。除了半径为 150 亿光年的宇宙，能让他们感到敬畏的就是这个人了。

丁仪同往常一样目空一切，没有同任何人打招呼，也没有坐到那把为他准备的大而舒适的椅子上去，而是信步走到大厅的一角，欣赏起放在玻璃柜中的一只大陶土盘来。这只陶土盘是天文台的镇台之宝，是价值连城的西周时代的文物，上面刻着几千年前已化为尘土的眼睛所看到的夏夜星图。这只陶土盘经历了沧海桑田，已到了崩散的边缘，上面的星图模糊不清，但大厅外面的星空却丝毫没变。

丁仪掏出一个大烟斗，向一只上衣口袋里挖了一下，挖出了满满一斗烟丝，然后旁若无人地点上烟斗抽了起来。大家都很惊诧，因为他有严重的气管炎，以前是不抽烟的，别人也不敢在他面前抽烟。再说，观测大厅里严禁吸烟，而那个大烟斗产生的烟雾比十支香烟都多。

但丁教授是有资格做任何事情的。他创立了统一场论，实现了爱因斯坦的梦想。他的理论对宇宙大尺度空间所做的一系列预言都得到了实际观测的精确证实。后来，使用统一场论的数学模型，上百台巨型计算机不间断地运行了三年，得出了令人难以置信的结论：已膨胀了150亿年的宇宙将在两年后转为坍缩。

现在，这两年时间只剩不到一个小时了。白色的烟雾在丁仪的头上聚集盘旋，形成梦幻般的图案，仿佛是他那不可思议的思想从大脑中飘出……

台长小心翼翼地走到丁仪身边，说："丁老，今天省长要来，请到他不容易，请您一定给省长说说，请他给我们多少拨一些钱。本来不该因这些事使您分心的，但台里的经费状况已到了山穷水尽的地步，国家今年不可能再给钱，只能向省里要了。我们是国内主要的宇宙观测基地，可您看我们到了什么地步，连射电望远镜的电费都拿不出来。现在，我们已经开始打它的主意了……"台长指了指丁仪正欣赏的古老星图盘，"要不是有文物法，我们早就卖掉它了！"

这时，省长同两名随行人员一起走进了大厅，他们的脸上显出疲惫的神色，把一缕尘世的气息带进这超凡脱俗的地方："对不起。哦，丁老您好，大家好。对不起，来晚了。今天是连续暴雨后的第一个晴天，洪水形势很紧张，长江已接近1954年的最高水位了。"

台长激动地说了许多欢迎的话，然后把省长领到丁仪面前，"下面，请丁老为您介绍一下宇宙坍缩的概念……"同时他向丁仪递了个眼色，"这样好不好，我先说说自己对这个概念的理解，然后请丁老和各位科学家指正。首先，哈勃发现了宇宙的红移现象——是哪一年我记不清了，我们所能观测到的所有星系的光谱都向红端移动，根据开普勒效应，这表明所有的星系都在离我们远去。由此现象，我们可以得出结论：宇宙在膨胀。由此又得出结论：宇宙是在150亿年前的一次大爆炸中诞生的。如果宇宙的总质量小于某一数值，宇宙将永远膨胀下去；如果总质量大于某一数值，则万有引力将逐渐使膨胀减速、停止，之后，宇宙将在引力作用下走向坍缩。以前宇宙中所能观测到的物质总量使人们倾向于第一个结论，但后来发现中微子具有质量，并且在宇宙中发现了大量以前没有观测到的暗物质，这使宇宙的总质量大大增加，人们又转向了后一个结论，认为宇宙的膨胀将逐渐减慢，最后转为坍缩——宇宙中的所有星系将向一个引力中心聚集。这时，同样由于开普勒效应，在我们眼中，所有星系的光谱将向蓝端移动，即蓝移。而丁老的统一场论计算出了宇宙由膨胀转为坍缩的精确时间。"

"他说得基本正确。"丁仪慢慢地把烟灰磕到干净的地毯上。

"对，对，如果丁老都这么认为……"台长高兴得眉飞色舞。

"正确到足以显示他的肤浅。"丁仪又从上衣口袋挖出一斗烟丝。

台长的表情凝固了，科学家那边传来了低低的讥笑声。

省长宽容地笑了笑："我也是学物理的，但毕业后这三十年，我都差不多忘光了。同在场的各位相比，我的物理学和宇宙学知识，怕是连肤浅都达不到。唉，我现在只记得牛顿三定律了。"

"但离理解它还差得很远。"丁仪点上了新装的烟丝。

台长哭笑不得地摇摇头。

"丁老，我们生活在两个完全不同的世界里。"省长感慨地说，"我的世界是现实的、无诗意的、烦琐的，我们整天像蚂蚁一样忙碌，目光也像蚂蚁一样狭窄。有时深夜从办公室里出来，抬头看看星空，已是难得的奢侈了。而您的世界充满着空灵与玄妙，您的思想跨越上百亿光年的空间和上百亿年的时间，地球对于您只是宇宙中的一粒灰尘，现世对于您只是永恒中短得无法测量的一瞬，整个宇宙似乎都是为了满足您的好奇心而存在的。说句真心话，丁老，我真有些嫉妒您。我年轻时也做过那样的梦，但进入您的世界太难了。"

"但今天晚上并不难。您至少可以在丁老的世界中待一会儿，一起目睹这个宇宙最伟大的一瞬间。"台长说。

"我没有这么幸运。各位，很对不起，长江大堤已出现多处险情，我得马上赶到防总去。在走之前，我还有两个问题想请教丁老，这些问题在您看来可能幼稚可笑，但我苦想了很长时间也没有弄明白。第一个问题，坍缩的标志是宇宙由红移转为蓝移，我们将看到所有星系的光谱同时向蓝端移动。但目前能观测到的最远的星系距我们100多亿光年，按您的计算，宇宙将在同一时刻坍缩，那样的话，我们要过100多亿年才能看到这些星系的蓝移出现。即使最近的半人马座，也要在四年之后才能看到它的蓝移。"

丁仪缓缓地吐出一口烟雾，那烟雾在空中飘浮，像微缩的旋涡星系："很好，你能想到这一点，有点像一个物理系的学生了，尽管仍是一个肤浅的学生。是的，我们将同时看到宇宙中所有星系光谱的蓝移，而不是在从4年到100亿年的时间上依次看到。这源于宇宙大尺度范围内的量子效应，它的数学模型很复杂，是物理学和宇宙学中最难表述的概念，没指望您能理解。但由此你已得到第一个启示，它提醒您，宇宙坍缩产生的效应远比人们想象的复杂。你还有问题吗？哦，你没有必要马上走，你要去处理的事情并不像你想象的那样紧迫。"

"同您的整个宇宙相比，长江的洪水当然微不足道了。但丁老，神秘的宇宙固然令人神往，但现实生活也还是要过的。谢谢丁老的教诲，祝各位今晚看到你们想看的。"

"你不明白我的意思，"丁仪说，"现在长江大堤上一定有很多人在抗洪。"

"但我有我的责任，丁老，我必须回去。"

"你还是不明白我的意思，我是说大堤上的人们一定很累了，你可以让他们也离开。"

所有的人都惊呆了。

"什么……离开？干什么，看宇宙坍缩吗？"

"如果他们对此不感兴趣，可以回家睡觉。"

"丁老，您真会开玩笑！"

"我是认真的，他们干的事已没有意义。"

"为什么？"

"因为坍缩。"

沉默了好长时间，省长指了指大厅一角陈列的那只古老星图盘说："丁老，宇宙一直在膨胀，但从上古时代到今天，我们所看到的宇宙没有什么变化。坍缩也一样，人类的时空同宇宙时空相比，渺小到可以忽略不计。除了纯理论的意义外，我不认为坍缩会对人类生活产生任何影响。甚至，我们可能在一亿年之后都不会观测到坍缩使星系产生的微小位移，如果那时还有我们的话。"

"15亿年。"丁仪说，"如果用我们目前最精密的仪器，15亿年后我们才能观测到这种位移。"

"而宇宙完全坍缩要100多亿年。所以，人类是宇宙这棵大树上的一滴小露珠，在它短暂的寿命中，是绝对感觉不到大树的成长的。您总不至于同意互联网上那些可笑的谣言，说地球会被坍缩挤扁吧？"

这时，一位年轻姑娘走了进来，脸色苍白，目光黯淡。她就是负责巨型显示屏的工程师。

"小张，你也太不像话了！你知道这是什么时候？！"台长气急败坏地冲她喊道。

"我父亲刚在医院里去世……"

台长的怒气立刻消失了:"真对不起,我不知道,可你看……"

工程师没再说什么,只是默默地走到大屏幕的控制计算机前,开始埋头检查故障。丁仪叼着烟斗慢慢走了过去。

"哦,姑娘,如果你真正了解宇宙坍缩的含义,你父亲的死就不会让你这么悲伤了。"

丁仪的话激怒了在场的所有人。工程师猛地站起来,她苍白的脸由于愤怒而涨红,双眼充满泪水。

"您不是这个世界上的人!也许,同您的宇宙相比,父亲不算什么,但父亲对我重要,对我们这些普通人重要!而您的坍缩,不过是夜空中那弱得不能再弱的光线频率的一点点变化而已。这变化,甚至那光线,如果不是由精密仪器放大上万倍,谁都看不到!坍缩是什么?对普通人来说什么都不是!宇宙膨胀或坍缩,对我们有什么区别?但父亲对我们是重要的,您明白吗?!"

当工程师意识到自己是在向谁发火时,她克制了自己,转身继续工作。

丁仪叹息着摇摇头,对省长说:"是的,如你所说,两个世界。我们的世界——"他挥手指指物理学家们,"小的尺度是亿亿分之一毫米,"又指指宇宙学家们,"大的尺度是百亿光年,这是一个只能用想象来把握的世界。而你们的世界,有长江的洪水,有紧张的预算,有逝去的和还活着的父亲……一个实实在在的世界。但可悲的是,人们总要把这两个世界分开。"

"可您看到它们是分开的。"省长说。

"不!基本粒子虽小,却组成了我们;宇宙虽大,我们却身在其中。微观和宏观世界的每一个变化都牵动着我们的一切。"

丁仪说完，突然大笑起来。这笑除了神经质外，还包含着一种神秘的东西，让人毛骨悚然。

"好吧，物理系的学生，请背诵你所记住的时间、空间和物质的关系。"

省长像小学生那样顺从地背了起来："由相对论和量子力学所构成的现代物理学已证明，时间和空间不能离开物质而独立存在。没有绝对时空。时间、空间和物质世界是融为一体的。"

"很好，但有谁真正理解呢？你吗？"丁仪问省长，然后转向台长，"你吗？"转向埋头工作的工程师，"你吗？"又转向大厅中的其他技术人员，"你们吗？"最后转向科学家们，"你们？不，你们都不理解。你们仍按绝对时空来思考宇宙，就像脚踏大地一样自然。绝对时空就是你们思想的大地，离开它，你们对一切都无从把握。谈到宇宙的膨胀和坍缩，你们认为那只是太空中的星系在绝对的时间空间中散开和汇聚。"他说着，踱到那个玻璃陈列柜前，伸手打开柜门，把那只珍贵的星图盘拿了出来，放在手上抚摸着，欣赏着。台长万分担心地抬起两只手在星图盘下护着。这件宝物放在那儿二十多年，还没有人敢动一下。台长焦急地等着丁仪把星图盘放回原位，但他没有，而是一抬手，把星图盘扔了出去！

价值连城的古老珍宝，在地毯上碎成了无数陶土块。

空气凝固了，大家呆若木鸡，只有丁仪还在悠然地踱着步，成为这僵固的世界中唯一活动的东西，他的话音仍不间断地响着。

"时空和物质是不可分的，宇宙的膨胀和坍缩包括整个时空。是的，朋友们，包括整个时间和空间！"

又响起了一声脆响，这是一只玻璃水杯从一名物理学家手中掉下去的声音。物理学家并不是吃惊于那个星图盘的摔碎，否则杯子早就掉了。其他物理学家和宇宙学家们陷入震惊之中，引起他们震惊的原因是丁仪话中的含义。

"您是说……"一名宇宙学家死死地盯着丁仪，话卡在喉咙里说不出来。

"是的。"丁仪点点头，然后对省长说，"他们明白了。"

"那么，这就是统一场数学模型的计算结果中那个负时间参量的含义？"一名物理学家恍然大悟地说。丁仪点点头。

"为什么不早些把它公布于世？您太不负责任了！"另一名物理学家愤怒地说。

"有什么用？只能引起全世界范围的混乱。对时空，我们能做些什么？"

"你们都在说些什么？"省长一头雾水地问。

"坍缩……"台长——同时是一名天体物理学家，做梦似的喃喃地说，"宇宙坍缩会对人类产生影响，是吗？"

"影响？不，它将改变一切。"

"能改变什么呢？"

科学家们都在匆匆整理思绪，没人回答他。

"你们就告诉我，坍缩时，或宇宙蓝移开始时，会发生什么？"省长着急地问。

"时间将反演。"丁仪回答。

"……反演？"省长迷惑地望望台长，又望望丁仪。

"时光倒流。"台长简短地解释。

巨型屏幕这时修好了，壮丽的宇宙出现在大家面前。为了使坦缩的出现更为直观，太空望远镜发回的图像由计算机进行了处理，所有的恒星和星系发出的光都呈红色，象征着目前膨胀中的宇宙的红移。当坦缩开始时，它们将同时变为蓝色，屏幕的一角显示着蓝移出现的倒计时：一百五十秒。

"我们的时间随宇宙膨胀了一百多亿年，但现在，这膨胀的时间只剩不到三分钟了。之后，时间将随宇宙坦缩而倒流。"丁仪走到木然的台长面前，指指摔碎的星图盘，"不必为这件古物而痛心，蓝移出现后不久，碎片就会重新复原，它会回到陈列柜中去；多少年以后，回到土中深埋；再过更长的时间，它将回到燃烧的窑中，然后作为一团潮泥回到那位上古天文学家的手中……"他走到那位年轻的女工程师身边，"也不要为你的父亲悲伤，他将很快复活，你们很快就会见面。如果父亲对你很重要，你应该感到安慰，因为在坦缩的宇宙中，他比你长寿，他将看着你作为婴儿离开这个世界。是的，我们这些老人都是刚刚踏上人生旅途，而你们年轻人则已近暮年，或是幼年。"他又走到省长面前，"如果长江的洪水过去没有在你的任期内越出江堤，那未来也永远不会，因为坦缩宇宙中的未来就是膨胀宇宙中的过去。最大的险情要到1954年才会出现，但那时你的生命已接近幼年，那不是你的责任了。我们所知道的时间只剩下一分钟了，现在无论做什么，都不会对将来产生后果。大家可以做各自喜欢的事情而不必顾虑将来。在这个时间里，已经没有将来了。至于我，我现在只是干我喜欢、但以前由于气管炎而不能干的一件小事。"丁仪又用大烟斗从口袋里挖了一锅烟丝点上，悠然地抽了起来。

蓝移倒计时五十秒。

"这不可能！"省长叫道，"从逻辑上这说不通，时间反演？一切都将反过来进行，难道我们倒着说话吗？这太难以想象了！"

"你会适应的。"

蓝移倒计时四十秒。

"也就是说，以后的一切都是重复？那历史和人生将变得多么乏味！"

"不会的，你将在另一个时间里。现在的过去将是你的未来，我们现在就在蓝移发生时的未来里。你不可能记住未来。蓝移开始时，你的未来一片空白。对它，你什么都不记得，什么都不知道。"

蓝移倒计时二十秒。

"这不可能！"

"你将会发现，从老年走向幼年、从成熟走向幼稚是多么合理，多么理所当然。如果有人谈起时间还有另一个流向，你会认为他是痴人说梦。快了，还有十几秒。十几秒后，宇宙将通过一个时间奇点。在那一点，时间不存在。然后，我们将进入坍缩宇宙。"

蓝移倒计时八秒。

"这不可能！真的不可能！"

"没关系，六秒钟后你就会知道的。"

蓝移倒计时五秒，四，三，二，一，〇。

宇宙由使人烦躁的红色变为空洞的白色……

……时间奇点……

……宇宙变为宁静美丽的蓝色，蓝移开始了，坍缩开始了。

……

了始开缩坍，了始开移蓝，色蓝的丽美静宁为变宙宇……

……点奇间时……

……色白的洞空为变色红的躁烦人使由宙宇

○，一，二，三，四，秒五时计倒移蓝

……

透明脑——私密空间不容窥探

前总统卡米·吉特为首的七人团到达关塔那摩监狱后，先在监狱长的陪同下匆匆参观了一番。他们此番并非冲着虐囚丑闻来的，而是应军方邀请，来对一项重大技术做出裁决——不是技术上的，而是道德上的裁决。所以七人团成员都是社会上重量级的人物，除了一位前总统，还有一位前国务卿舒尔茨，两位参议员布雷德利和麦克莱恩，一位众议员兼众议院道德委员会主席佐利克，一位获诺贝尔奖的作家贝尔，和一位同样获诺贝尔奖的物理学家钱德尔曼。

这座所谓的"临时"监狱至今仍关押着650名囚犯，大多已经关押数年了，都是恐怖分子嫌犯。他们被关押在单人牢房中，牢房中只有简单的床具，而且与墙壁紧紧相连（以免犯人用做武器）。囚犯中显然有不少死硬分子，看见参观团时脸色阴沉，满怀敌意，有人怒气冲冲地向外面啐着。七人团还看见了两个正在押解途中的犯人，据监狱长说一会儿的裁决会要用上他俩。押运工作戒备

107

森严，犯人平躺在特制的两轮小推车上，用铁链锁得紧紧的，小车由两位高大雄壮的军人前后推拉。

吉特看见这一幕，与团员们相视苦笑。他是关塔那摩监狱直言不讳的反对者，一直呼吁关闭它——"如果我还是总统，我肯定会把它关掉，不是明天，而是今天早上。"但吉特也知道，为了对付席卷全球的恐怖浪潮，美国政府有很多难言的苦衷，干了很多不得不干的事，备受舆论攻击的这座监狱即是一例。

参观之后，裁决会开始了。军方的主持人是怀特将军，满头白发，精明强干。他笑着说："开会之前，首先请各位先生忘掉菲利普·迪克的科幻小说，忘掉心灵感应、思维传输之类的玩意儿。那是科幻，而今天你们将听到的是实实在在的技术，虽然这种技术比较超前，多少带着点科幻性质。各位做好心理准备了吗？"

吉特微笑着回答："做好了。你们可以开始了。"

主讲人罗森鲍姆走上讲台。他是一位神经生理学家，40岁左右，穿便服，亚麻色头发，中等个子，长着一副娃娃脸，笑容明朗灿烂。他借助于投影仪，简略清晰地介绍了这项被称为"透明脑"的技术。

他说，这项研究原先并非军事项目，也不是美国科学家搞成的。率先实现突破的是德国伯恩斯坦计算神经学中心，项目领导人是约翰－迪伦·海恩斯。这些德国人通过一台个人电脑、一台核磁共振成像仪和一套思维解读软件，可以把人或动物的大脑变得透明。因为当一个人去"想"某种具体的事物时，大脑不同区域就会发亮，核磁共振成像仪可以"读出"大脑各区域的活动状况。再通过解读软件的解读，就能判断出这个人（或动物）想的是什么。"这项技术成就简直不可思议，所谓眼见为实，下面我会为各位先生做几个简单实验，使你们有一个直观的印象。"

他的助手已经准备好了第一个实验。三只小白鼠头上戴着与成像仪相连的头盔，囚在一个笼子里。笼子周围是等距离的七个小洞，洞口的颜色各自不同。罗森鲍姆解释说："七个洞口中只有一个通向美味的奶酪，但究竟是哪一个则是随机的。所以，小白鼠已经学会随机地选取一个洞口进去，而我们借助透明脑技术，可以在它们行动之前就探知它们的选择。"

囚笼打开了，三只小白鼠闻着美味的奶酪，在几个洞口前犹豫着，逡巡着。片刻后，屏幕上打出了它们的选择：一号白鼠将要进黄门，二号——红门，三号——紫门。果然，几乎在屏幕显示的同时，三只白鼠准确地走进各自在"大脑"中选定的洞口。

七位仲裁员赞赏地点头，两位参议员多少有些怀疑。罗森鲍姆笑着说："这项技术是不是很神奇？也许还有某一位心存怀疑，不要紧，下面你们将亲身参加实验。"

助手们为七个人都戴上那种与成像仪连通的特制头盔。然后在大家面前摆上一个双色旋转盘，盘上有涡状的蓝黑相间的条纹。罗森鲍姆解释说，当这种双色盘高速旋转时，由于人类视觉上的错觉，每人只能看到一种颜色，究竟表现为哪一种是完全随机的，外人不可能知晓，这就排除了任何作弊或心理暗示的可能。但利用透明脑技术，仪器能读出每个人大脑中的特定认知。

旋转盘开始旋转，蓝黑相间的条纹在观察者视野中破碎，很奇妙地转换成一种单色，比如在吉特眼里，它变成了黑色。这时，成像仪的打印口吐出一张字条，上面列着七个人在"意识深处"所认定的颜色。七个人依次传看后，都微笑点头，承认那个结果完全正确。这次，连两个参议员也信服了。

罗森鲍姆得意地说："怎么样，确实很神奇吧。不过我不想贪天之功，我刚才说过，以上进展完全是伯恩斯坦计算神经学中心做出的。该成果于 2007 年 6 月份发表，有关资料可以通过公开渠道查询，没有任何秘密性。我想，你们中肯定有人看过相关的报道吧？"

物理学家钱德尔曼点点头："嗯，我详细读过有关报道。其实海恩斯是我的老友，我曾特意打电话向他祝贺。"另外有四个人也点了头，说他们浏览过，但看得比较粗略，细节回忆不起来了。罗森鲍姆说：

"不过，下面我要讲的进展，就完全是我们小组的功劳了。不错，伯恩斯坦中心发明了神奇的透明脑技术，但毕竟它还非常初步，非常粗糙，尤其是，这项技术中最关键的因素——大脑思维解读软件——不是普适的，只能适用于特定对象和特定场合，要想准确，必须针对特定对象反复校正。由于这些局限，这项技术估计在 100 年内无法投入使用。毕竟，我们的世界太复杂，千姿百态，光怪陆离，不能简化为单纯的两色，你们说对不对？但——坦率地说，我很佩服怀特将军，他的目光比业内专家更敏锐。他看到那份德国资料后立即给我打电话，说透明脑技术至少有一个实用的用途，而且是非常重要的用途，足以改变世界的政治生态。他希望我能对它做延伸研究。那就是——用于反恐战争。"

他略作停顿，扫视着七个人。吉特他们这才明白，为什么军方把仲裁会会址选在关塔那摩监狱。吉特说：

"我们对此很有兴趣，请往下讲。"

"今天的反恐战争有一个很显著的特点，那就是它的高度符号化。请看以下几幅经典画面，我想，世界上至少有一半人很熟悉它们吧。"

投影屏幕上显示着：

两架飞机撞进纽约世贸大楼，浓烟烈火从大楼中部冒出来；

本·拉登拄着步枪在山地行走，戴缠头巾，白色长须，清癯的甚至可以说是慈祥的面容；

领导反恐战争的一对铁哥儿们，布什和布莱尔，意气风发，并肩站在讲坛上（应该是反恐战初期的照片）；

被伊拉克的路边炸弹炸毁的悍马军车；

基地老二扎卡维的尸体；

……

罗森鲍姆的画外音："诸位看到这些画面是什么心情？我相信，你们一定会激起强烈的情绪反应。同样，如果让狂热的恐怖分子观看这些画面，肯定也会激起强烈的情绪反应——当然是完全相反的情绪。有一点情况对'透明脑'技术实用化更为有利，那就是，全世界所有狂热的恐怖分子们都按同一种模式被洗了脑，因此他们对上述符号会做出非常雷同的反应。这就使得解读软件大为简化，简化到可以投入使用的水平。下面我们再做一个实验。"

他把屏幕切换到审讯室，那儿靠墙坐着十个人，每人头上都戴着与成像仪相连的头盔。其中两名正是刚才用手推车押来的犯人，此时仍戴着重镣、重铐，其他人是做对比试验的工作人员。十个人都漠然地看着审讯室的屏幕，罗森鲍姆向那些人依次展示了刚才那些经典画面，十个人默默地观看着，虽然都没有明显的表情，但他们大脑皮层的活动区域被成像仪读出，再通过解读软件的转换，转为截然不同的色彩：正常人是明亮的金黄色，而两名恐怖分子则是邪恶的黑色。

实验结束，罗森鲍姆关了那边的影像，回头说：

"这只是一个简单实验，让你们对这项技术有一点直观的了解。至于对这项技术的质疑和验证，军方已经做得非常严格，你们不必怀疑。我可以负责任地说，以透明脑技术目前所能达到的水平，完全有能力从十万人中把一个恐怖分子准确地拣出来。我们请诸位来，只是想对这项'读脑术'做出道德上的裁决。"

他加重念出了"读脑术"这三个字，然后认真察看七个人的表情。如他所料，七个人乍然听到他换了名称，都是先有点吃惊，继而默默无语，交换着复杂的目光。透明脑技术——这个名称比较中性，比较顺耳；如果称之为读脑术就比较犯忌，容易引起一些不愉快的联想。罗森鲍姆苦笑着说：

"看来，这个名词确实带着撒旦的气味儿，是不是？但我说得不错，透明脑技术其实就是读脑术。作为这项研究的首席科学家，我今天想坦率地披露我的矛盾心理。首先，我高度评价这项技术，它能以相对低的费用，彻底改变我们在反恐战中的被动局面，挽救成千上万条宝贵的生命；另一方面，我对它心存忌惮，因为它很容易被滥用，侵犯公民的隐私权，毁坏'思想自由'这个神圣原则——但它在反恐战中的好处太大了！我无法战胜它的诱惑。诸位先生，我是一个业务型的科学家，不是政治家、伦理学家或哲人。我无法在这个两难问题上做出明晰判断。今天我把这个责任完全推给你们，希望以你们的睿智做出裁决。如果裁决结果是'是'，我将带领手下完善这项技术，尽快用到反恐战中去；如果裁决结果是'否'，我将毫不留恋地退出研究小组，远离撒旦的诱惑。所以——请你们裁决吧。"

这番话语中的沉重感染了七人团的成员。相当长一段时间内，七个人都没有说话。

怀特将军没料到他竟在会场上说出"读脑术"这个名称，颇为不满。这次会议是罗森鲍姆竭力促成的，原因正如他刚才所说。最近一段时间，随着研究的进展，罗森鲍姆对这项技术越来越忌惮，最后干脆停下来，说一定要"先通过社会的批准"，然后他再进行下一步研究。怀特将军觉得他过于迂腐，过于死脑筋。当然，个人的隐私权非常重要，但如果局势迫使民众在"放弃隐私权"和"死于自杀炸弹"之间做出选择的话，人们肯定会选择前者吧。现在国家处于非常时期，反恐战局势严峻，一味沉迷于知识分子的高尚，是会害死人的。

他迅速接过罗森鲍姆的话头，但悄悄扭转了方向：

"其实，'透明脑技术'已经有过一次成功的实践了！是用到关塔那摩的在押犯人身上。众所周知，这些犯人历来是美国政府手中的烫手山芋。我们明知道，650名囚犯中大部分是死硬分子，如果轻率地放虎归山，势将贻害无穷。但这些家伙一直拒不招供，没有充分的证据来起诉他们。你们都知道，为了撬开他们的嘴巴，早期狱方曾经使用过所谓'进攻性审讯'，结果被新闻界披露，弄成虐囚丑闻，搞得政府狼狈不堪。这就是反恐战争的困境啊。"怀特感叹道，"它是典型的不对称战争：弱小的一方完全没有任何道德约束，可以肆意屠杀最无辜的民众；强大的一方则被法制、道德和新闻监督重重约束，有力使不出来。我今天并非在为关塔那摩的虐囚和长期非法监押辩解，但有些事我们是明知挨骂也不得不干的。"怀特将军话锋一转，"但透明脑技术将从根本上改变我们的被动局面。我想宣布一个好消息：不久前，我们用透明脑技术对650名在押犯做了全面甄别。他们中有32人被甄别出是冤枉的，我们准备向他们道歉并马上释放；有43人属于一般性的恐怖分子，我们也准备随后用某种方式释放；其余575人确属狂热的恐怖分子，如果今天被释放，明天就会戴上炸弹腰带到纽约地铁站去杀人。所以我们仍要长期监押这些人，不管舆论界将如何鼓噪！"

吉特看看罗森鲍姆，后者点点头："嗯，怀特将军说的情况是属实的。我的读脑术首先洗雪了32人的冤屈，这对我是一个很大的安慰。"

怀特将军继续说："在关塔那摩试验成功后，我们非常盼望把它推到全美国。到那时，对入境的外国人，或者被疑为恐怖分子的飞机乘客，或是地铁站中形迹可疑者……诸如此类的人吧，只需做一个透明脑检查，他们的思想倾向就会暴露无遗。从此恐怖分子在美国将没有遁身之地，而美国人可以不在刀口上过日子。"他笑着说，"干脆我再透露点内幕消息吧。其实，罗森鲍姆小组甚至能基本做到下一步——对嫌犯进行更细致的'读脑'后，能大致确定他们大脑中有无袭击计划，如果有，是撞机、纵火还是自杀炸弹。这样，就能把恐怖袭击扼杀在他们的大脑中！所以，透明脑技术的重要性是无与伦比的。可惜，罗森鲍姆走到这儿就不敢往前走了，执意要先通过‘道德的裁决’。"怀特将军说，"诸位的裁决有多么重要，我想这会儿你们已经很清楚了。它虽然没有法律效力，但对今后最高法院的裁决，或参众院的立法，肯定有重大影响。所以，我请诸位在投票时慎重考虑，要以天下苍生为念！"

前总统吉特先开了口。他有意轻松地笑着说：

"不，我对你们的技术还没有完全信服呢。我有个请求：能不能在我们七位身上再做一次计划之外的试验？比如，检查我们七人的性心理，看看我们如果处在特定的环境下——眼前有一位漂亮可人的、很容易得手的女秘书，各人会做出什么举动。"他笑着对其他六人说，"只是一个纯粹的小试验，试验结果绝对保密。如何？"

他的提议似乎颇为孟浪，而且牵涉到个人的隐私，所以众人的第一反应是有点迟疑。前国务卿舒尔茨素知吉特为人持重，这个孟浪的提议一定含有深意，便率先表示赞同。其他五个人也都同意了。罗森鲍姆轻松地说：

"这件事可难不倒我。要知道，性欲、食欲和暴力倾向是人类最原始的冲动，它们在大脑电活动图像上非常明显，而且各有独特的印记，科学家已经研究得很透彻了。你们先休息半个小时，等我做点准备。"

他很快做好了试验的准备工作。七个人再次戴上头盔，罗森鲍姆在他们面前放映着富有暗示意义的图像：一位漂亮可人、衣着暴露的女秘书；她俯在上司身边轻言曼语，发丝拂着上司的面颊，显出清晰的乳沟和浑圆的臀部；她迷人地笑着，笑容中含着挑逗的意味……在放映图片时，七个人都如老僧入定，表情上不起一丝涟漪。但他们大脑的电活动被成像仪读出，经解读软件解读，得出了结果。罗森鲍姆大笑着宣布测试结果——他有意以玩笑来冲淡其严肃性：

"我遗憾地宣布，你们中有三位不怎么坚定，很可能屈服于美色的诱惑，与这位女秘书共度良宵。"他顿了一下，又说，"干脆我把所有测试结果都捅出来吧。有两位的大脑电活动图像显示，他俩与配偶之外的某两位年轻女性，很可能是女秘书，早就有了情人关系。吉特先生，为了验证透明脑技术的准确性，你是否需要向当事人私下求证？"

吉特笑了："不，用不着。我请你对结果保密。"

"当然，我会绝对保密的。现在我就把有关记录销毁。"

他当着众人的面，在屏幕上执行了删除程序，七人对这个涉及隐私的实验一笑置之。吉特说：

"这只算是一个小游戏，其实我对透明脑技术的能力是深信不疑的。好了，开始正题吧。咱们该如何从道德层面上裁决，大家讨论一下。"

大家开始发言。

作家贝尔毫不犹豫地说："我坚决反对这项技术，不管它在反恐战中有多大的好处！如果我们生活在一个人人能被读脑，而且被强迫读脑的社会，那——太可怕了！我们素来珍爱的权利，像个人隐私、思想自由，都会被肆意强奸。依我看，这是一项非常邪恶的技术。"

参议员麦克莱恩温和地反驳："贝尔先生过于偏激了。我有个建议，你不要把它看作读脑术，而是看作一种经过改进的、更高效的测谎仪，如何？毕竟，美国法律一直允许测谎仪的使用，而美国的人权并未被它扼杀。"

众议员佐利克："麦克莱恩先生其实不必否认这项技术内含的邪恶性。它很有可能被滥用，这点没有疑问。世上所有东西都有两面性，但它在反恐战争中的巨大作用足以抵消它潜在的害处。我建议：在严格控制下使用它，就像我们现在严格限制测谎、窃听和秘密摄像头的使用一样。"

物理学家钱德尔曼："潘多拉魔盒一旦打开就关不上了。我同意贝尔的意见，应该将这项读脑术在襁褓期间就扼死。"

前国务卿舒尔茨："我基本同意佐利克先生的意见，严格立法限制之后用于反恐，也算是以恶制恶吧。"

……

一轮发言过后，基本意见是"严格控制下使用"。罗森鲍姆认真听着，没有什么表情，怀特将军则明显露出喜色。吉特在这轮发言中基本没开口，最后大家把目光聚到他的身上。吉特笑着说：

"我在表达意见之前，先说点题外话吧。我历来认为：做总统并非一定要做道德上的完人，比如克林顿总统，虽然任内有莱温斯基风波，但他仍然是非常成功的总统，至少比我成功吧。我一向敬重他。不过话说回来，那件丑闻的确对美国社会有相当的杀伤力：它造成了政府执行力的长期瘫痪，政府公信力的下降，尤其造成了社会性阈值的降低——相当长时间内，美国报刊电视网络成了世界上最污秽的媒体，想想它对少男少女们会有什么影响吧？所以，总的说，那个事件对美国社会的软性杀伤力不亚于一次恐怖袭击。我希望今后的美国总统再不要出类似的丑闻了。而且——这点其实很容易做到的，是不是？"他突然把话头转回本题上，"记得咱们刚才补做的那个小实验吗？它完全可以用到未来的美国总统身上，也就是说，对总统候选人事先进行道德甄别，以杜绝类似丑闻再次发生。"

吉特又轻声补充一句："而且，对平民和总统都同样使用思想甄别，这才符合美国社会的平等原则。"

他多少有点突兀地推出了这种前景——把读脑术用到总统身上——众人都有点不寒而栗。此后的讨论基本中断了，他们默默思索着，有时与邻座低声交谈几句，这样一直到开始投票。投票结果与第一轮发言的倾向不同，基本是一边倒的反对：五票反对继续发展这项技术，两票弃权。

怀特和罗森鲍姆事先就猜到了投票结果。前总统吉特巧妙地运用"归谬法"，把透明脑技术的发展归结到人们不能接受的一种极端的远景上。偏偏这个远景又是"合理"的，并非危言耸听，因而有内在的逻辑力量。对这个结果，怀特将军颇有些恼火，罗森鲍姆也说不上喜悦。吉特温和地说：

"咱们事先都说过，这次只是民间裁决，并没有法律效力。怀特将军，你仍然可以把这件事拿到参众两院和最高法院去。"

怀特坦率地说："我会继续争取的。我不能眼看这样有用的技术被束之高阁。"

怀特和罗森鲍姆送七人离开关塔那摩基地。途中他们又看到了那两个犯人，这次是从审讯室押回牢房。犯人仍平躺在小推车上，身体被锁链锁得紧紧的，两个高大雄壮的军人一前一后推拉着他们。犯人的表情麻木而阴郁。吉特心情复杂地目送犯人远去，回头问怀特：

"怀特将军，如果透明脑技术最终未能被法律认可，那么此前用它甄别出的 32 个无辜者会不会仍被关押？"

怀特想了想，说："我会努力促成释放他们。当然，不能以透明脑技术的鉴定为法律依据，我看能否找到其他变通办法。我尽量努力吧。"

"谢谢你，真的谢谢你。这句话是代表我们七个人说的。"

"不必客气。我这样做的原因是：我坚信透明脑技术的鉴定非常准确。"

吉特叹息一声，歉然说："从技术上说，我对它同样坚信不疑，也相信它在反恐战中能起非常重要的作用。可惜，为了坚守一些神圣的原则，我们不得不拒绝某些诱惑，哪怕是非常强烈的诱惑。说到底，这正是美国社会和恐怖分子的区别啊。怀特将军，希望你能理解我们。"

"不必客气，我能理解的。"

罗森鲍姆看看吉特，对他的那番话颇有感触，到这会儿，他也做出了最后决定。他说：

"吉特先生，虽然我不忍心放弃自己的研究，但我已经决定撒手不干了，因为你们的裁决与我内心的裁决是一致的，"他对怀特说，"请你尽快指定这项研究的继任者，我要与他办理交接。"

怀特虽然满腹不快，但没让它流露出来，平静地说："好的。罗森鲍姆，其实我很羡慕你的。你的地位比较超脱，闻到臭味后可以一走了之，免得鞋上溅到粪便。我不行啊，世上有些肮脏事总得有人干。我这辈子被拴死在这儿了。"他半开玩笑地说，但语

119

调中有浓浓的怆然。

　　已经到了基地门口，主人客人握手告别。七个人在与满头白发的怀特握手时，手下都加大了力度，像是以此表示对他的歉疚。

终极爆炸——第 2.5 次世界大战

对一个人的了解，也许两年的相处比不上一次长谈。在去特拉维夫的飞机上，以及在特拉维夫的伯塞尔饭店里，一向冷漠寡言的司马完与史林有过一次长谈。这次谈话在史林心中树起了对司马老师深深的敬畏。他有点后悔不该向国家安全部告密自己的老师——说告密其实是过分的自责，不大恰当的。史林并没有（主动）告密，而是在国安部向他了解司马完的近情时，没有隐瞒自己对司马完的怀疑。不过他的陈述不带任何个人成见和私利，完全出于对国家民族的忠诚。对此他并没有任何良心负担。

但在此次长谈后，史林想，也许自己对司马老师的怀疑是完全错误的。这么一位完全醉心于"宇宙闪闪发光的核心机制"的科学家，绝不可能成为敌国的间谍。

当然，国安部对司马完的怀疑也有非常过硬的理由。单是他们向史林透露的只言片语，也够可怕了。史林想来想去，无法得出确定的结论。

史林来到北方研究所后就分到司马完手下，研究以"核同质异能素"为能源的灵巧型电磁脉冲炸弹，至今已经两年半了。当年史林以优异成绩从北大物理系毕业，可没想到会舍弃科学之神而为战神效劳。史林一心想做个超一流的理论物理学家，这个志愿从少年时代就深植于心中，成了他毕生的信仰。初中一年级时他看过一本科普著作《可怕的对称》，作者是美国理论物理学家阿维·热。阿维·热也许算不上一流的科学大师，但绝对是一流的传教者，以生花妙笔传布了对科学之神的虔诚信仰。

阿维·热在书中说，宇宙是由一位最高明的设计师设计的，基于简单和统一的规则，基于美和对称性。宇宙的运行规则更像规则简约的围棋，而不像规则复杂的橄榄球。他说，物理学家就像是完全不知道规则的观棋者，经过长时期的观察、思考、摸索、失败，已经敢小小地吹一点牛了，已经敢说他们大致猜到了上帝设计宇宙的规则，即破解宇宙的终极定律，或终极公式。

这本书强烈地拨动了史林的心弦。他很想由自己来踢出这制胜的一脚。

按阿维·热的观点，现在已经大致到瓜熟蒂落的时候了。那么，如果能由一个中国人来完成宇宙终极理论，倒也不错，算得上有始有终。宇宙诞生的理论，马虎一点，可以说是由一位中国人在两千年前最早提出，即老子，他在《道德经》四十二章中说："道生一，一生二，二生三，三生万物。"翻译成现代语言就是：宇宙万物是按某种确定的规律生成的，并且是单源的。他还写道："万物生于有，有生于无。"这正是今天宇宙学家的观点——宇宙从"无"中爆炸出来。真是匪夷所思啊，一个两千年前的老人，在科学几乎尚未启蒙之时，他怎么能有这样的奇想？

史林的志向是狂了一点，但也不算太离谱。可惜他生不逢时，毕业时，第三次世界大战，或者如后代历史学家命名的"2.5次世界大战"，已经越来越近了；国家正在为战争而全力冲刺，所有的基础研究被暂时束之高阁。史林因此没能去科学院，而是被招聘到这家一流的武器研究所。

对此，史林倒没有什么怨言。在他醉心于宇宙终极理论时，他的精神无疑是属于全人类的。但这个精神得有一个物质的载体，而这个肉体是生活在尘世之中，隶属于某个特定的国家和民族。既然如此，他就会诚心诚意地履行一个公民的义务。

他向国家安全部如实陈述自己对司马老师的怀疑，也正是基于这种义务（社会属性），而不是缘于他的本性（人格属性）。

司马完是一位造诣极深的高能物理学家，专攻能破坏信息系统的电磁脉冲炸弹，在此领域中，他是中国乃至世界的一流高手。中国已经为这场无法避免的战争做了一些准备，鉴于美国在军事上的绝对优势和中国相对薄弱的军工基础，中国的对策是大力发展不对称战力，比如信息战战力。在这些特定领域中，中国已经赶上甚至超过了美国。而在这个领域中执牛耳的司马完，自然是一个国宝级的人物。

司马完今年50岁，小个子，比较瘦，外貌毫不惊人。他的妻子卓君慧个子比丈夫高一些，非常漂亮，高雅雍容，具有大家风范，今年45岁，但保养得很好，只像三十几岁的人，与她交往，有如沐春风的感觉。

卓君慧是位一流的脑科学家。现代脑科学大致上有两个分支，一个分支偏重于哲理性，研究神经元如何形成智慧，如何出现自我，或者探讨人类作为观察者能否最终洞悉自身的秘密（不少科学家认为：人类绝不能完全认识自身，从理论上说也不行，因为"自指"就会产生悖逆和不决），等等；另一个分支则偏重实用性，研究如何开发深度智力，加强左右脑联系，增强记忆力，研究老年痴呆症的防治等。两个分支的距离不亚于牛郎星与织女星，但卓君慧在两个分支中都游刃有余，她甚至在脑外科手术中也是一把好刀。

他们有一个19岁的儿子，那小子是他父母的"不肖子"，一个狂热的新嬉皮士，信仰自由、爱与和平。他也很聪明，虽然从不用功，还是轻松地考进北大数学系，他与史林是相差五届的校友。这小子在大学里仍不怎么学习，只要考试能上60分，绝不愿在课堂多待一分钟。司马夫妇对他比较头疼，这算是这个美满家庭中唯一不如人意的地方吧。

中航的A380起飞了，这是20年前正式投入运营的超大型客机，双层，标准载客555人。现在飞机是在平流层飞行，非常平稳。透过飞机下很远的云层，能看到连绵的群山，还有在山岭中蜿蜒的长城。他们这次一行三人，司马夫妇和史林。司马完和史林是去以色列两个武器研究所做例行工作访问。这些年来他们和以色列同行保持着融洽的关系，在某种程度上超越了政治。卓师母则是去特拉维夫的魏茨曼研究所，那儿是世界上脑科学的重镇，有一台运算速度为每秒百万亿次的超大型计算机，专门用于模拟

140亿人脑神经元的缔合方式。据说爱因斯坦的大脑现在已经"回归故里",在这个研究所受到精心的研究。卓师母常来这里访问,史林来以色列的三次都是和司马老师、卓师母同行。

史林走前,国家安全部的洪先生又约见了他。这次会见没什么实质内容,洪先生只是再三告诫他不要露出什么破绽,仍要像过去一样与司马相处。

"司马先生是国宝级的人物,对他一定要慎重再慎重。当然,"洪先生转了口气,"也应该时刻竖起耳朵,注意他的行动。如果能洗脱他的嫌疑,无论对他个人或者对国家都是幸事。"

洪先生希望在此行中,史林能以适当的借口,始终把司马"罩在视野里",但前提是不能引起司马的怀疑。史林答应尽量做到。

司马夫妇坐在头等舱,史林在普通舱下层,不能时刻把司马完罩在视野中,他有点担心——也许就在那道帷幕之后,司马完正和某个神秘人物进行接头?他正在想办法如何接近司马完时,卓师母从头等舱出来了,走到史林的座位前,轻声说:

"你这会儿没有事吧?老马(她总是这样称呼丈夫)想请你过去,谈一点工作之外的话题。你去吧,咱俩换换座位。"

史林过去了。司马完用目光示意史林在卓君慧的座位上坐下,又唤空姐为史林斟上一杯热咖啡。史林忖度着司马老师今天会谈什么"工作之外的话题"。司马完开门见山地问:

"听说你有志于理论物理、宇宙学研究?"

"对。我搞武器研究是角色反串,暂时的。战事结束后我肯定会回本行。"

司马完有点突兀地问:"你是否相信有宇宙终极定律?"

史林谨慎地说："我想，在地球所在的'这个'宇宙中，如果它在时间和空间上是有限的——这已经是大多数理论物理学家的共识，那么，关于它的理论也就应该有终极。"

司马完点点头，说："还应该加一个条件：如果宇宙确实是他——上帝，基于简单、质朴和优美的原则建造的。"

史林激动地说："对这一点我绝对相信！当然没有人格化的上帝，但我相信两点：一是宇宙只有一个单一的起源；二是它的自我建构一定天然地遵循一个最简单的规则。有这两点，就能保证你说的那种质朴和优美。"

司马完赞赏地点点头，沉默了一会儿。史林也沉默着，不知道司马完还会谈什么。司马完忽然问：

"你的 IQ 值是 160 ？"

史林不想炫耀自己，有点难为情地说："对，我做过一次测定，160。不过，我不大相信它，至少是不大看重它。"

司马完皱着眉头问："不相信什么？是 IQ 测定的准确性，还是不相信人的智力有差异？"

"我指的是前者。智商测定标准不会是普适的，一个智商为 60 的弱智者也可能是个音乐天才。至于人与人之间的智力差异，那是绝对存在的，谁说没有差异反倒不可思议。"

"IQ 的准确与否是小事情，不必管它。关键是——是否承认天才。我就承认自己是天才，在理论物理领域的天才。承认天才并不是为了炫耀，而是认识到自己的责任。老天既然生下爱因斯坦，他就有责任发现相对论，否则他就是失职，是对人类犯了渎职罪。"

史林听得一愣。从来没有听过对爱因斯坦如此"严厉"的评判，或者说是如此深刻的赞美，他觉得很新鲜。从这番话中，他感受到司马完思维的锋利，也多少听出一些偏激。他想天才大都这样吧。

"我知道你也是个天才。我观察你两年多了。"司马完说得很平静，不是赞赏，而是就事论事，就像说"我知道你的体重是160斤"一样，"也知道你一直没放弃对终极理论的研究，并用业余时间一直在做这方面的研究。你想由一个中国人来揭开上帝档案柜上的最后一张封条。我没说错吧？"

史林感动地默默点头。他没想到司马老师在悄悄观察他。对他而言，探索宇宙终极理论已经成了此生的终极目的，这种忠诚融化在他的血液中，今生不会改变。所以，司马老师的话让他觉得亲切，有一种天涯知己的感觉，不过他马上提醒自己：不要忘了国家安全部的嘱咐，对司马老师时刻都得睁着"第三只眼睛"。

"其实我也一直致力于此，比你早了20年吧。你不妨说说近来的思考、进展或者疑难，也许我能对你有所帮助。"

司马老师说得很平淡，但透出不事声张的自信。史林思考片刻，说：

"我想，要解决终极理论，还得走阿维·热所说的对称性的路子。德国女数学家艾米·诺特尔以极敏锐的灵感，指出大自然中守恒量必然与某种对称相关。比如她指出：如果物理定律不随时间变化（相对于时间对称），能量就守恒；如果作用量不随空间平移而变化，动量就守恒；如果不随空间旋转而变化，角动量就守恒。司马老师，这些守恒定律我在初中就学过了，但从来没想到它们的对称本质！诺特尔的洞察力是人类智慧的一个极好例子，简直有如神示，给我极深刻的印象，让我敬畏和动情。我对她崇拜得五体投地。"

史林说得很动情。司马完没有插话，只是面无表情地点点头。

"爱因斯坦非常深刻地理解这一点——上帝对宇宙的设计必定由对称性支配。他能完成相对论，就是因为他善于从浩繁杂乱的实验事实中抽取对称性。比如，在那么多有关引力的事实中，他只抽取了最关键的一个守恒量，就是所有物体，不管轻重，不管它是什么元素，都以同样的速度下落。这就导致他发现了一种对称：均匀引力场与某个数值的加速运动完全等效。爱因斯坦称，这对他来说是一次'非常幸福的思考'，从那之后广义相对论就呼之欲出了。"史林说着忽然觉得有点不好意思，在司马老师面前说这些无疑是班门弄斧，"这些历史你一定很清楚。我对它们进行回溯，只是想说明，我对终极理论的研究一直是走这条对称性的路子。"

司马完微微点头："我想你的路子不错。有进展吗？"

"还没有。引力还是没法进行重整，不能与其他三种力合并到一个公式中。"

司马完沉默了一会儿，说："对称性的路子肯定不会错的，但你是否可以换一个角度？当年爱因斯坦没能完成统一场论，是因为那时弱力和强力还没有被发现。那么，今天物理学界在终极理论上举步维艰，是不是因为仍然有未知力隐藏于时空深处？我相信物质层级不会到夸克和胶子这儿就戛然而止。应该有更深的层级。当然，随着粒子的尺度愈接近普朗克长度（10^{-33}厘米，夸克

是 10^{-21} 厘米），粒子实体或物质层级就会愈模糊、虚浮、互相粘连，研究它们会越来越难，最终干脆不可知。不过，我们并不需要完全了解。门捷列夫也不是在了解所有元素后才建立周期律的。他只用推断出元素性质跟重量有关，并呈周期性变化就行了，这是个比较复杂的周期，取决于最外电子层可容纳的电子数。但只要发现这个'定律之核'，周期律就成功了。"

这番见解让史林受到震动。他说："老师你说得很对，我也相信你所抽提的脉络。不过我一直没能发现有关宇宙力的那个'核'。那个核！只要抓住这个核，终极理论就会在地平线上露头了。"

史林企盼地看着司马完。直觉告诉他，也许司马老师手里就握着这把钥匙。不过他同时又认为这是不可能的，如果司马老师已经有所突破，绝对不会藏在心里而不去发表，更不会在这样的闲聊中轻易披露，要知道，这是多少人梦寐以求的成功！对这样的成功来说，诺贝尔奖是太轻太轻的奖赏。不会的，司马老师不会握有这把钥匙。不过，他无法排除这种奇怪的感觉——对于宇宙终极真理，司马老师的神情完全是成竹在胸。

司马完看着舷窗外的天空，平淡地说："以往的终极研究都是瞄着把宇宙几种力统一，实际上，力的本质是粒子的交换，像光子的交换形成电磁力，引力子的交换形成引力，介子的交换形成弱力等。所以，力的本质就是物质，换一个说法而已。而物质呢，不过是空间由于能量富集所造成的畸变。这么说吧，力、物质、能量这些都是中间量，可以撇开的。宇宙的生命史从本质上说只是两个相逆的过程：空间从大褶皱（如黑洞）转换为小褶皱，冒出无数小泡泡，又自发地有序组合；然后，又被自发地抹平。其中，空间形成褶皱是负熵过程（这点不难理解，按质能公式，任何粒子的生成都是能量的富集化）；空间被抹平则是熵增。你看，这又是艾米·诺特尔式的一个对应：宇宙运行相对于时间的对称性，对应于空间畸变度的守恒。"他把目光从窗外收回来，看看史林，"你试试吧。沿着这个思路——抛开一切中间量，直接考虑空间的褶皱与抹平，也许能比较容易得出宇宙的终极公式。"

司马完朝史林点点头，结束了谈话，闭目靠在座椅上。他已经看见了史林的激动，甚至可以说是狂热。史林感觉到了"幸福的思考"，就像爱因斯坦坐电梯时因胃部下沉而感受到引力与加速度的等效；像麦克斯韦仅用数学方法就推导出电磁波恰恰等于光速；像狄拉克在狄拉克方程的多余解中预言了反粒子……所有的顿悟对科学家来说都是最幸福的，而这次的幸福更是幸福之最，它是真理的终极，是对真理探索的最完美的一次俯冲。

史林的目光在燃烧，血液沸腾了。眼前是奇特优美的宇宙图景，是宇宙的生死图像：

一个极度畸变的空间，光线被锁闭在内部，无法向外逃逸；连时间也被锁死，永久地停滞在零点零分零秒。然后，它因偶然的量子涨落爆炸了，时间由此开始。空间暴涨，单一的畸变在暴涨中被迅速抹平，但同时转变为无数的微观畸变。空间中撕裂出一个个"小泡泡"，它们就是最初层面的粒子。泡泡以自组织的方式排列组合，形成夸克和胶子，再粘结成轻子、重子、原子、分子、星云、星体、星系。星体在核反应中抛出废料，形成行星，某些行星上的"太初汤"再进行自组织，生成有机物、有机物团聚体、第一个 DNA、简单生物，等等，这个负熵过程的高级产物之一就是人，是人的智慧和意识……

但同时，随着氢原子聚合，随着恒星向太空倾倒光和热，一只看不见的手又在轻轻抹去物质的褶皱，回归平滑空间。这个熵增过程是在多个层级上进行的；不过，局部的抹平又会导致整体的空间畸变，于是黑洞（奇点）又形成了。空间的畸变和抹平最终构成了宇宙史。

史林完全相信，只要抽出这个艾米·诺特尔对称，宇宙终极公式也就不远了。它一定非常简约质朴，像爱因斯坦的质能公式一样优美。激动中，他竟然有些气喘吁吁。这会儿他把国安部洪先生的交代完全抛到脑后了。他虔诚地看着司马完老师，等他往下说，但司马完似乎已经把话说完了。

过了一会儿，史林不得不轻声唤道："老师？"

司马完睁开眼看看他。

"老师，你的见解极有启发性。我想，你离成功只有一步之遥了，为什么还没得出最终结果？"

司马完淡然说："也许是我的才智不够。这也是个悖论吧——要想破解这个最简约的宇宙公式，可能需要超出我这种小天才的超级天才。"

史林有些失望，也免不了兴奋（带点自私的兴奋）——如果司马完老师没有完成，那自己还有戏。他沉默一会儿，说："可惜，这样的公式即使被破译，恐怕也很难检验。物理学家和玄学家的区别是物理学家有实验室，而且所做的实验必须有可重复性。但唯独物理学中的宇宙学例外：宇宙学家倒是有一个天然的大实验室——宇宙，但没人能看到实验的终点，更无法把宇宙的时间拨到零点，反复运行，以验证它的可重复性。"

"谁说不能验证？只要是真理，就应该得到验证，也必然能验证。"司马完不屑地说，"我知道有类似的论调，说宇宙学是唯一不能验证的科学。不要信它！总有办法验证的，即使不是直接验证，也是很有说服力的间接验证。"

史林渴望地看着司马完，依他的感觉，司马老师不但对终极定律成竹在胸，而且对如何验证也早有定论。他真希望老师能把这个"包袱"彻底抖出来。非常不巧，飞机马上要降落了，空姐走出来，让乘客回到自己的座位，系上安全带。卓君慧从普通舱回来，她看出这次谈话对史林的触动显然很大，因为史林是恋恋不舍地离开头等舱，并一直陷在沉思中。

地中海的海面在舷窗外闪过，特拉维夫机场的灯光向他们迎来，飞机降落了。他们出了机场，随即坐出租车来到伯塞尔饭店。饭店依海而建，窗户中嵌着地中海的风光，非常美丽；位置又比较适中，离他们要去的三个研究所都不远。前两次史林陪司马老师和师母来时，也是下榻在这个饭店的。

在前两次同行中，史林对司马老师产生过怀疑，因为老师在特拉维夫的行为多少透着古怪。史林的怀疑不大清晰，只是想想而已。不过，国家安全部官员的那次到来，把这些怀疑明朗化，也强化了。所以，即使史林因这次长谈而对司马老师相当敬畏，也不能完全抵消他内心对司马老师的怀疑。从住进伯塞尔饭店后，史林仍时刻"竖着耳朵"观察老师的动静。

半个月前的一天，北方研究所吕所长（他的军衔是少将，在国内外军工界是一个大人物）让秘书把史林唤到办公室。屋里还坐着一个人，穿便衣，但有明显的军人气质，四方脸不怒而威，打眼一看就是个相当级别的大人物。那人迎上来和史林握手，请他在沙发上落座。吕所长介绍，"这是国家安全部的领导，姓洪，想找你问一些情况，你要全力配合。"吕所长说完就走了，临走小心地带上门。

史林心中免不了忐忑，单看吕所长的态度，就知道今天的谈话一定相当重要。洪先生先和颜悦色地扯了几句家常，问史林哪个学校毕业，来所里有几年，一直跟谁当助手，等等。史林知道这些话只是引子，既然国安部找到自己，自己的情况他一定事先调查清楚了。然后洪先生慢慢把谈话引到司马完身上。史林谨慎地回答说：他来这儿时间不长，对司马老师非常敬佩，老师专业造诣极深，工作也非常敬业。不过他们没有多少工作之外的接触，只是应卓师母之邀去赴过两次家宴。

洪先生不停地点头，他说："这位司马老师可是国宝啊，是列在国家安全部重点保护名单上的。我们的保护是百倍小心，不容出任何差错的，所以想找你来了解一下，看他有没有什么心理上的问题、身体上的问题，等等。你不要有什么顾虑，尽可直言不讳。"

虽然洪先生的话很委婉，史林也不会听不出话外之音。史林断定，洪先生既然来找他了解司马完，肯定有什么重要原因吧。他踌躇片刻，决定对国安部应该实话实说：

"我没发现什么问题，只有一点，不知道算不算异常。他在以色列工作访问时，总有两三天不见踪影。我陪他去过两次特拉维夫，都是这样。据他说是陪妻子去魏茨曼研究所，那是个综合性的研究所，以脑科学研究为强项，所以，卓师母去那里是正常的，但司马老师去干什么，我就不清楚了。我原来以为，也许这牵涉到什么秘密工作，是我这样级别的人不该了解的，所以我一直没有打探过。"

洪先生听得很认真："还有什么情况吗？"

"没有了。"史林想想又补充道，"我们去特拉维夫的工作访问一般不会超过一星期，所以，单单为了陪妻子而耽误两三天时间，这不符合司马老师的为人。"

洪先生赞赏地点点头，这才说出来这儿的用意："谢谢你小史。我来之前对你做过深入了解，吕所长说你是一个完全可以信赖的年轻人。今天我找你来，是有一个重担要交给你。"史林听出了问题的严重性，屏息聆听，"我们对司马先生非常信任，非常器重，他对国家的贡献是有目共睹的。但不久前一次例行体检中，发现他脑中有异物。"

史林极为震惊！他瞪大眼睛看着洪先生。对方点点头，肯定地说："没错，确定有异物，是在头部正上方，穿透头盖骨，向下延伸到胼胝体。异物的材质看来是某种芯片，或其他电子元件，我们还没机会确认。"

史林张口结舌。说震惊是太轻了，完全是惊骇欲绝。有异物！在一个国宝级的武器科学家脑中！在战争阴云越来越浓的特殊时刻！他觉得，洪先生宣布的事实，就像是阴河里的水，漫地而来，让他不寒而栗。他说：

"你是说他被……"

"对，我们担心他被别人控制，被敌人控制，在他本人并不知情的情况下。所以……"洪先生摇摇头，没把这句话说完。

史林下意识地轻轻摇头。这事太不可思议，他实在不愿相信。他想劝洪先生再去认真复核，不要把事情搞错。当然，他知道这个想法太幼稚。对一个国宝级的人物，来人又是国安部的重要官员，肯定不会贸然行事的。但……脑中有异物！受人控制！这实在太诡异。洪先生问：

"你是否知道，司马先生在魏茨曼研究所接触的是什么人？"

"不清楚，他从不在我面前谈论那边的事，卓师母也不谈。"

"那么，司马先生的行为有否异常？比如，偶然的动作僵硬、表情怔忡、无名烦躁，等等。如果他真受到外来力量的控制，应该会表现出一些异常的。"

史林认真回忆一会儿，摇摇头："没有，从来没发现过。"

"那好吧，今天就谈到这儿，以后请你注意观察，但不要紧张，不要在他面前露出什么迹象。现在，既然知道司马脑中有异物，那么一切都已在控制之中了，不会出大娄子。"

洪先生说得轻描淡写，但史林清楚，这些安慰恐怕言不由衷。史林突然问：

"你说是在对他例行体检时发现的，那么上一次的体检是什么时候？"

洪先生看看史林，心想这年轻人确实思维敏捷，糊弄不住的。他叹口气："是去年二月十日。你说得对，这个异物可能是去年二月十日以后就植入了，而我们到今年二月才发现。如果是那样，他就有近一年的时间处于我们的控制之外。如果真的……能泄露的军事机密也该泄露完了。"他摇摇头,"不管怎样,我们要尽快查个水落石出,这也是为他本人负责。"

到达特拉维夫后,他们三人照例访问了以色列军事技术公司(IMI),第二天又访问了迪莫纳核研究所。访问中明显看到战争阴云的影响,以色列同行们虽然还是谈笑自若,但能看出他们内心深处的疏远和提防。

卓师母这两天一直陪着他们,她的美貌高雅、雍容大度是有效的润滑剂,让双方已经生涩的交往变得融洽一些。那些研究杀人武器的男人都愿意和她交谈。但史林却心情复杂。在和国安部洪先生的那次谈话中,有一点洪先生避而不提,史林当时也没想到。但随后他想到了,那就是:卓师母是否知道丈夫脑袋中的异物。作为夫妻,终日耳鬓厮磨、同床共枕,她应该能发现丈夫脑袋上的异常吧。如果知道——她在其中扮演什么角色?是同谋还是包庇犯?如果不知道——她与之同床共枕的男人竟然是个受他人控制的"机器人",而她却一无所知!

史林对师母很尊敬,无论是哪种情况,史林觉得都比较恐怖,为她感到心痛。

第三天正好是逾越节,司马夫妇一位老朋友——IMI一位高层主管胡沃德·卡斯皮邀三人去他的私人农场玩。卡斯皮20年前曾任以色列军工司司长,是一个公认的亲华派。在这样一个相对微妙的时刻,这种邀请显然不是纯粹的私谊。四人乘坐着卡斯皮的大奔出城。他的私人农场相当远,已经接近加沙了。快中午时到达农场,卡斯皮夫人已经准备好饭菜,笑着说:

"欢迎来到我的农场。能在逾越节招待尊贵的客人，我非常高兴。"

餐桌上堆着烤羊肉、苦菜和未发酵的面包，这是逾越节的传统食品，是为了纪念当年犹太民族逃离埃及。午饭中大家有意识地"不谈国事"，高高兴兴地闲聊着。

饭后，卡斯皮带客人们参观了他的农场，随后他领客人回到客厅，他夫人斟上咖啡后就退出去了。客人们知道，真正的谈话就要开始了。卡斯皮脸色凝重地说：

"恐怕咱们之间的交往不得不中断了。原因你们都知道的——战争，美国的压力。关于战争的正义性我不想多说，各国政治家都有非常雄辩的诠释，但我想倒不如用一个浅显的比喻更为实在。这是一场资源之战，就像一群海豹争夺唯一的可以换气的冰窟窿。先来的海豹要求维持旧有秩序，后来的说，你们占了这么久，轮也该轮到我们了！谁对？可能后来者的要求多一些正义，但考虑到换气口对先来者同样生死攸关，他们的强占也是可以原谅的。尤其是，如果换气口太小而海豹个数太多，即使达成完全公平的分配办法，也不能保证所有海豹的最基本需求，那就只有靠战争来解决了。你们如果最终走进战争，那是为了自己民族的生存，我敬重你们，至少是理解你们。"

司马完说："谢谢。战争确非我们所愿，甚至当一个武器科学家也违反我的本性。我总忘不了美国一个科学家班布里奇的话，他在参与完成了第一颗原子弹的成功爆炸后，痛心疾首地对奥本海默说：现在，我们都是狗娘养的了！"他摇摇头，"可是，总得有人干这种狗娘养的事。"

卡斯皮用力点头，重复道："我能够理解，非常理解，甚至在道义上对你们的同情更多一些。但战争一旦爆发，以色列势必站在另一方。你们知道的，多年的政治同盟，以色列人对美国的感恩心理。而且，即使没有这些因素，"他盯着司马完，加重语气说，"我们也不能把宝押在注定失败的一方。"

这句话非常刺耳，史林有倒噎一口气的感觉——看看司马完夫妇，他们依然神色不为所动。司马完平静地说："看来你已经预判了战争的输赢。"

卡斯皮的话毫不留情："我知道这些话很不中听，但我还是要说，作为朋友我不得不说。这些年中国国力大增，按GDP（以平价购买力计算）来说已经是世界第一经济体。但你们的军事力量大大滞后。当然，你们也大力发展了不对称战法，在某些领域，比如你主持的电磁脉冲武器就不亚于美国，但这改变不了整体的劣势。我曾接触过一些中国军方人士，他们说，中国14亿民众和广袤的国土，足以让任何侵略者深陷战争的泥沼。我绝对相信这一点，但问题是美国军方也绝对相信这一点！经历了多次局部战争后，他们有足够的精明。所以，我估计，这次战争不会以占领土地和消灭有生力量为主，而是远程绞杀战和点穴战，重点破坏你们的石油运输、电力、通信、交通等设施，直到中国经济被慢慢扼死。这不是第三次世界大战，是第2.5次世界大战。"

这是史林第一次听到这个名词，后来它成了历史学家公认的名称，虽然并不是卡斯皮所说的理由。

司马夫妇沉默着，不作任何表态，但听得很用心。卡斯皮继续说："坦率地讲，你们大力发展的不对称战法恐怕难以奏效。关键是，即使在这些领域你们也并不占绝对优势，因而改变不了你们的整体劣势。据我估计，战争中真正能实现的，反倒是对方的不对称战法，即在信息战、地面战、岸基海战等你们有均势或优势的领域，对方将只使用远洋打击力量、空中力量和天基打击力量等你们处于绝对劣势的领域，实行远程绞杀和精确点穴。你们对这种战法将毫无办法。"

司马完平静地听着，点点头："你的分析很精辟。"

"一定要避免这场战争！请务必把我的话转达给贵国的高层。我算不上虔诚的和平主义者，以色列国是从血与火中建立起来的，我们不会迂腐到反对一切战争，但至少要避免必败的战争。说句我不该说的话吧，即使这场战争实在不可避免，也要尽量推迟，推迟十年、二十年，那才符合你们的利益。"

"谢谢你的诤言。我会转达的。"

卡斯皮摇摇头："你刚才说到班布里奇的自责，使我想起俄国和美国两大枪族的鼻祖，卡拉什尼科夫和斯通纳。两人七十多岁时在美国第一次会面，见面时说：我们都是罪人，上帝的两群子孙拿着我俩发明的武器互相残杀。"

司马完叹息着，重复道："狗屁的职业。武器科学家就像是令人憎厌的行刑手，偏偏又是社会不可缺少的。不过，现在不少国家已经进步了，废除了死刑，也不需要行刑手了。但愿有一天不再需要武器科学家。咱们等着那一天吧。"

私人访问结束后，卡斯皮把他们三人送回特拉维夫。三个中国人很清楚，卡斯皮实际上是受以色列政府的授意，对他们宣布了非正式的断交。当然，以色列政府是为了自己的国家利益，虽断交但做得很有人情味，很义气。

回到伯塞尔饭店后，史林心情相当抑郁。他太年轻，虽然对双方的军力一向都有基本的了解，但难免受偏见所蒙蔽。现在，卡斯皮为他们指出了一座阴森森的冰山，它横亘在必走的航线上，正缓慢地、不可阻挡地向这边逼近。它是真实的威胁，不是海市蜃楼，没有任何办法躲开它。

史林也注意观察着司马夫妇的反应。不知道他们内心如何，至少表面上相当平静。也许他们对卡斯皮的谈话内容并不意外，他们早就认识到形势的严峻？晚上洗浴后，史林来到司马夫妇住的套房，卓君慧洗浴过后正在内室梳妆，对外边大声说："是小史吗？你先和老马聊，我马上就出来。"司马完向史林点点头，仍自顾翻阅犹太教的《塔木德》法典。法典是英文版的，以色列饭店中经常放有犹太教的典籍，以供客人们翻阅或带走。司马完的翻阅显得心不在焉，史林想：他原来并非心静如水啊。史林坐下来，不服气地说："司马老师，今天卡斯皮说得未免太武断。"

司马完淡淡地说："一家之言罢了。不过，他的分析确实很有见地。"

"那我们怎么办？"

"尽人力，听天命吧。"

这个表态未免过于消极。史林心里不太舒服，沉默着。这会儿卓师母走出来说："明天咱们到魏茨曼研究所去，这恐怕是战前最后一次了。小史，明天你也去。"

史林非常意外，因为过去两次陪司马夫妇来以色列，他们从不提让史林去那个研究所，甚至在闲谈中也从不提它。史林一直有一个感觉：司马夫妇总是小心地捂着那边的一切。今天的态度变化未免太突然。他看看司马完，后者点头认可。卓君慧对丈夫说："你也去洗浴吧，洗完早点休息，要连着绞两三天脑汁呢。"

司马完"嗯"了一声，起身去卫生间。史林有点纳闷：她所说的"绞两三天脑汁"是什么意思？按说，在魏茨曼研究所应该是卓师母去绞脑汁吧，那是她的本职工作。卓师母坐到沙发上，和史林聊了一会儿。电话响了，她去接了电话，听见她声音柔柔地说了很久，最后说：

"去吧，我和你爸都尊重你的决定。"

等卓师母放下电话过来，史林发现她神情有些黯然。

"儿子的电话。"卓师母说，"军队在大学征兵，他办了休学，参军了。他说，中国之大，已经放不下一张安静的书桌。他的很多同学都参军了。"

史林在老师家里见过这位晚五届的校友，印象不是太佳。但他没想到，这个表面上玩世不恭的小伙子原来是性情中人，一个热血青年。他钦佩地说："师母，他是好样的。如果我不是在搞武器，也会报名参军。"

卓师母叹口气："我和他爸爸都支持他的决定。当然，担心是免不了的，他年纪太小。"

"他到什么部队？"

"南方一个长波雷达站。在那儿他的专业多少有点用处。"

司马完在浴室里喊妻子，让她把行李箱中的电动刮胡刀拿过去。史林觉得自己留这儿不合适，立即起身告辞。临走，那个念头又冒出来：终日与丈夫耳鬓厮磨的卓师母是否知道他脑中的异物。她不可能毫无觉察吧。史林想，国安部委派的工作真是难为自己了，现在，面对一向敬重的司马老师，春风般温暖的师母，还有他们满腔热血、投笔从戎的儿子，他真不愿意再扮演监视者的角色。

第二天，他们三人借用卡斯皮先生的大奔，由卓师母开着去魏茨曼研究所。路上史林有一个明显的感觉：睡过一觉之后，司马夫妇已经把卡斯皮那番沉重的谈话，以及对战争前景的担心完全抛在脑后，现在他们一心想的是去魏茨曼研究所之后的工作，有一种临战前的紧张和企盼，一种隐约的兴奋。一路上，夫妇两人一直在进行简短的交谈，如"肯定是战前最后一次冲刺了"或者"我估计这次会有突破"。他们的谈话不再回避史林，似乎史林突然也成了"圈内人"。史林没有多问，只是默默地听着，默默地揣摸着。

研究所在海边，是一幢不大的灰色四层小楼。门口没有设警卫，汽车长驱直入地开进去，停在长有棕榈树的院内。小楼内部的建筑和装修相当高档，过往的工作人员都热情地和司马夫妇打招呼，看来他们在这儿很熟络的。三人来到一间地下室内，屋子比较封闭，里面有七张椅子，类似于牙科病人坐的那种可调节的手术椅，南墙上一个相当大的电脑屏幕。屋里已经有五个人，司马完夫妇同他们依次握手，同时向史林介绍他们的身份，其中有一些史林已经早闻其名。那个黄面孔、衣冠楚楚的男人叫松本清智，是日本东京大学物理系的主任。那个俄国人叫格拉祖诺夫，长得虎背熊腰，胡须茂密，是"北极熊"这个绰号的最好标本，是俄国实验地球物理研究所的研究员。那个肥胖的中年男人是东道主，以色列人西尔曼。这位叫吉斯特那莫提，瘦骨嶙峋，衣着粗劣，令人想起印度电影中的弄蛇艺人。年纪最大的高个子是美国人肯尼思·贝利茨，满头白发，粉红色的手背上长满了老人斑。卓君慧说，贝利茨是这个"一六〇小组"的组长。

一六〇小组？史林疑惑地看着卓师母。卓师母笑着解释，这个研究小组完全是民间性质，一直没有正式名称，在他们的圈内常戏称为一六〇小组，后来就这么固定下来了。起这个名字是因为，小组成员的IQ一般都不低于160，都是世界上最杰出的理论物理学家。"不一定是最著名，但一定是最杰出的，比如那个印度人，是一个无正式职业的贱民，完全靠自学成才，在物理学界内外都没有名望，但他的实力不在任何人之下。"卓君慧补充说。

这句介绍让史林掂出了这个小组的分量。他很困惑，不知道这几个人的集合与"脑科学"有什么关联。卓师母还介绍了第六位——电脑屏幕上一个不断变换着的面孔。她说这是电脑亚伯拉罕，算是一六〇小组的第八个成员吧。

几个人都微笑地看着第一次与会的史林。司马完向大家介绍说，这是一个很有天分的年轻人，专业是理论物理，智商160，是一个不错的候补人选。"我因个人原因即将退出一六〇小组，所以很冒昧地向大家引荐他，彼此先接触一下。当然，是否接纳他还要等正式的投票。"司马完转向吃惊的史林，"小史，请原谅我事先没有征求你的意见。反正是非正式的见面，究竟参加与否你有完全的自由。不过我想你肯定会参加的，因为，"他难得地微微一笑，"这是向宇宙终极堡垒进攻的敢死队。"

宇宙终极堡垒！史林确实吃惊，没有想到司马老师会这么突然地把他推到这个陌生的组织内。他内心已经升腾起强烈的欲望。这些人中凡是史林已闻其名的，都是一流的宇宙学家，或量子物理学家。各人主攻方向不同，但没关系的，正如阿维·热所说，在向宇宙终极定律的进攻中，科学的各个分支已经快会师了。

　　鉴于自己多年的追求，和深植于心中的宇宙终极情结，他当然十分乐意参加，甚至可以说，这是司马完老师对他的莫大恩惠。当然，想到国安部洪先生的话，他心中也免不了有疑虑。也许司马完突然给他的恩惠是别有用心？司马完随后的话使他的疑虑更加重了，司马完说："依照一六〇小组的惯例，你需要首先起誓：决不向外界透露有关一六〇小组的任何情况。无论最终是否决定参加，你都要首先宣誓。"

　　大家对新来者点点头，表示是有这样的程序。史林迟疑地说："只要这儿的秘密不危害我的国家。"

　　贝利茨摇摇头："一六〇小组中没有国家的概念。我们的工作是以整个人类为基点的。"

　　史林犹豫着。人类——这当然是个崇高的字眼，但他知道人类利益和国家利益并非完全一致。很显然，人类内部有过多次战争，包括将要发生的战争，上帝的子孙们一直在互相残杀。在这样的情形下，怎能去奢谈什么单一的人类？司马完看看他，冷静地说：

　　"你可以不起誓的，这样你就不会知道一六〇小组的内情；你也可以起誓，这样你将了解一六〇小组的内情但不得向外人披露。对于国家安全部来说，这两种情况的最终结果是完全等效的。你选择吧。"

司马完似不经意地点出了国家安全部的名字，史林不由得转过目光看着他。司马完面无表情，卓师母安详地微笑着。史林想，看来他们已经知道了国家安全部与自己的那次谈话。史林飞快地盘算一下，果断地作出了选择。他想，如果一六〇小组中真有什么见不得人的秘密，他们不会把宝押在一个新人的誓言上吧。他郑重地说："我以生命起誓：决不向任何人透露有关一六〇小组的内情。"

屋里的人都满意地点头。贝利茨说："好的，现在进入阵地吧。这可能是战前最后一次冲刺，希望这次能得到确定的结论。"格拉祖诺夫笑着说："没关系，这次一定能撬开上帝的嘴巴。"

"开始吧。"

以下的进程让史林目瞪口呆。格拉祖诺夫先坐到可调座椅上，卓君慧过去，熟练地揭开他的一片头骨，里边弹出两个插孔，她拉过座椅旁的两根带插头的电缆，分别与两个插孔相连。计算机屏幕上，在亚伯拉罕的模拟人脸旁边，立时闪出格拉祖诺夫的面孔，不，不是一个，是两个。两个面孔与"原件"相比有些人为的变形，而且变形全都左右对称，比如一个人左耳大而另一个右耳大，这大概是用来区分格拉祖诺夫的左右分身吧。它们在屏幕上对着大家做鬼脸。卓君慧依次为六个人做好同样的连接，更准确地说是联机，十二个面孔依次闪现在屏幕上。

虽然很震惊，但史林在那一刻就猜到了真相。这是一种集体智力。六个大脑的胼胝体被断开，每人的左右脑独立，变成12个相对独立的思维场，再分别与计算机联机，建成一个大一统的思维场。胼胝体是人脑左右大脑的连接，有大约两亿条通路。早期治疗癫痫时曾有过割断胼胝体的治疗方法，可以防止一侧大脑的病变影响到另一侧。在二三十年前有人提出设想，说人脑的胼胝体实际是很好的对外通道，可以实现人脑之间或人脑与电脑的联机，并戏言它是"上帝造人时预留的电脑接口"。

非常可喜的是：这种联机的结果并不是加法，大致说来，n个人脑的联机，其联合智力大约是单个人脑的 10^n 次方的数量级。所以，这是一种非常诱人的技术。但因为它牵涉到太多的伦理方面的问题，没有了下文。没想到，在一六〇小组中已经不声不响地实行起来。现在，六个人脑的联机（先不算卓师母和电脑亚伯拉罕），其综合智力大致相当于 106 个人脑——也就是说，相当于 100 万个一流的理论物理学家！在这么一个强大的思维机器前，还有什么问题不能解决呢？

史林苦笑着想，这就是国家安全部所怀疑的"脑中异物"啊。他们在大脑中插入异物，原来并不是为了当间谍，而完全是为了非功利的思维。他佩服这六个人的勇敢，因为，不管怎么说，这有点"自我摧残""非人"的味道。

这会儿是司马完在进行联机，他不动声色地说："我的神经插头在上次体检时被外人发现了。我推测，国安部一定找你了解过我的情况。关于这一点你回国后尽可以向他们汇报，不算你违誓。"

原来司马完（和卓师母）心里早就明镜似的，非常清楚别人对他们的监视。一时间，史林有被剥光衣服的感觉。不过，这会儿他已经把什么"监视"抛到脑后了。那是世俗中的事情，而现在他已经到了天国，面前是六个主管宇宙运行机制的天界政治局常委，正在研究宇宙的最终设计。这也正是他毕生的追求，现在哪里还有闲心去管尘世中的琐事！

六人已经进入禅定状态，屏幕上的十三个面孔（包括电脑亚伯拉罕的）消失了，代之以奇形怪状的曲线和信息流，令人目不暇接。现在屋里只剩下史林和卓君慧。卓师母帮六个人联完机，这才有时间对他解释。她说，这样的人脑联机，或者说集体智慧，是由贝利茨先生最先提议，由她帮助搞成的，唯一的目的，就是为了探求宇宙终极定律。正如司马完曾说的：为了探求那个最简约的宇宙终极公式，需要超出人类天才的超级智慧。

"你先在这儿坐一会儿，我也要进去了，是例行的巡视。"卓师母有点得意地说，"我可以说是这个智力网络的版主，负责它的健康运行。你耐心等一会儿，我很快就会回来的。小史，等我回来，也许我有话要跟你说。"

卓师母坐到第七张手术椅上，散开长发，把两手举到头顶，熟练地做好与计算机的联机，然后闭上眼睛。她的面部表情也被割裂，变得和其他六个男人一样怪异。史林看着她自我联机，感情上再度受到强烈的冲击。原来，卓师母不仅知道丈夫的"异物"，她自己也是如此！很奇怪的是，史林可以接受六个男人的现实，却不愿相信卓师母也是这样。这位慈和明朗、春风沐人的女性，不应该和"脑中异物"扯到一块儿。

其实史林对这种异物并无敌意，如果一六〇小组同意，他会很乐意地照样办理，只要能参与到对宇宙终极定律的冲刺中。所以，他对师母的怜惜就显得违反逻辑。

屋里很静，只有计算机运行时轻轻的嗡嗡声。六个男人都处于非常亢奋的作战状态，面部变换着怪异的表情，大部分时间他们闭着眼，有时他们也会突然睁开眼（一般只睁一只），但此时他们的目光中是无物的，对焦在无限远处。他们面颊肌肉抖动着，嘴角也常轻轻抽动，左手或右手神经质地敲击着手术椅的不锈钢扶手。大屏幕上翻滚着繁杂怪异的信息流，一刻也不停息，其变化毫无规则，非常强劲。六道思维的光流频繁地向终极堡垒冲击，从繁复难解的大千世界中理出清晰的脉络，这些脉络逐渐合并，并成一条，指向宇宙大爆炸的奇点。然后，汹涌拍击的思维波涛涌动于整个宇宙。

史林贪婪地盯着屏幕，盯着他们。他此时无缘体会对宇宙深层机理的顿悟，那种爱因斯坦所称的"幸福思考"。不过，透过六个人的表情，他已经充分感受到这个思维场的张力。而他暂时只能作壁上观，他简直急不可耐了。

只有卓师母的面容相对平和，基本上闭着眼，表情一直很恬静，不大显出那种怪异的割裂。这当然和她的工作性质有关，她并不是和其他人一样冲锋陷阵，而是充当在战线之后巡回服务的卫生兵。屋中的安静长久地保持着，和宇宙一样漫无尽头。一直到吃中午饭时，卓师母才睁开眼睛，伸手去取自己头顶的插头。

卓师母取下插头后仍躺在椅子上，一动也不动。她的表情现在完全恢复"正常"了，不再左右割裂了，但她似乎沉浸在深重的忧虑中，眉头紧蹙，默默地望着屋顶。史林清楚地感受到她的忧虑，但不知道原因。他想，是否是这个智力网络有什么问题？或

148

者他们的集体思维没有效果？

卓师母起来了，从柜子中取出早就备好的食物，是装在软包装袋中的糊状物，类似于早期太空食品（后来的太空食品也讲究色香味，基本不再使用这种糊状物），让史林帮他分发给各人。六个男人都机械地接过食品，挤到嘴中，在做这些动作时，明显没有中断他们的思维。六人都吃完了，卓师母把食品袋收回，从微波炉中取出两份快餐，递给史林一份。两人吃饭时，史林有数不清的问题想问卓师母，但一时不知道该问哪个；另外，他也不知道卓师母会不会向他透露核心秘密，毕竟他还没有被一六〇小组接纳。他问：

"师母，他们的探索已经到了哪个阶段？如果可以对我透露的话。"

卓师母平静地、甚至有点漫不经心地说："宇宙公式已经破解了，去年就成功了。"史林瞪大眼睛，震骇地望着师母。"非常简约、非常优美的公式。你如果看到它，一定会说：噢，它原来是这样，它本来就应该是这样！"她看看史林，"不过，在你正式加入之前，很抱歉我不能透露详情。它对一六〇小组之外是严格保密的，极严格的保密。"

这个消息太惊人了，史林难以相信。当然，卓师母是不会骗他的。他想不通的是，既然已经取得这样惊人的成功，换上他，睡梦中都会笑醒的，卓师母今天的忧虑又因何而来？小组又为什么不公布？沉思很久后，史林委婉地说：

"我上次对司马老师说过，宇宙学研究的最大难点是对于它的验证。这个终极公式一定难以验证吧。不过我认为，再难也必须

149

通过某种验证，超越于逻辑思维之外的验证。"

卓师母轻松地说："谁说难以验证？恰恰相反，非常容易的，已经验证过了。"

"真——的？"

"当然。你想，在没有确凿的验证之前，一六〇小组会贸然喝庆功酒吗？"卓师母说，"虽然我不能向你披露这个公式，但讲讲对它的验证倒不妨的。这会儿没事，我大略讲讲吧。"

史林已经急不可耐了，忘记了吃饭："请讲吧，师母，快讲吧。"

卓师母对史林的猴急笑了："别急，你边吃边听。这要先说说爱因斯坦的质能公式，不少教科书上说，质能公式的发现打开了利用核能的大门，其实这纯属误解，是一个沿袭已久的误解。"

史林接过话头："对，你说得很对。质能公式是从分析物体的运动推导出来的，只涉及物体的质量（动量），完全不涉及核能或放射性。核能其实和化学能一样，都是某种特定物质的特定性质，只有少量元素才能通过分裂或聚变释放能量，大部分物质不行。比如铁原子就是最稳定的，可以说它是宇宙核熔炉进行到最终结果时的废料，它的原子核内就绝对没有能量可以释放。总归一句话：具有能释放的核能，并不是物质的普适性质。但根据质能公式，任何物质，包括铁、岩石、水、惰性气体，甚至我们的肉体，都应该具有极大的能量。"他又补充一句，"核能在释放时确实伴随着质能转换（铀裂变时大约有百分之一的质量湮灭），但那只能看作是质能公式的一个特例，不能代表公式本身。其实，化学反应中同样有质量的损失，只是为数极微。"

"对，是这样的。质能公式只是指出质量与能量的等效性，但并不涉及'如何释放能量'。那么你是否知道，有哪种办法可以释放普通物质中所内含的、符合质能公式的能量——可以称它为物质的终极能量？"卓师母补充道，"正反物质的湮灭不算，因为咱们的宇宙中并没有反物质，要想取得反物质首先要耗费更多的能量。"

史林好笑地摇摇头："哪有这种方法啊，没有，绝对没有，连最基本的技术设想也没有。如果有了它，世界早变样啦。噢，对了，我想起来了，某个理论物理学家倒是提出过一个设想：假设地球旁边有一个黑洞，我们把重物投进黑洞，使用某种机械方法控制其匀速下落（从理论上说这可以做到），那么这个物体的势能就能转变为能利用的能量，其理论值正好符合质能公式的计算。"他笑着补充，"当然，这只是一个思维游戏，不可能转变为实用技术。"

"是否实用并不重要，关键看这个设想在理论上是否正确。我想它是正确的。这个设想中有两个重要特点，你能指出来吗？"

史林略略思索片刻，说："我试试吧。我想一个特点是：这种能量释放和物质的种类无关，只和质量有关，所以它对所有物质都是普适的。对垃圾也适用，填到黑洞的垃圾将全部转换为终极能量，那位物理学家开玩笑说，这是世界上最彻底最经济的垃圾处理方式。"

"还有什么特点？"卓师母提示道，"想想老马曾说过的：抹平空间褶皱。"

史林的反应非常敏捷，立即说："第二个特点是：它是借助于宇宙最极端的畸变空间实现的，物质放出了终极能量，然后被黑洞抹平自身的'褶皱'，消失在黑洞中。"

卓师母赞许地点头："不错，你的思维很敏锐，善于抓关键，你老师没看错你。"

史林心潮澎湃。他在阅读到这个设想时，只是把它当成智力游戏，一点也没有引起重视。但此刻在卓师母的提示下，他意识到：这个简单的思想实验也许正好显示了终极能量的本质。被投入黑洞的物质完成了它在宇宙中的最终轮回，被剃去所有毛发（抹去所有信息），不管它是什么元素，不管它是什么状态（固态、液态、气态、离子态，甚至是单独的夸克），都将放出终极能量，被黑洞一视同仁地抹平褶皱，化为乌有。但这和卓师母所说的"对宇宙终极公式的验证"有什么关系？卓师母似乎知道他的思想活动，随即说：

"一六〇小组发现的宇宙终极公式，恰恰揭示了空间'褶皱'与'抹平'的关系。利用这个公式，就有办法让物质'抹平褶皱'，放出它的终极能量。所有的物质都可以，而且技术方法相当简单，比冷聚变简单多了。我们一般称它为终极技术。"

卓师母说得很平淡，但史林再次被惊呆了。他激动地看着卓师母，生怕她是在开玩笑。他忽然脱口而出：

"这么说，冰窟窿可以扩大了，甚至可以无限地扩大！卓师母，那你们为什么还要保密？"他说的话没头没脑，但卓君慧完全理解。他是在借用卡斯皮的比喻：即将开始的资源之战就像一群海豹在争夺冰面上的换气口。是啊，现在冰窟窿可以无限扩大了，因为对资源的争夺首先集中在能源上，如果物质的终极能量能轻易释放，那么，人类能源问题可以说得到了彻底解决，以后，只用把社会运行中产生的垃圾、核废料等这么转换一下就行了。哪里还用得着打仗呢？

史林非常亢奋，情动于色。卓君慧心疼地看看这个大男孩：他还是年轻啊，一腔热血，但未免太理想化。她摇摇头：

"不行的，终极公式绝不能对外宣布。这是小组全体成员的决定。"

史林的亢奋被泼了冷水，不满地追问："为什么？到底是为什么？"

卓师母叹口气："我这就告诉你。不知道你是否知道文明发展的一个潜规则，虽然它并没有什么内在的必然性，但它一直是很管用的。那就是：当技术之威力发展到某种程度时，它的掌握者必然会具有相应程度的成熟。形象地说，就是上帝不允许小孩得到危险玩具。这么说吧，二战时核爆炸技术没有落到希特勒和日本人手里，看似出于偶然，实则有其必然性。大自然能有这条潜规则实在是人类的幸运，否则就太危险了。但一六〇小组的出现打破了这种潜规则。由于智力联网，小组所达到的科技水平远远超越时代，至少超越五个世纪。反过来也就是说，今天的人类还不具备与终极技术相应的成熟度。"她强调着，"不，绝不能让他们得到这个危险的玩具。"

史林悟到这个结论的分量，但并不完全信服。他不好意思反驳，沉默着。卓君慧看看他："你不大信服这条潜规则，是不是？我们并不愿意隐瞒终极技术，不过很可惜，它还有一个……怎么说呢，相当怪异的、善恶难辨的特点，它使我刚才说的危险性大大增加了。"

"什么特点？"

"量子力学揭示，一个观察者会造成观察对象量子态的塌缩，也就是说，精神可以影响实在。这个观点有点神神鬼鬼的味道，爱因斯坦就坚决反对，但100多年的科学发展完全证实了它。而且，这种精神作用并不是永远局限在量子世界中——那样给人的感觉还安全些，通过某种技巧，精神作用甚至可以影响到宏观世界，比如著名的薛定谔猫佯谬。这些观点你当然了解的。"

"是的，我很了解，我一点都不怀疑。"

"问题是这种精神作用中的一个特例：当观察者的观察对象就是他本身时，这种'自指'会产生一种自激反应。把它应用到终极技术上，会得出这样一个结果：如果一个人想引爆自身会特别容易，可以借助于装在上衣口袋中的某种器具去实现。而普通物质终极能量的释放相对要复杂一些。"她看着史林，说，"你当然能想象得到，这意味着什么。"

史林当然能想象得到，不由得打了一个寒战。这就意味着，一旦终极技术被散播到公众中去，那对恐怖分子太有利了。他们今后甚至不用腰缠炸药，只用在上衣口袋中装上某种小器具，就可以自由自在地去他想去的地方，然后微笑着引爆自身。而且……这是怎样威力的人体炸弹啊。按质能公式，一个体重六十公斤的人具有大约 5×10^{18} 焦耳能量，按每克 TNT 能量密度为 5000 焦耳算，相当于 10^9 吨 TNT，也就是说一亿吨！而美国扔在广岛的原子弹才 1.3 万吨！太可怕了，确实太可怕了。现在，史林完全理解了一六〇小组对终极公式严格保密的苦心。卓君慧说：

"迄今为止，世界上只有七个人了解这件事。你是第八个。"

史林沉重地点头，他已经感到了沉甸甸的责任。他也会死死地守住这个秘密，不向任何人透露——甚至包括国家安全部。随后他想到，卓师母今天主动向他透露这些秘密，恐怕是有所考虑的，也许是受一六〇小组的授意吧。这些秘密不会向一个"外人"轻易泄露，那么，一六〇小组可能已经决定接纳自己。

对此史林没什么可犹豫的，虽然"脑中植入异物"难免引起一些恐怖的联想，有可能毁了他作为普通人的生活（也不一定，司马夫妇照旧生活得很好），但为了他从少年时代就深植于心中的宇宙终极情结，为了满足自己的探索欲，他愿意做出这样的牺牲。

卓师母又要进去巡回检查了，史林帮她插好神经插头。等她沉入那个思维场后，史林一个人坐在旁边发呆。卓师母指出的终极武器的前景太可怕，与之相比，今天的核弹简直是儿童玩具了。因为人类所珍视、所保护、所信赖的一切：建筑、文物、书籍、野花、绿草、白云、空气、清水，甚至你的亲人、你的自身，都会变成超级炸弹。也许一连串的终极爆炸能引起地球的爆炸，半径 6000 公里的物质球在一瞬间能被抹平，变成强光和高热，人类的诺亚方舟从此化为没有褶皱的空间，不留下任何痕迹。

话又说回来，如果终极能量完全用于高尚的目的，那时人类文明的前景该是何等光明！这是最干净最高效的能源，它的使用不会在系统内引起熵增，人类社会不但一劳永逸地解决了能源问题，连带着把最头疼的环境污染（本质是熵增）也解决了。

但谁能保证人类中没有一个恶人？没有一个谈笑间在学生教室里引爆自身的恐怖分子？一万年后也不敢保证。由于人性之恶，技术之"善"与"恶"被交织在一起，永远分拆不开。于是，一六〇小组的成员们只有眼睁睁地看着已经到手的伟大发现而不能用，甚至还要处心积虑地把它掩盖起来。

史林沮丧地想，看来人之善恶比宇宙终极定律更为复杂难解。也许这就是一六〇小组的下一个终极目标吧——致力于人类灵魂的净化。

六个人的"智力攻坚"整整进行了两天。这两天中，卓师母曾四次进入思维场。那里一切正常，后来她就不再进去了。但她也不再和史林交谈，一直沉思着，眉间锁着很深重的愁云。但究竟是为什么，史林不敢问。晚上她和史林没去睡觉，倚在椅子上断断续续睐了几次。那六个人则显然没有片刻休息，一直处于极为亢奋的搏杀状态中。第二天晚上七点，卓师母最后一次"进入"，半个小时后返回，对史林简短地说：

"快要结束了，他们已经太疲累。这次不大顺利，看来仍然得不出结论。"

史林试探地问："他们在思考什么问题？既然终极公式已经得出来了。"

"终极公式可不代表终极问题。现在他们的进攻目标，其实是探究爱因斯坦曾经说过的一句话：我真正感兴趣的是，上帝能否用别的方法来建造世界。换言之，如果我们这个宇宙灭亡后还会有'下一个'宇宙，或者在我们这个宇宙'之外'还有另外的宇宙——只是象征性的说法，实际宇宙灭亡后连时间空间都不存在，我们的公式在那儿是否还管用。"卓师母微笑道。

"你一直强调对真理的验证，但这一个问题能否验证，还真的很难说。因为，对它的研究很难跳出纯粹的逻辑推理。要知道，依靠一六○小组的超级智力，提出几种能够自洽的假说并不难，难的是设计出验证办法。"她补充道，"而且必须要在'这个宇宙'之内对'宇宙之外'的事情做出验证。这个问题甚至比破解终极公式更难一些。他们正在做的就是这件事。"

"你说他们这次的进攻没有成功？"

"嗯。"

史林笑了："这对我其实是个好事，总不能把事做完了，得给我留一个吧。"

卓师母会心地笑了，但没有往下说，因为贝利茨先生已经举手示意要结束了……卓师母过去，动作轻柔地为他们拔下神经插头，再互相对接，把那块头骨按平。六个人依次从椅子上站起来。他们表情割裂的面容都恢复了正常，但都显得非常疲惫，入骨的疲惫，看来，连续两天的绞脑汁把他们累惨了。他们略定定神，贝利茨笑着说：

"别急，等下一次吧。上帝150亿年才完成的东西，咱们想撬开它，不能太性急。"

这边茶几上卓君慧已经摆好了食物，这次不是瓶装流食，而是三明治、五香牛肉、羊肉（印度人不吃牛肉）、火鸡肉、饮料等，六个饿坏的人立即围上去，大吃大嚼起来。

尽管今天的探索失败了，但是他们丝毫不显沮丧，餐桌上反倒有腾腾搏动着的欢快。探索本身就是幸福，也许其过程比结果更幸福，史林非常理解这一点，他真想立即加入到这个小组中去——当然，与渴望伴随的还有对终极武器的恐惧，同卓师母谈话后，这样的恐惧已经如附骨之疽，摆脱不掉了。司马完看看史林，对妻子说：

"你对小史介绍了吧？"

"嗯，该介绍的我都说了。"

贝利茨温和地说："史先生，你考虑一下，如果愿意加入一六〇小组，就提出一个正式申请，我们将在下次聚会时表决。"

"谢谢，我马上会提出申请。"

贝利茨没有问司马完为什么要退出一六〇小组，他对此有点困惑。凡是加入一六〇小组的人，都把这种无损耗的智力合作、这种对终极真理的孜孜探索，当成了人生第一需要，当成了人生快乐的极致。所以，不是为了非常重大的原因，没有人会愿意退出小组的。当然他没有问，其他人也都没有问，这属于个人的隐私，个人的自由。

七个人中间，只有卓君慧知道丈夫这个决定的深层原因。并不是丈夫告诉她的，司马完甚至对自己的妻子也守口如瓶。但卓君慧早就发现了丈夫的心事，半年前就发现了。在刚才的巡回检查中，当七个人的思维形成无边界的共同体时，卓君慧曾悄悄叩问了丈夫的潜意识，她的叩问非常小心，正致力于智力搏杀的司马完一点儿也没有觉察到。她甚至还悄悄叩问了其他几个人的潜意识，他们同样没发现。当六道思维大潮汇聚到一起，汹涌拍击宇宙终极堡垒的围墙时，他们不会注意到大潮下面是否有一道细细的潜流。

这种思维潜入在一六〇小组中并没有明令禁止，但从公共道德来说，这种做法肯定是违规的。但卓师母还是做了。她要去验证一些重要的东西，非常重要，足以让她有勇气违背平时的做人道德。现在她已经完成了验证，验证的结果使她倍感忧虑。

夜里九点，八个人互相握别，也没忘了同电脑亚伯拉罕告别。他们依次同电脑中的那个面孔碰了碰额头，亚伯拉罕对每一个人说：

"再见，希望下一次早日相聚。"

他们预定的聚会被无限期地推迟了。

战争。

在随后的半年中，世界上的主要国家进行了最后的排列组合，分成两个阵营。

2028 年 5 月 28 日，后人所称的"第 2.5 次世界大战"终于打响了第一枪。战争的进程一如那位以色列军事专家卡斯皮的预期，是典型的远洋绞杀战和点穴战。"老海豹"们宣布了对"新海豹"阵营绝对的石油禁运，所有通往这些国家的油船都被拦截，中国"郑和号"50 万吨油轮没能回国，被"暂时"扣押在伊拉克的巴士拉港。中俄石油管道和中哈石油管道"因技术原因"无限期关闭。中国西气东输管道，及伊朗—巴基斯坦—印度石油管道被空中投掷的动能武器炸毁，而且从此没能有效修复，因为这种天基打击是不可抵御的。中国和美国开始了对敌方卫星的绞杀战，一夜之间双方都损失了二分之一的卫星，然后又突然同时中止，原因不明。各国的核力量（陆基和海基）都张紧了弦，但却一直引而不发。直到战争结束，谁都不敢首先启用。所以，最危险的核力量反倒毫发无伤。

最激烈的战事发生在对各重要海峡的争夺上，这是没有悬念的战斗，因为美、日、英的远洋海空力量及天基力量都处于绝对优势。然后，战火蔓延到"新海豹"国家的海港、铁路枢纽、通信光缆会聚点等，但多是电磁脉冲轰炸或精确轰炸，是以破坏交通、电力、通信为目的，人员伤亡并不大。人们讥讽地说，看来社会确实进步了，连战争也变得文明啦。

这种慢性扼杀战术的效果逐渐显现。司马完夫妇"透不过气"的感觉越来越强烈。北京城里，那曾经川流不息、似乎永不会中断的车流几乎消失了，普通人的汽车全部趴在车库里，因为有限的石油被集中起来，确保军队的需要。铁路交通处于半瘫痪状态。电信通信经常中断，社会不得不回过头来依靠邮政通信。北京的夜晚因为空防和经常断电变得漆黑一团。社会越来越难于正常运行了。

失败就像是黑夜中的冰山，缓慢地、无可逆转地向"新海豹"阵营逼来，伴随着砭人骨髓的寒意。

战争开始两星期前，史林到日本探亲（他一个叔爷定居在日本），随后两国断交，史林没有回国。其实两国断交后都遣返了滞留在自己国家的对方公民，但据说是史林自己坚决拒绝回国，他的叔爷便为他办了暂居证。

史林从以色列返回后，向国家安全部的洪先生汇报了在特拉维夫的见闻，主要是说明了司马完（还有他妻子）脑中的异物是怎么回事，但对终极公式和终极能量的情况则完全保密，信守了他对一六〇小组的承诺。他对洪先生说：

"我可以保证，他俩装上这个插头是为了科学探索，而不是其他的卑劣目的，也不存在受别人控制的情况。"

洪先生没想到一桩大案最终是这么一个结果，一下子轻松了。从他内心讲，他实在不愿意这个重量级的武器专家成了敌国间谍。同时他也非常不理解：一个人会仅仅为了强化智力而摧残自身，把自己变成"半机器人"。听完汇报后他摇摇头，没有多加评论，只是对史林表示了感谢。随后他和吕所长通了电话，气恼地说：

"太轻率了。司马完这种做法至少是太轻率了。要知道，他的脑袋不光是他个人的，还是国家的。"

吕所长叹道："是的，他的轻率做法让我非常为难。以后我该怎样对待他？我敢不敢信任一个大脑里装着神经外插头的人？尽管他不会是间谍——你知道，我对这一点一直敢肯定，从一开始就敢肯定，但有了这么一个大脑外插头，就存在着向外泄密的可能，尽管泄密并非他本人的意愿。"

这么一来，战争开始后司马完反倒非常清闲。北方研究所彬彬有礼地把他束之高阁，不再让他参与具体的研究工作。对此他非常坦然地接受了，丝毫不加解释。他研制的电磁脉冲弹在战争中也没派上太大的用场。对日本倒是用上了，在几个城市、海港进行了饱和电磁轰炸，对信息系统造成了很大破坏。但对远隔重洋的美、英、澳则有力使不上，毕竟中国的远程投掷能力有限。

司马完和妻子赋闲在家，散步，打太极拳，盼着儿子那儿寄来的军邮。儿子来过几封信，信中情绪很不好，一再说这场战争打得太窝囊，与其这样熬下去，不如驾一只装满炸药的小船去撞美国军舰，毕竟在几十年前，在南也门的亚丁港就有人这么成功地实施过。卓君慧很担心儿子的情绪，回了一封很长的信，尽量劝慰他，但她知道这些空洞的安慰不会起多大作用。

这是战争开始一年半后的事。儿子没能见到妈妈的信——几乎在发走这封信的同时，家里就接到了军队送来的阵亡通知书。仍是一次天基力量的精确打击，美国的武装卫星向儿子所在的长波雷达站投掷了一枚钨棒，以每秒六公里的极高速度打击地面，其威力相当于一枚小型核弹。雷达站被完全抹去了，里面的人尸骨无存，甚至连一件遗物都找不到。

办完儿子的丧事后，司马完开始实施自己的计划。并不仅仅是为了儿子的死，不是的，这个计划他早就筹划好了，自从确认中国在这场准备不足的战争中必然失利后，甚至早在卡斯皮那次谈话半年之前，他就开始了秘密筹划。但儿子的牺牲无疑也是一种推动，在道义上为他解去了最后的束缚。他办妥了去中立国瑞士的护照，借口是一次工作访问，然后准备从那儿到美国，寻找一个合适的地点，把自己五十六公斤质量的身体变为一个绚丽的巨火球。

妻子因爱子的死悲痛欲绝，终日以泪洗面。他在出发前一直尽量抽时间安慰妻子。在这样的时刻，语言的力量太苍白了，他只是默默地陪着她，搂着她的腰，看着她的眼睛，或者轻柔地抚着她的手背。其实他的悲痛并不比妻子稍轻，妻子睡熟后，他睡不着，一个人来到阳台，躺到摇椅上，望着深邃的夜空，思念着儿子，心疼着妻子，也梳理着自己的一生。他常说自己当一个武器科学家纯属角色反串，他的一生只是为了探索宇宙终极真理，享受思维的快乐。他们（一六〇小组的伙伴）的探索完全是非功利的，是属于全人类的。他也曾真诚地发誓，不会把终极能量用于战争。但他终究是尘世中人，当他的思维翱翔于宇宙深处时，思维的载体还得站在一个被称作中国的黄土地上。这儿有流淌五千年的血脉之河、文化之河，这儿的人都是黄皮肤，眼角有蒙古褶皱，有相同的基因谱系。他必须为这儿、为这些人，尽一分力量，做一些事情，虽然他要做的事可能有悖于一个终极科学家的道德观，有悖于他的本性。

他在无尽的思考中逐渐淬硬自己的决心。他并非没有迟疑和反复，不过他最终确认只能这样做。

他一直没把自己的决定告诉妻子，但妻子也许早已洞察到了。娶了这么一位高智商的妻子也有这点不便——他一般无法在妻子面前隐藏自己的内心活动。不过，这些天来，儿子之死对她的打击太大，妻子一直心神恍惚，似乎没有觉察到他的离愁，甚至没为他准备出门的衣物。

晚饭后，两人面对面坐在沙发上。司马完发现妻子的眼神像秋水一样清明。妻子冷静地、开门见山地说：

"老马，后天你就要走了，去行那件事了吧？"

"对。我要走了。"

"你打算在哪儿引爆自身？"

司马完不由得看看妻子，妻子沉默着，不加解释，等着他的回答。他也不再隐瞒，直言道："还没定，到美国后我会选一个合适的地点。我之意在于威慑，不愿造成过多的人员伤亡。"

妻子叹息道："即使这样，恐怕死者也是数万之众了。"

司马完沉重地点头："可能吧。君慧，你了解我的，我真的不愿这样做……"

妻子叹息一声："我没打算劝你。你已决定的事，别人没法改变的。其实我早知道你在筹划，大约半年前就开始了吧，而且是在卡斯皮那次谈话后最后定型。你决定赴死后，开始推荐史林接你的空缺。我对这些很清楚，因为，"她对丈夫第一次坦白，"在以色列那次智力联网中，我曾悄悄叩问了你的潜意识。"

司马完惊讶地看看妻子，认真回忆了一下，没能回忆到那次联网时妻子对他的思维入侵。他素来佩服妻子的智商，这会儿更佩服了。虽然那时他尽量做得不动声色，但还是没能瞒过明察秋毫的妻子，反倒是自己被蒙在鼓里。卓君慧接着说：

"那次我还同时叩问了其他五个人。他们大都会恪守一六〇小组制定的道德红线，即：在任何情况下，绝不把终极能量用于战争。"

司马完诚心诚意地说："我敬重他们，也羡慕他们——如果我也能坚持那样的决定就太幸福了。他们的心地比我纯净。"

卓君慧仍顺着自己的思路往下说："除了一个人。我是说，有可能背离这条红线的，除你之外还有一个人。当然他现在不会这样干，但一旦你用终极能量改变了战争的均势，他也会背离自己的本意，仿效你的做法。我想，不用说名字，你大概能猜出他是谁吧。"

司马完迟疑了一会儿，不大肯定地说："松本清智？"

"对，是他。你——想想吧。"

卓君慧没有深谈，但司马完当然明白她的意思。一个可怕的前景——敌我双方都握着这种撒旦的力量，战争最终会变成终极能量的对决，双方将同归于尽，没有胜利者——如果不说地球毁灭的话。

不过，在这一瞬间，司马完马上想到了史林。从以色列回来后，妻子曾经同那个年轻人有过一次秘密谈话，然后史林就去了日本，而且在战争爆发后拒绝回国。司马完对此一直有怀疑，他了解那个青年，他和儿子一样，血是热的，在战争来临时拒绝回国不符合他的为人。这么说，他是妻子事先安排好的棋子？他看着妻子的眼睛，轻声问：

"但你已经事先做了必要的安排？"

妻子点点头："对，史林。昨天我已经通知他开始行动。咱们等一等，等到那边的结果再说吧。"

此时，史林正待在日本千叶县一家拉面馆里。战争爆发后他拒绝回国，求他的叔爷为他办了暂居证，但此后他坚决拒绝了叔爷的挽留，离开叔爷在东京的家，到千叶县"和爱屋"拉面馆找到了工作，并住在这里。其实离开北京前他已经提前做了准备，用1000元的学费，花费一天时间，在一家兰州拉面馆中学会了拉面手艺。他那高达160的智商可不是虚的，在体力活上也表现得游刃有余。到"和爱屋"半个月后，他的功夫已经炉火纯青，可以把手中的面拉得比头发还细，是这里挂头牌的拉面师了。

千叶县在日本的东面，离东京不远。这儿受战争影响不大，拉面馆生意相当红火，每天晚上到十一点后才能休息。忙完一天，累得两条胳膊抬不起来，但他在睡觉前总要抽点时间看看专业书。战争终归要结束的，而自己也终归会卸掉戏装（他目前就像是票友在舞台上扮演角色），回归自我。他不能让自己的脑子在这段时间锈死，至少要让它保持怠速运转吧。

他所看的专业书就包括松本清智的一些著作，日文原版，如《宇宙暗能量的计算》《杨—米尔斯理论中的非规范对称》《物质前夸克层级的自发破缺》《奇点内的高熵和有序》等。这些著作写得极为出色，浅中见深，举重若轻，逻辑非常清晰，给人的感觉是数学博士到小学讲加减法。如果是过去，阅读之后史林只会空泛地称赞一番，但现在他知道这些著作之所以出色的内在原因——松本清智已经知道了宇宙终极定律，虽然著作中只字未提，但以已经破解的终极定律来统摄这些前期的理论探讨，那就像登山者到达山顶后再回头看走过的路，当然是条分缕析、清清楚楚了。

史林很敬重松本清智教授，所以对自己将不得不做的事，心中十分歉疚。从以色列回来后，卓师母和他有过一次深谈。那时他才知道，自他们到达以色列之后的一切举动，包括让史林走进一六〇小组的圈子内，包括卓师母主动向他透露有关终极武器的情报，实际上都属于一次周密的策划——不，更准确地说，是两个交织在一起的计划。司马老师是第一个计划的策划者，他决心背离一六〇小组的道德红线，用终极武器来改变战争的结局，于是推荐史林来接替自己死后留下的空缺；卓师母敏锐地发现了丈夫的秘密计划，不动声色地做了补救，并巧妙地利用那次大脑联网查清了各人的潜意识。

从以色列回国后的那次深谈中，她对史林坚决地说："绝不能让终极能量用于战争！一定要避免这一点，对于准备背离那条道德红线的人，无论是谁，不管是我丈夫还是松本清智，都不得不对其采取断然措施！"

史林开始并不同意她的做法，作为一个血气方刚的年轻人，从感情上说，他更多的是站在司马老师这一边。但卓师母用一个深刻的比喻把他说服了。卓师母说：

"假如一群 20 世纪的文明人在海岛上发现一个野蛮人部落，他们还盛行部族仇杀，甚至吃掉俘虏。这当然是很丑恶的行为，文明人会怜悯他们，劝阻他们，但并不会仇视他们，因为他们的社会心智还没进化到必要的高度。如果一时劝阻不住，文明人会寄希望于时间，期待他们的心智逐渐开化。不过，如果因为痛恨他们的丑恶而大开杀戒，用原子弹或艾滋病毒把他们灭族，那这样的文明人就比野蛮人更丑恶了！"

"相对于一六〇小组的成员来说，21 世纪的人类也处于蒙昧阶段，想想吧，他们仍然那么迷恋危险的武器玩具，热衷于用战争来解决人类内部的争端。但这是现实，没办法的，无法让他们在一夕之间来个道德跃升，也只能寄希望于时间。可是，如果我们也头脑发热，甚至把'五百年后的技术'用于今天的战争，帮助一部分人去屠杀另一部分人，那我们就比他们更丑恶了！"

史林被她的哲人情怀完全征服了，心悦诚服地执行师母给他布置的任务。他在日本住下来，老老实实地做他的拉面师傅，每星期按时到警察厅报告自己的行踪（这是日本警方对敌国侨民的要求），其余时间就窝在"和爱屋"拉面馆里。日本社会中本来就有浓厚的军国主义思想，战争更强化了它。拉面馆里几乎每天都能听到刺耳的言论，甚至有狂热的右翼分子知道这位拉面师傅是中国人，常常来向他挑衅，但史林对这些挑衅安之若素。

转眼一年半过去了。

这天，他正在操作间拉面，服务员惠子小姐过来喊他，说一位客人要见见中国拉面师傅。顺着惠子的手指，他看到一个相貌普通的中年人，坐在角落里，安静地吃着酱油拉面。史林走过去，那人抬起头，微笑着问：

"你是史林君？从中国来的？"

"对。"

"听说你曾是物理学硕士？"

"对。"

"你认识卓君慧女士吗？"

"认识的，她是我的师母。先生你是……"

那人改用汉语说："卓女士托我捎来一样东西。"他把一个很小的纸包递过来，里面硬硬的像是一把钥匙，然后他唤服务员结账，就走了。

当天晚上，史林向拉面馆老板递了辞呈，说他的叔爷让他立即回东京，家里有要事。老板舍不得这个干活卖力、技术又好的拉面师傅，诚心诚意地做了挽留，留不住，便为他结清了工资。

第二天上午，史林已经到了东京大学物理系办公室。在此之前，他先到东京车站，用那位信使交给他的钥匙，打开车站寄存处第二十三号寄存箱，从里面取出一个皮包。包内是一支电击枪，美国 XADS 公司研制的，有效射程 50 米，它是用强大的紫外线激光脉冲将空气离子化，产生长长的、闪闪发光的等离子体丝，电流再通过这一通路击向目标。为了将人击晕而又不造成致命伤害，所用的电脉冲必须极强，但持续时间又极短，每次只有零点四皮秒（一皮秒等于一百亿分之一秒），这相当于瞬间作用能量达到一万兆千瓦。

这是一种非杀伤性武器，一般用于警察行动。但史林手中这个型号的震击枪强度可调，在最强挡使用，可以使目标的大脑受到不可逆的损伤，变成植物人，无论是催苏醒药物还是高压氧舱都无能为力。这种武器的致残效果非常可靠，美国 XADS 公司对其做过缜密的研究和动物实验，史林阅读过有关的实验数据。现在，装有武器的皮包就放在他的腿上。

秘书去喊松本先生，在这段时间里史林打量着松本的办公室。原来松本是很有性格特点的，大学物理系主任的办公室应该很严肃，但这儿贴满了漫画，似乎都是从科普著作或科幻读物中摘录并由他重新绘制的，而且全都和宇宙终极定律暗暗相合。这张画上是一个麻衣跣足、长发遮面的上帝，他在向宇宙挥手下令：我要空间有褶皱，于是就有了褶皱；那儿仍是这位上帝，右手托着下巴苦苦思索：我该不该用另外的办法来造出下一个宇宙？后墙上的画更让他感到亲切，那是一群小人，推着小车，排成长队，向地球之外的一个桶里倾倒垃圾，而这个桶则连着绳索和种种可笑的滑轮，控制其速度后坠向下面的黑洞。这正是他向卓师母提及的那个"释放物质的终极能量"的设想啊。

他欣赏着这些漫画，从中感受到松本清智未泯的童心。然后他用手捏了捏皮包，里面硬硬的，是那件杀人武器。他不由得叹息一声。

松本先生进来了，一眼就认出了史林："是史林君？我们在以色列见过一面。你怎么这会儿来日本？"

史林立起身，恭谨地说："我已经在日本停留一年多了，战前我来日本探亲，战争爆发后我没有回去。"

松本看看他，没有说话。松本不赞成战争，但也不赞成一个年轻人逃避对国家的责任。这两种观点是相悖的，用物理学家的直觉或形式逻辑都无法理清它。但不管怎么说，这种不明不白的感觉让他对史林心存芥蒂。不过他没有把心中的芥蒂表示出来，亲切地问：

"有什么需要我帮忙的吗？有难处尽管说，我同你的老师、师母都是很好的朋友。"

"谢谢松本先生。我没有什么难处。我来找你，是受卓君慧女士之托，想请你回答一个问题。"

松本扬扬眉毛："是吗，受卓女士所托？请问吧。"

"请问松本先生，你会把终极能量用于这场战事吗？"

松本愣了一下，没想到史林会直率地问这个问题。一般来说，一六〇小组的组员们都不在那间地下室之外谈论与终极定律有关的话题。他简单地说："不会。这是所有组员的共识。"

"但如果某个人，比如我的老师司马完，首先使用了它，从而改变了战争的均势，那时你会使用它吗？"

松本感受到这个问题的分量，认真地思考着，史林这个问题不会是随便提出的，其中必然涉及司马完的某个重要决定。在他思考时，史林目不转睛地看着他。过了一会儿，松本坦率地说："如果是在那样的情势下，我会考虑的。"

史林从皮包中拿出那支电击枪，苦涩地说："松本先生，我非常抱歉。卓师母说，绝不能让终极能量变成杀人武器，那对人类太危险了。为了百分之百的安全，必须事先就对你和司马完先生采取行动。我真的很抱歉，我是为你尚未犯下的罪行伤害你，但我不得不这样做。"

在松本先生吃惊的盯视中，他扣响了扳机。松本身体猛然抽搐，脸朝后跌了下去。史林抢上一步抱住他，把他慢慢放在地上。坐在外间的女秘书透过玻璃看见屋里发生的事，尖叫一声，向外面跑去。史林没有跑，他把松本先生抱到沙发上，仔细放好，用沉重的目光端详着他。松本脸上冻结着惊讶的表情，不再对外界的刺激发生反应，他已经成为植物人了。史林对他深深鞠了一躬。

他用办公室的电话机拨了两个外线，一个给那位送钥匙的信使，一个给东京警视厅。然后他就端坐在松本先生身边，等着警察到来。

在妻子扣动 XADS 电击枪扳机的那一瞬间，司马完没有恐惧而只有轻松。妻子把他身上这副担子卸下来了，他相信妻子随后会把这副担子背起来，肯定会背起来的。她比自己更睿智。

一道闪闪发光的细线从枪口射向他的头部，然后，强劲的电脉冲顺着这个离子通道射过来。司马完仰面倒下去，妻子抢前一步抱住他，把他小心地放在沙发上，苦涩地看着丈夫。她没有哭，只是长长地叹息着。

战争没有改变贝利茨闲逸的退休生活。他住在特拉华半岛上的奥南科克城郊，每天早上，他与老妻带着爱犬巴比步行到海滨，驾着私人游艇在海上徜徉一个上午。这天他们照旧去了，他扶着妻子上了游艇，巴比也跳上来了，他开始解缆绳。忽然，海滨路上一辆警车风驰电掣般驶来，很远就听见有人在喊：

"是贝利茨先生吗？请等一等，请等一等！"

贝利茨站直了，手搭凉棚，狐疑地看着来人。一个警官下来，向他行礼："你是斯坦福大学的终身教授肯尼思·贝利茨先生吗？"

"对，我是。"

"请即刻跟我们走，总统派来的直升机在等你。"

他十分纳闷，想不通总统突然请他干什么。但他没有犹豫，立即跳到岸上，对老妻简单地道别。

他说："琳达，你不要出海了，你自己驾游艇我不放心。"

琳达说："你快去吧，我会照顾自己的。"

他同老妻扬手告别，坐上警车。那时他不知道，这是他同老妻最后的见面了。两个小时后，他来到白宫的总统办公室。会议室中坐着一群人，有总统、副总统、国务卿、国防部长和参谋长联席会议主席，单从这个阵势看，总统一会儿要谈的问题必定非同小可。屋里，椭圆形办公桌上插着国旗、总统旗及陆、海、空、海军陆战队四个军种的军旗，天花板上印着总统印记，灰绿色的地毯上则嵌有美国鹰徽。他进去时，总统起身迎接，握手，没有寒暄，简洁地说：

"谢谢你能及时赶来。贝利茨先生，有一位中国人，卓君慧女士，要立即同你通话，是通过元首热线打来的。你去吧。"

白宫办公室主任领他来到热线电话的保密间，总统和国务卿跟着他进来。贝利茨拿起话机，对方马上说："是老贝吗（卓君慧常这样称呼他），我是卓君慧。"

"对，是我。"

"我有极紧要的情况向你通报。请把我的话传达给贵国决策者，并请充分运用你的影响力，务必使他们了解情况的严重性。因为，"她冷峻地说，"据我估计，他们的理解力不一定够用的。"

"我会尽力的。请讲。"

卓君慧言简意赅地讲了事情的整个经过：卡斯皮的谈话，她丈夫司马完的打算，她对一六〇小组其他六个成员意识的秘密探查——

"我很歉疚，我的秘密探问是越权的。我……"

"你的道歉以后再说，说主要的。"

"我确认，小组中有两人，即我的丈夫和松本清智先生，会把终极能量用于当前的战争。我随后又用其他方法，对两人的态度做了直接验证。验证后我采取了断然行动，使用美国 XADS 电击枪将他们变成了植物人。关于松本先生的情况，你们可以通过日本政府得到验证；关于我丈夫的情况，你是否需要亲自来验证一下？这一点很重要，你可以带上一个官方代表。"

贝利茨已经猜到了卓君慧以下要谈的事。他略微犹豫，说："不需要了，我信得过你。继续说吧。"

她加重语气说："我们已经做出了足够的自我克制，希望这种克制能得到善意的回应。"她重复道，"希望你能把这些话传达给贵国决策者，诺亚方舟的存亡在他们的一念之间。我希望在三天内听到回音，可以吗？"

"可以的，三天时间够了。再见。"

"再见。"她说了一句美国人爱说的话，"愿上帝保佑美利坚，也保佑整个诺亚方舟。"

贝利茨挂上电话，陷入沉思。总统一行人一声不响地等着他说话。等了一会儿，国务卿忍不住问："贝利茨先生，那位中国女人所说的终极能量是怎么回事？"

贝利茨笑着说："我是个机能主义者，我认为电子元件同样能承载一个人的智慧，说不定，那样的智慧会更纯净呢，因为人性中很多的'恶'与我们的肉体欲望有关。"

在场的几个人都不明白这番没头没脑的话，心想也许贝利茨先生老糊涂了，不过他们都礼貌地保持安静。但贝利茨显然没有糊涂，他目光灼灼地扫视着众位首脑，有条不紊地吩咐着：

"请立即给我安排一架专机，我要尽快赶到特拉维夫，在那儿查证一样东西。明天晚上我会返回白宫，那时请今天在座的各位再次聚在这儿，我们再详谈吧。"

第三天上午，贝利茨和国防部副部长拉弗里来到新墨西哥州的阿拉莫戈多"三一"核试验场。这是美国进行第一次核试验的地方，以后的核试验改在内华达地下核试验场。不过，这次贝利茨要求在这儿做地上实验，他说：

"在地上做这件事更直观一些，我知道有些人的 IQ 有限，直观教具对他们更适用吧。"

前天他赶到特拉维夫，在亚伯拉罕电脑的资料库中仔细查阅了上次智力联网的记录。他十分相信卓君慧，相信她说的事实都是可靠的，但对于如此重大的事情，他当然还是要再亲自落实一下。结果正如卓君慧所说，她确实在做智力联网巡回时悄悄叩问了几个人的潜意识，包括贝利茨的，她的叩问很小心，被问的六个人当时正致力于向"终极堡垒"进攻，都没有觉察，但都以潜意识的反应做出了不加粉饰的回答。有四个人坚决拒绝把终极能量用于战争，贝利茨是其中一个，他的回答是：

"在任何情况下我都不会把终极技术用于战争。"

但司马完的回答是："除非我的国家和民族处于危亡时刻。"

松本清智的回答模糊一些："只要别人不首先使用。"卓君慧的思维潜入——这件事本身是不光彩的，但此刻贝利茨反而很感激她。作为一六〇小组的组长，他是大大失职了，他太相信六个人的誓言，相信他们的高尚，却没考虑到在事关国家民族生死存亡的时刻，这样的誓言是不可靠的。这是因为准备违背誓言的两个人都不是为了私利，而是为了大义，他们自认为动机是完全纯洁的，因而就具备了违背誓言的必要勇气。看来，自己太书生气了，也许——他很不愿意这样想，但此刻他无法否定这个想法——他当时提议创建这个超智力网络，发展出"五百年后"的科技，本身就欠斟酌。潘多拉魔盒不该被提前造好，因为只要它造好就有被提前打开的可能，再严密的防范也不行。

坐实了卓君慧说的事实之后，他又在这儿多停了一夜，在亚伯拉罕的帮助下，他把自己的思维全部输到电脑中去。严格说来不是全部，在输入时他设了一个严格的过滤程序，把藏在自己思维深处的肮脏东西，那些披着圣洁外衣的肮脏——对暴力的迷恋、嫉妒、自私、沙文主义、种族优越感，等等，全都仔细剔除。这个输入很费时，直到第二天上午十点才完成。他同亚伯拉罕匆匆告别，坐专机返回美国。

回到白宫之后，他对椭圆形办公桌后边的那些首脑讲了他所知道的全部情况，客观而坦率。他讲了终极能量的可怕威力，尤其是人体自我引爆的便于实现。他说，卓女士说得很对，她（及她的国家）已经做出了足够的克制，现在，那两个打算把终极能量用于战争的人都被封了口，其中一个甚至是卓的丈夫，是她亲自对丈夫下的手，但世界上还有五个人会使用它，包括中国的卓，她在做出"足够的克制"后，正在等着对方的"善意回应"呢。她的等待只给了三天时间。万一终极能量被使用，万一有十个八个因绝望而愤怒的人（说不定他们还有美国公民身份呢）来到华盛顿、纽约或东京引爆自身，那将是何等可怕的前景。

他说："也许你们都不相信终极能量可以轻易释放，也想象不到它的威力，所以我准备做一个公开的实验，咱们到阿拉莫戈多实验场，我削下一截六克重的指尖并把它引爆——这大约就相当于 1945 年在广岛扔下的那颗'小男孩'的爆炸当量，1.3 万吨 TNT。你们睁大眼睛看着吧。"

现在，具体操办此事的国防部副部长拉弗里带贝利茨来到实验场中心。送他们来的黑鹰直升机没有熄火，时刻准备着接他俩返回。这儿非常荒凉，渺无人迹。当年第一次核试验的"大男孩"钚装药 6.1 千克，TNT 当量 2.2 万吨，核爆时产生了上千万度的高温和数百亿个大气压，30 米高的铁塔被瞬间气化，尸骨无存。地面上有一个巨大的弹坑，沙石被熔化成黄绿色的玻璃状物质。现在，弹坑旁新搭起一个帐篷，这是应贝利茨的要求盖的，是为了防止卫星的拍照，因为——那老家伙说，他会绝对小心，绝不让人体引爆的操作方法被人窃去。他对总统斩钉截铁地说：

"在任何情况下，我都不会把可怕的终极能量用于战争。关于这一点，请不要抱任何幻想。"

他还说，只需使用能装在上衣口袋里的某种器具，就能引爆自己"削下的指尖"。现在，在他上衣口袋里确实装着一个硬硬的家伙，但扣子扣得严严实实，不知道那是什么玩意儿。拉弗里真想把那东西抢过来，然后变成美国军队的制式武器——这个前景该是何等诱人啊。当然，只能想想而已，这会儿他绝不敢得罪这个老家伙。

贝利茨对周围查看一番，表示满意，用手中的手术刀指指直升机，对拉弗里说："行了，以下的操作只能我一人在场，你先乘机离开吧，把军用对讲机给我留下就行。等我该离开时，我再召唤直升机。"

拉弗里不情愿地离开了，乘机来到十七公里外的地下观察所。这是当年第一次核试验时的老观察所，已经破败不堪，只是被草草打扫了一遍，十几个情报人员正在里面忙碌，布置和操作各种仪器——昨天他们已经抓紧时间在那座帐篷里布下了针孔摄像头和窃听装置。拉弗里一下直升机立即赶到屏幕前，屏幕前的情报官看见拉弗里来了，回过头懊恼地说："副部长先生，恐怕要糟，贝利茨肯定正在找咱们的秘密摄像头。"

他没说错。从屏幕上看，贝利茨正在帐篷内仔细地检查，而且很快找到了目标。现在屏幕中现出他的笑脸，因为太近而严重变形，几乎把镜头完全遮盖了。贝利茨微笑着，在对讲机里说："拉弗里？我想这会儿你已经赶到监视屏幕前了吧。这个摄像头的效果如何？"

拉弗里只有摁下对讲机的通话键，硬着头皮回答："不错，我看你很清楚。"

"那就对不起了，我在往下操作之前，首先要把这个镜头盖上。请通知总统，我不能回去了。我曾说，我会引爆我一个削下的指尖，实际上指尖削下后就不是我自身了，就是普通物质了，而普通物质终极能量的释放相对要困难一些，需要若干比较复杂的设备，已经来不及了。所以我不得不留在这儿引爆自身——目前我无法控制住只让一个指尖起爆——它大致相当于一亿吨 TNT。你目前所处的观察所还太近，请立即后撤，至少到 80 公里以外。另外，爆炸将造成强大的电磁脉冲，请通知 500 公里以内的飞机停飞，以免造成意外事故。我给你三个小时做准备，请按我的吩咐做吧。"

拉弗里十分吃惊，在心里狠狠骂着这个自行其是的老家伙。这些变化超出了上头事先拟好的应急计划，他不敢自己做主。这时总统及时地插话了，他和有关首脑一直在白宫监控着这儿的局面。他说：

"贝利茨先生，既然这样，请你改变计划，不必引爆自身了。你的生命比什么都贵重。请立即停止，我们再从长计议。"

贝利茨讥讽地说："我的生命比战争胜利更重要吗？或者说，美国人的生命比敌国已经死去的 20 万条生命的价值高一些？谢谢你的关心，但我不打算停下来。我知道某些人，比如此时在屏幕前的拉弗里先生，不见到棺材是不会落泪的。我必须把终极能量变成他能看见的现实。另外，我还有点私人的打算，"他微微一笑，"我想同中国的老朋友——司马完先生，来个小小的赌赛，那家伙为了信仰不惜把自身变成一个巨大火球,我想让他知道,美国人也不缺少这样的勇气。不要多说了,请开始准备吧。三个小时后,即 12 点 15 分,我将准时起爆,不再另行通知。现在,请设法接通我家的电话,我要和妻子告别。"

总统不再犹豫,命令手下立即按照贝利茨先生所说的进行准备:飞机停飞或绕道,500 公里内的交通暂时中断,医院停止手术,所有电子设备关闭,100 公里以内的人员尽量向外撤退或待在地下室里。同时,他命人接通了贝利茨家的电话,再经过军用对讲机的中转,同贝利茨接通了。

贝利茨夫人刚刚从总统办公厅主任那儿知道了真情,顿时惊呆了。丈夫三天前被总统召见时,她绝对想不到会出现这样的结局! 更想不到那天的匆匆告别会是夫妻的永别! 她哽咽着说:

"亲爱的……"

贝利茨笑着说:"不必伤心,琳达,我爱你,正因为爱你我才这样做。如果我的死能让人类从此远离战争,那我的 64 公斤体重可是宇宙中价值最高的物质啦! 再说,世界上有哪个人能像我死得这样壮丽? 在一瞬间抹平肉体的褶皱,回归平坦空间,同时放出终极能量,变成绚丽的火球。琳达,不要哭了,当命运不可避免时就要笑着迎接它。"

琳达忍住眼泪,不哭了,两人平静地(表面平静地)闲聊着。这边州政府宣布了紧急状态,警察、军队和准军事力量全部动员起来,进行着紧张的撤离。这对老夫妻一直聊到中午 12 点,贝利茨温和地说:

"再见,琳达。替我同孩子们说声再见,同巴比说声再见。我该去做准备了。"

琳达强忍住泪水说:"你去吧,我爱你。我为你自豪。"

那边的对讲机关上了。一片寂静。安全线外,几百台摄像机从四面八方对准了爆心,记者们屏住气息等待着。这些镜头向全世界做着直播,所以,此刻至少有十亿双眼睛盯着屏幕。15分钟后,一团耀眼而恐怖的巨大光球突然蹿上天空,火球迅速扩大,把整个沙漠和丛林映照得雪亮,天空中原来那个正午的太阳被强光融化了。那景象正如印度经典《摩诃婆罗多》经文中所说:"漫天奇光异彩,有如圣灵呈威,只有一千个太阳,才能与之争辉。"

爆炸点上空那汹涌翻腾、色彩混沌的烟云慢慢散开,在爆心处留下一个巨大的岩浆坑。岩浆在凝结过程中因表面张力把表面抹平,变成一个近乎抛物体的光滑镜面。

安全线外的观察者们通过护目镜看到了这一切,而通过实况转播观看的十亿人只能看到电视屏幕上剧烈扭动的曲线,因为在那一瞬间,看不见的巨量电磁脉冲狂暴地冲击着这片空间,造成了电磁场的畸变。不过,电磁脉冲是不能久留的,它很快越过这儿,消失在太空深处,屏幕上的图像才逐渐还原。这次非核物质的爆炸景象和当年的第一次核爆一样,只是威力大了8000倍。这不奇怪,按照终极公式,在更深的物质层级中并没有铀、钚和碳水化合物的区别,没有所谓"核物质"和"非核物质"的区别。它们全都是因畸变而富集着能量的空间,也都能在一瞬间抹平空间的褶皱,释放出相等的终极能量。

战争很快结束了。

在贝利茨造成的这次爆炸之后,各国政府都迅速下达了"暂停军事行动"的命令。一个星期后,八国政府首脑汇集到中立国瑞典的斯德哥尔摩,开始了紧张的磋商。在激烈地、充满仇恨地争吵了两个星期后,终于达成了一个妥协方案。没有一个国家对这种妥协满意。

但不管怎样争吵,怎样谩骂,妥协还是达成了。因为有一件东西明明白白地摆在那儿,谁也甭想忽视它:那种可怕的终极武器,如果它被普遍使用,即使不会毁灭地球,至少也能毁灭人类文明。没人敢和它较劲。另外,人们还普遍存在着隐秘的、但又是非常强烈的希望:既然终极能量已经可以掌握,那能源之争就没有必要了。

于是,这场蓄势已久的战争,在尚未爬到峰值时就出人意料地戛然而止。后世历史学家把它命名为"第2.5次世界大战"。以色列的卡斯皮先生在两年前就造出了这个名称,因而在媒体上大出风头。当然,他当时所持的原因并不正确(他认为双方力量的悬殊将造成一场非对称战,而不是说大战将因终极武器而半途结束),但这并不影响他拥有"第2.5次世界大战"的命名权。人类的历史往往就是由这样的阴差阳错所构成的。

世界在狂欢。各交战国,各非交战国。华盛顿、东京、伦敦、新德里、汉城、北京。北京是用爆竹声来庆贺的,爆竹声传到了司马完的私寓。卓君慧正在为丈夫喂饭,是用鼻饲的办法,把丈夫爱吃的食物打成糊糊,通过导管送到胃里。每天她还要不停地给丈夫翻身,防止因局部受压而形成褥疮;要把他扶起来拍打胸部，防止肺部积水造成肺炎，等等。这些工作又吃力又琐碎，研究所为他聘用了专职护士。但只要有可能，卓君慧还是亲自去做，她想通过亲身的操劳来弥补对丈夫的歉意。

近一个月的劳累让她显得有点憔悴。狂欢声传进屋里时，她微微笑了。这个结局是她预料到的，或者说是她努力促成的，为此她不得不做了一些违心的事，也付出了巨大的牺牲，把她丈夫（还有松本先生）变成植物人。还有一个重大牺牲是在她的意料之外：她的朋友"老贝"也为此献出了生命。

她俯在丈夫耳边轻声说："老马，战争停止了，没有战败国。你的心愿达到了，你该高兴啊。"

丈夫面无表情，他现在连饥饱都不知道，更不用说为战事停止而喜悦了。墙上是儿子的遗照，穿着戎装，英姿飒爽，从黑镜框中平静地看着她，似乎对这个结局并不吃惊。卓君慧看着儿子的眼睛，说了同样一番话。忽然，电话铃急骤地响了，她拿起话筒，液晶屏上显示的是日本的区号。电话那边史林兴奋地说：

"卓师母！战争结束了！我也可以回国了！今天上午日本警方把我释放了。"

"小史你辛苦了，快点回来吧，我和司马老师都盼着你。"

"我是否带着松本先生一块儿回来？你说过的，他，还有司马老师，你都能治好的，是不是？"

卓君慧笑了："当然。普通医学手段对这种植物人状态无能为力，但你不要忘了，这两个病人的大脑都有神经插头啊。通过思维联网，由其他小组成员'走进去'唤醒他们，一定能成功的。小史，我已经通过外交途径和日本政府联系过，你直接去找他们，请求派一架专机将松本先生送到北京，再带上司马老师，飞到特拉维夫。我已经通知一六○小组其他成员在那里集合，我们将合力对他俩进行治疗，另外还有亚伯拉罕的帮助呢。"

"太好了，师母，只有把两人治好，我才能多少弥补一点自己的负罪感。我这就去联系。"

第二天上午，一架波音787停在北京机场，一架舷梯车迅速开来，与机门对接。机门打开，满脸放光的史林在门口向下面招手。早就在机场等候的卓君慧让两个助手抬着丈夫，沿舷梯上了飞机。飞机内部进行过改制，几十张椅子被拆掉，腾出很大一个空场，在空场中摆了三张床，其中一张上睡着松本。护士们把司马完小心地放在另一张床上，与松本先生并肩。卓君慧走过去，端详着松本的面容，轻声问候着：

"松本你好，不要急，你马上就会醒来的。"

飞机没有耽搁，立即起飞。机舱内还有第三张床，是手术床，周围已经装好相应的照明设备、手术器械架等，这是按卓君慧的吩咐安装的。她拍拍史林的肩膀，微笑着说：

"小史，我已经口头征求了一六○小组其他组员的意见，他们同意你加入小组，到特拉维夫后会履行正式手续。所以，你是否愿意让我现在对你进行手术？这种激光手术的刀口复原很快，明天你就能参加到思维共同体中，和大家一起唤醒这两位沉睡者。手术的安全性你不用担心，飞机在平流层飞行时，其稳定性完全可以手术。你愿意做吗？"

史林从口袋里掏出一张纸，那是他事先已经签字的加入小组的申请："我当然愿意，这是我的书面申请。谢谢师母。"

"好的，那就开始吧。"

史林躺在手术床上，卓的助手先为他剃光头发，然后进行麻醉。他还未进入深度麻醉时，手术已经开始了，由卓君慧亲自主刀。史林的头骨被钻开，一束细细的"无厚度激光"向颅腔内深入，轻轻地割开左右脑之间的胼胝体。不过史林没有感觉到疼痛，更不会感觉到激光的亮度。说来很奇怪的，大脑是人体感觉中枢，所有感觉信号都在这里被最终感知，但它本身却没有痛觉和其他任何感觉。胼胝体被切开后，一个极精巧的神经接头板被准确地插入，它是双面的，左右两面互相绝缘，分别与被切开的胼胝体两个断面紧密贴合，断面上原有的两亿条神经通路各自对应着一个触点。这些神经触点的材质是有机材料，与人脑神经元有很好的生物相容性，所以，当触点与某一条神经通路相接触后，会形成永久性连接。由于切口极光滑，这种连接是在分子范围内进行，非常快速，24 小时内就可以完成。手术后，左右脑半球彼此独立，分别经过胼胝体的两亿条神经通路，再经相应电路传到脑腔外的左右接口，左右接口可以彼此对接（此时就恢复了大脑的原始状态），也可以与电脑或其他大脑相连。

没多久，卓君慧就把左右脑的接头对接了，这时，史林感觉还像未做手术一样。

手术顺利完成了，而此时史林才逐渐进入深度麻醉。他的意识沉入非常舒适的甜梦中，听见卓师母轻声说：

"好了，让他安静地休息吧。明天他就能正常活动了。"

史林睡了一个很长的甜觉。等他醒来已经是第二天了，睁开眼，他看见了那个熟悉的地下室，听见卓师母欣喜地说："好了，醒过来了。小史，你感觉怎么样？"

史林坐起身，晃动一下脑袋，说："一切正常，就像没做手术一样。"

"那就好。这儿一切都准备好了，就等你醒来。现在开机吧。"

一六〇小组的其他成员走过来，依次同他握手。松本和司马睡在他身边的两张床上，仍然没有知觉。随着低微的嗡嗡声，电脑屏幕亮了，亚伯拉罕的面孔像往常一样闪出来。不过今天屏幕上又出现了另一个面孔，是贝利茨先生的。电脑的相貌生成程序非常逼真，屏幕上，老人慢慢睁开眼，迷茫的目光逐渐聚焦，定到卓君慧的脸上，他高兴地说：

"哈，既然你们唤我醒来，估计战事已经结束了吧。"

卓君慧素来以安详的微笑应对一切事变，即使丈夫倒下时她也没有流泪，但这时她忍不住哽咽了："老贝你好，你说得对，各国已经达成妥协，战争结束了。"

贝利茨大笑："那么我的演技如何？我想我能赢得国会大剧院的表演奖。亲爱的卓，那会儿我决定配合你演一场逼真的戏，不过我知道，不，我确信，即使我最终未能说服我国的当权者停战，你也不会把终极能量用于战争和杀人。我说得对吗？"

卓君慧的眼泪夺眶而出！她猛烈地啜泣着，断断续续地说："是的是的……我决不会使用……谢谢你的信任……谢谢你做的一切……"说到最后她的感情失控了，失声痛哭着，"可是我没有料到你会这样啊，你完全不必那样啊……"

贝利茨安慰她："傻女人，干吗哭啊，应该高兴呀。我不过是失去了肉体，对，还失去了我头脑中肮脏的东西，现在，一个良心清白的我，在智力网络中得到永生，有什么不好嘛。喂，"他把目光转到其他成员身上，"你们这些反应迟钝的男人，快点过来，安慰安慰那个小女人呀。"

格拉祖诺夫笑着，首先过来，把卓君慧搂到怀里，在他两米高的身体旁，卓君慧真成一个小女人了。然后西尔曼和史林也来拥抱了她，吉斯特那莫提不大习惯这样的拥抱，走过来，向卓合十致意。她的泪水还在淌着，不过脸上已经绽出笑容。贝利茨说：

"好了，开始正题吧，今天是什么日程？"

卓君慧说："请你首先主持投票，决定是否接纳史林加入小组。然后大家联网，合力唤醒松本和司马完。我想唤醒是没问题的，我对此有百分之九十九的把握。"

"好的。不过按原来的小组章程进行表决会有麻烦，因为它规定新加入者必须经全票通过，这会儿松本和司马并未失去成员的身份，但又不能进行投票，只能算做弃权。这样吧，咱们先以三分之二多数票对章程进行修改，将'全部成员同意'改为'全体成员同意或不反对'，再进行接纳表决。行不行？"

大家同意，于是首先对一六〇小组章程的修正案进行表决，五票赞成，两票弃权，刚好超过三分之二票数，修正案获得通过；再对接纳史林的动议表决，仍是相同的票数通过。贝利茨说："史林先生，祝贺你。你已经成为一六〇小组的正式成员。"

史林激动地说："谢谢大家的信任。我会努力去做。"

他随即在小组成员保密誓约上签了字。贝利茨提出第三项动议：重新选举一六〇小组的组长。"我将永远是一六〇小组的成员，但仍由我担任小组长就不合适了。显然，我以后出门不大方便。"他开着玩笑，"因此我建议大家新选一个组长。作为原组长，我推荐卓君慧继任，因为，经过这场惊天大事变，她的睿智、果断、处事周详，更不用说品行的高尚，都是有目共睹的。请大家发表意见。"

四个成员都表示同意。卓君慧没有客气："那我也投自己一票吧。谢谢大家，我会努力去做，不让老贝落个'荐人不当'的罪名。"

"我相信自己绝不会走眼。那么，我现在正式交棒，请新组长主持以下的议程吧。"

卓君慧为其他四人连接了神经插头。当史林头上对接的插头被打开、又同大家进行联网后，他感受到了此生最奇特的经历。首先，他的自我被突然劈开，变成史林A和史林B。两个独立的意识在空中飘浮着，像是由等离子体组成的两团球形闪电。然后，两"人"同时进入一个大的智力网，或者说他的大脑突然扩容，这两种说法是等效的。现在这儿包含了史林A和史林B、西尔曼A和西尔曼B、格拉祖诺夫A和格拉祖诺夫B、吉斯特那莫提A和吉斯特那莫提B、老贝利茨（他是以整体存在）以及一个非常大的团聚体，那是从电脑亚伯拉罕的电子元件中抽出来的意识，它对集体智力主要提供后勤支持（巨量信息）。这些智力场相对独立，各自有自己的边界，但同时它们又是互相"透明"的，每个个体都能在瞬间了解其他个体的思维。这些思维互相叠加，每一点神经火花的闪亮都以指数速率加强，扩展，形成强大的思维波。

史林（史林 A 和史林 B）在第一时刻就感受到了合力思维的快乐。那简直是一种"痛彻心脾"的快乐，其奇妙无法向外人描述。

现在这个共同体开始了它的第一项工作——唤醒沉睡者。在智力网络中还有四个黑暗的聚合体，只能隐约见到它们的边界，它们沉睡着，其内部没有任何思维的火花。其他团聚体向这儿集中，向它们发出柔和的电脉冲，那是在呼唤：

"醒来吧，醒来吧，战争已经结束了。一六〇小组的伙伴们在等着你们，亲人在等着你们。醒来吧。"

没有回应。于是唤醒的电脉冲越来越强，像漫天飞舞的焰火。但那四个黑暗的团聚体仍执拗地保持沉睡。这时，又有两个球形亮团加入进来，是卓君慧（A 和 B）。她镇静地对大家说：

"不要急。如果一时唤不醒，就撇下他们，开始你们对终极理论的进攻吧。也许这样更容易唤醒他们，因为，对终极理论的思考已经成了他俩最本能的冲动，比生存欲望还要强劲。"

于是所有球形亮团掉转头，开始合力进行对终极理论的思考。史林（A 和 B）乍然参加进来，一时还不能适应。或者说，他还不能贡献出有效的思维，只能慢慢熟悉四周。他很快消除了与其他智力团聚体进行交流的障碍，建立了关于共同思维的直观图像。那是宇宙的生死图像，是空间的皱褶和抹平。几百秒的人类思维重演了几百亿年的宇宙生命。

这个"褶皱与抹平"的过程，在宇宙公式中已经得到圆满的解释，所以思维共同体没在这儿多留。它们把注意力集中在奇点内部。奇点内部没有时间也没有空间，处于绝对的高熵或者说混沌，没有任何有序结构。但超级智力仔细探索着，在极度畸变的奇点之壁上发现了一种悖论式的潜结构——它们是不存在的，绝对不会有任何信息显露于奇点之外；但它们又是潜存在的，一旦奇点因量子涨落而爆炸，"下一个"宇宙仍将以同样的方式从空间中撕裂出同样的粒子。

也就是说，一个独立于宇宙之外的上帝，仍将以同样的方式创造另一个宇宙。

关于这一点也已经形成共识，所以合力思考的重点是：如何在"奇点之外"的宇宙中设法验证这种悖论式潜结构；或者说，如何在我们宇宙之内验证宇宙之外的潜结构。按照拓扑学理论，这两种说法也是完全等效的。

思考非常艰难，即使对这样的超级智力而言仍是如此。一个想法在某个团聚体中产生，立即变成汹涌的光波漫向全域。随后，更多的光脉冲被激发，对原来的光波进行加强，产生正反馈，使它变得极度辉煌。但这时常常有异相的光脉冲开始闪现，慢慢加强，冲销了原来光团的亮度。于是一个灵感就被集体思维所否决。然后是下一个灵感。

思维之大潮就这样轮番拍击着。在思考中，史林（A 和 B）感受到强烈的欣快感，比任何快感都强烈，他迷醉于其中，尽情享受着思维的幸福。不过，今天的智力合击注定仍然得不到结果。因为，在周围辉煌光亮的诱惑下，那四个黑暗的团聚体中，忽然迸出一个微弱的火花。火花一闪即逝，在漫长的中断后，在另一个团聚体中再次出现。火花慢慢变多了，变得有序，自我激励着，明明暗暗，不再彻底熄灭了。忽然，哗的一下，一个团聚体整体闪亮，并且保持下去。接着是另一个，又一个，再一个，四个团聚体全部变得辉煌。

其他人一直沉醉于幸福的思考，没有注意到四个沉睡脑半球的变化。但卓君慧（A 和 B）一直在关注着。这时她欣喜地通知大家：喂，你们先停一停，他们醒了！

她从智力共同体中退出，并且断开了其他人的神经连接，最后再断开那两个原植物人。在未断开前，松本和司马完已经醒了，他们睁开一只眼，再睁开另一只眼，生命的灵光在半边脸上掠过，再在另外半边脸上掠过。等卓君慧把他们的左右神经接头各自对接，他们才完全恢复正常。他们艰难地仰起头，司马完微微笑着：

"是不是——战争——已经结束了？"

他的话音显得很滞涩，那是沉睡太久的缘故。松本也用滞涩的语调说："肯定——结束了，我刚才——已经感受到——共同体内的——喜悦。"

卓君慧同松本拥抱，又同丈夫拥吻："对，已经结束了，而且——没人使用终极能量，也没有战败国。"她喜悦地说，"我也没有打败仗啊，在唤醒手术中我总算成功了。松本，老马，我为当时的行为向你们道歉。"

两人都很喜悦，也有些赧然，司马完自嘲地说："应该道歉的是我。很庆幸，我的激愤之念没有变成现实。"

松本也说："我和你彼此彼此吧。卓女士，谢谢你。"

其他成员都过来同两人拥抱。贝利茨在屏幕内说："别忘了还有我呢。你们向屏幕走过来吧，原谅我行动不便。"

两人还不知道贝利茨的死亡，疑惑地看着卓君慧。卓难过地说："非常不幸，老贝牺牲了，为了配合我……"

她没有往下说，因为两人已经完全理解了。他们立即向屏幕走过去。刚刚从一个月的沉睡中醒来，他们的步履显得僵硬和迟缓。两人同屏幕中的老人碰碰额头，心情既沉重，也充满敬意。贝利茨很理解他们的心情，笑道："我在这儿非常舒适，你们不必为我难过。司马，"他坦率地说，"多学学你的妻子，她比你更睿智。"

"我已经知道了。我会学她。"

卓君慧说："我刚才和老贝交换了看法，从某种角度上说，我们的一六〇小组是现存世界的最大危险。我们创造了远远超过时代的科技，对于还未达到相应成熟度的人类来说，它其实是一个时刻想逃出魔瓶的撒旦。当然，我们也不能因噎废食，把小组解散，但要做更周密的防范。我想再次重申和强化小组的道德公约。第一条：一六〇小组任何成果均属全人类，小组各成员不得以任何借口为人类中某一特殊群体服务。第二条：鉴于我们工作的危险性，小组成员主动放弃隐私权，在大脑联网时每人都有义务接受别人的探查，也可以对其他人进行探查。你们同意吗？如果同意，就请起誓。"

每一个人依次说："我发誓。"

司马完又加了一句："我再也不会重复过去的错误。"

他们在誓约上郑重签字。

史林急急地说："我能不能提一个动议？"大家说当然可以。"我想，我们的下一步工作是把终极能量用于全世界，当然是和平目的。能源这样紧张，把这么巨量的干净能源束之高阁，那我们就太狠心了！如果这个冰窟窿不扩大，战争早晚还会被催生出来的。

当然，把终极能量投入使用前，要先对人性进行彻底净化。"

大家都互相看看，没有作声。屏幕中的贝利茨叹口气："我们会朝这个方向努力的。不过，你说的人性净化恐怕是另一个终极问题，现在还看不到胜利的曙光。和人打交道不是物理学家们的强项，不过，让我们尽量早日促成吧。"

天生我材——是否需要个别人来代替众生思考

引子

事情缘于那次事故。

当时，俞峰同往常一样进入了"脑域"，这么讲并不太准确，因为对俞峰这样的人而言，与其说是进入，倒不如说是一次融合。俞峰本身就是一个中心，F32实验室只专属于他一个人。出于安全等因素考虑，兆脑级研究员分散于世界各地。大约30名警卫忠诚地守卫在实验室四周，"鹰眼"监控系统不会放过任何可疑的物体。每时每刻都至少有不下20名助手围绕着俞峰工作，他的所有要求都必须在第一时间得到满足。而这一切只有一个原因，那就是他叫俞峰。这两个字是他的名字，非常普通，在这个世界上谁都可以叫这个名字。但是问题却不止于此，因为在"脑域"里他也是叫这个名字，而在那个世界里这却是唯一的。

"名字与口令。"一个声音在俞峰耳边响起。俞峰报出了名字以及长达64位的密码。

"正确。"那个声音说，然后伴着轰的一声（长期以来，俞峰一直以为这只是一种幻觉），那个无限广阔而美妙的世界便立即在俞峰面前展开了。

脑域。

1

傍晚的檀木街行人很少，只有忙碌的出租车往来不停。由于下着小雨，卖小吃食的摊贩们也稀稀拉拉的。何夕深一脚浅一脚地走在人行道上，就像是随时都会倒下。他一直走到一栋棕红色的老楼前，有那么一个瞬间他停了下来，有些犹豫地踟蹰不前，但他的身影最终还是融进了楼道里。

"这次打算待多久？"黄头发阿金一见到何夕便大大咧咧地问。他同何夕是老熟人了，有时候还会帮何夕开个后门，比方说像现在何夕稍微沾了点酒的时候。

"老规矩，50分钟。"何夕老练地躺到三号屋的平台上，自己从脑后牵出导管连上了接驳器。黄头发阿金摇摇头，但没有说什么。他仔细地检查了一下设备的情况，然后返回控制台准备开始。

"哎，"黄头发阿金叫起来，他盯着面前的屏幕说，"你这个星期已经是第八次了，这可不好。按章程你已经超限了。"

何夕不耐烦地应着："我没有事，我不是好好的嘛。完事了我请你喝酒。"

黄头发阿金叹口气，同时又忍不住咽了口唾沫。的确，章程是有的，就在墙上贴着，而且还有政府的大印。但是，现在已经没有谁会来管这事了。实际上在黄头发阿金的印象里，只要愿意谁都可以来，而且愿意待多久就待多久。上回那个叫星冉的女孩可不就是在一号间里一连待了30多个小时吗？当然，她出来的时候脸色可是没法看了，还又喘又吐。黄头发阿金摇摇头，不愿再想下去了，他回头看着何夕："这可是你自己要求的，"他说，"出了差错别来怨我。"

"你还有完没完了！"何夕大声地打断了黄头发阿金的话，"再不开始我就自己来了，反正这一套我全会。"

阿金不再说话，他知道何夕说的是实情。实际上，他的工作一点也不复杂，每个人都会。从某种意义上讲，他更多的只是起一个设备保养员的作用。

"名字。"一个声音说。何夕急速地键入"今夕何夕"四个字。到这儿来的人起名很随意，有些人甚至是每次来想到什么用什么，因为系统是不会做核实的。他们都是些匆匆过客，因为各种千差万别的原因来到这里，在这里待上几十分钟或者几个小时又匆匆离去。谁也不会去核查他们的身份，谁也不会有兴趣知道他们为何要到这里来，他们每个人又有着怎样的故事。这里只关心一件事，就是他们会在这里待多久，包括黄头发阿金和系统在内都只关心这个。不过，何夕每次来都用这个名字，没有别的原因，他只是喜欢这个名字。

何夕感到一股浓稠的倦意正从后颈的部位袭向大脑，看来一切正常。何夕等待着那个时刻的到来，他知道同步调谐的时间大约是一分钟。不明来由的空灵声音在何夕耳边回响着，让他渐渐不知身之所在。太阳穴一跳一跳地发出尖锐的疼痛，就像是有个力量在那里搅动他的脑浆。每次都这样，何夕想。他觉得思维正一点点地离自己而去。快了，只要那道白光一来就没有这些不适了，但愿它快一点来。

白光。

如同黑夜里突然从天际划过的闪电，一幅幅让人不明所以的混沌画面像电影镜头一般切换着，就像是一个人仰面躺在流动的水里，看着越来越模糊的天空，并且一点点地下沉。今夕何夕，今夕何夕。在思维最终离开大脑前，何夕的脑中又习惯性地划过自己的别名。

然后是昏沉。

2

事故发生的时候没有一点征兆。从"脑域"建立至今近十年来，从未曾发生过任何意外，谁都没有想到它也有出现故障的时候。这并不是人们太大意，而是由于"脑域"的原理决定了它出现重大故障的概率几乎为零。所以，当俞峰思维里突然出现了不明来由的混乱信号时，他简直不知道发生什么事情了。当时，研究正进行到最为关键的时刻，连同他在内的全球 400 名兆脑级研究员正在"脑域"里紧张地工作。每秒数以亿计比特的信息束在世界上最强大的 400 个大脑里流动、共享，同时加以分析。有用的结果迅速转入储存，闪念之间迸出的思想火花立刻在第一时间被查获，接受进一步的检验。无穷无尽的存储领域里准备了所有实验的数据，需要便可以马上被提取出来。功能强大的计算领域更是一派繁忙景象，从最基本的开方乘方微积分，到最复杂的高阶方程式求解，都被作为请求发送到这个区域，结果则回送到发出请求的区域。如果某一位研究人员因故突然退出系统，他的工作将立刻被无缝接替，对整个系统来说，谁也察觉不到有什么变化。除非遍布全球的400名研究员都在同一时刻突然离开了"脑域"，整个工作才可能停顿下来，但这显然是不可能发生的事情。

今天的工作也许是近两个月来最重要的，按照进度，"脑域"将在近期推导出"时间尺度守恒原理"的可逆修正方程式。这一原理是在数十年前由一个叫蓝江水的人发现的，根据这个原理，只要不违背守恒性原则，人们便可以改变某个指定区间内的时间快慢程度。之后，蓝江水的学生西麦博士依照这一原理建立了在时间上加快四万多倍的西麦农场，以此来满足人类对食物能源的需求，但由此带来的物种超速进化问题则给人类造成了极大的威胁。后来，两位富有牺牲精神的青年人选择了终老于西麦农场，并毁掉了农场与现实世界的通道，以此为人类守护这片脱缰的土地（本事详情见何夕作品《异域》）。这些年来，世界与西麦农场一直相安无事，但近两个月突然出现了反常的情况，似乎有某种生物试图突破屏障。尽管还不知道是何种生物，而且这种试探行为仅仅发生过几次都不成功，但谁都能看出这件事情对人类的威胁有多么大，只有找到终止时间加速现象的方法，才能最终解决问题。

面对这一危机，"脑域"系统立即暂停其余工作，全部投入到此项研究之中。近段时间的工作进行得很顺利，当然，与此成正比的是送往存储区域和计算区域的数据量呈几何级数上升。俞峰知道，这其中也有不少请求从系统优化上讲是不可取的。有些研究员为了节省时间，将一些简单但却极其消耗系统性能的请求也发往了计算区域，比方说，很随意地让"脑域"计算123的700次方或是不加优化地做一次超大规模的排序等，而这本应该向同"脑域"联结的专用电子计算机中心发出请求。但这已经是习惯的做法了，其实俞峰自己也常常发出类似的请求，尽管经常在结果传来之后才发现这根本就是一次不必要的计算。谁让"脑域"的性能总是这样优秀呢，它简直就是一台超级智慧机器，总是神速地满足每一个请求。每当俞峰进入"脑域"的时候总有种奇妙的感觉，他觉得自己就像是一个插上了翅膀的思想巨人，在未知的领域自由飞翔。头脑里充满无穷无尽的智慧与知识，全部心灵似乎都被解放了，他可以纵极八荒，俯仰宇宙，整个世界在他面前纤毫毕现。

忽然间，有种整齐划一的振动从遥远的地方传来，400颗充满无尽智慧的大脑在同一时刻里达到了妙不可言的统一。"时间尺度守恒原理"的可逆修正方程式，终于向人类显露出了它隐藏至深的身影。这是量变终于达到质变的瞬间，长久以来的艰苦努力终于得到了应有的报偿。一时间，俞峰几乎听到了这颗星球上最聪慧的400颗大脑的齐声欢呼，就像以往每一个"脑域"项目取得成功的时刻一样。此时此刻，在俞峰心里升腾起的不只是成功的欢乐，更多的是面对神圣的赞叹：人类的智慧到底成就了多少不可能？

今夕何夕……今夕何夕……

剧烈的头痛在最初的几秒钟里令俞峰根本无法呼吸，他觉得就像是有一把钢锯在锯自己的头。眼前爆裂的光斑就像是黑幕上撕开的一个个不规则的小洞。出什么事情了？他的意识里划过这句话，然后，他便感觉自己就像是从一架高速摆动的秋千上被甩了出去。今夕何夕，今夕何夕，是那个声音，它又来了。俞峰忍不住呻吟了一下，轻灵而曼妙的思想翅膀被粗暴地扯掉了，显出了世界平庸的真相。光线盈满了他的视野，大脑立刻变得像铅块一样沉重。

俞峰揉揉眼睛，世界的光线变得更加真实了。我被扔出来了，俞峰有些发呆地抚着脸颊，这怎么可能？俞峰几乎是下意识地报出名字和口令，但回应他的只是长久的沉默。看来"脑域"里发生了异常的事情，可能是一次故障。俞峰想，应该很快就能修复。只是千万别毁掉这几个月来的工作成果，还有那么多珍贵的数据。俞峰有些生疏地拿起电话拨了一个号码说："请接总部。"

3

黄头发阿金一看到眼前的场景，就忍不住想准是出了什么事。因为在此之前，他从未看到过这么多人同时醒来。当然，用"醒"这个词肯定不是很贴切，因为这些人并不是睡去。不过单从表面上看，这些人躺在那里和睡着了也差不了多少，最大的不同在于当他们恢复行动时总是显得相当疲惫，而不是像睡了一觉之后那样精神饱满。但是，眼下这些人突然在同一个时刻醒来了，正不知所措地面面相觑。过了好半天，大家仿佛才明白发生了什么事情，然后人群便像是一个被捅了的蜂窝般发出嗡嗡的声音，像马蜂一样朝门口的方向拥去。每个人走到黄头发阿金面前时，便伸手取走插在一排插槽上的属于自己的蓝卡。有几个人似乎觉得什么地方不对劲，与阿金发生了争执。听上去大概和时间有关。"是38分钟。"一个声音说。"不对，是31分钟！"黄头发阿金的声音听上去比所有人都洪亮。何夕摇摇头，觉得一切都很无聊。他取下脑后的接驳器，直到现在他仍然感到阵阵头痛。何夕知道这只是幻觉，只要取下接驳器就不应该有这种感觉了。不过，他也知道这并非是自己独有的幻觉，实际上，接驳器幻痛学研究已经发展成当今很发达的一门学科了，描述这种幻觉的专著可称得上汗牛充栋，除了专家之外，谁也无法掌握那些艰深的知识。

"还不想走啊？"黄头发阿金开玩笑地打趣了何夕一句，因为没有别人了，他们说话显得随意了些。在阿金心里，何夕与别人有所不同，阿金觉得何夕懂得不少事情，同他说话让人觉得长学问。而且更重要的是，何夕也愿意同他说几句，像他这种在脑房里工作的人，一天到晚只能面对着一个个一动不动的挺尸样的人，能找个聊伴说说话真是件让人愉快的事情。在黄头发阿金看来，何夕一定也是愿意同自己交谈的，要不他怎么总是来这间脑房呢？要知道，现在脑房可不像 20 年前那么稀罕了，如今在大街上，脑房可谓遍地皆是。早年间，这可是收入可观的行业，那会儿的黄头发阿金很让人羡慕。算起来，阿金干这一行已经十多年了，其实现在的阿金只是一个头发花白的普通中年人，那个染着一头黄发的阿金只是人们习惯说法里的一个旧影罢了。

"36 分钟 24 秒。"阿金说。

何夕无所谓地笑笑，接过蓝卡。"看来出了点问题。"何夕说，他用力拍着后脑勺，那里仍然在一跳一跳地痛。好像黑市上有种能治这种幻痛的药，叫作什么"脑舒"，价格贵得很。听吃过的人讲，那种药效果很好，就是服用后的感觉很怪，头是不痛了，但却一阵阵地发木。

"人都走了？"何夕边问边递给阿金一支烟。

阿金接过烟别在耳朵上，然后指着最靠里的一号间说："还有人啦，是那个叫星冉的。"

何夕稍愣："就是那个曾经创纪录地连线 30 多个小时的女孩子？"

"就是她了，还能是谁？"黄头发阿金见惯不惊地说，"她好像完全入迷了。"

"入迷？"何夕反问一声，他的头还在痛，"这不可能。"他说，"我才联了一个小时不到，脑袋就已经痛得像是别人的了，有人会为这个入迷？我不信。"

一号间里传出了窸窸窣窣的声音，过了一会儿，一个很瘦的人影慢慢推开门出来。这是何夕第一次亲眼见到这个有所耳闻的有点奇怪的叫星冉的女孩，第一个印象是她有一张苍白的小瓜子脸，相形之下眼睛大得不成比例。衣服有些大，使得她整个人看上去都是瑟缩的，仿佛风里的一株小草。

"出什么事了？"女孩开口问道，她说话时只看着黄头发阿金。她边说边往嘴里倒了几粒东西，一仰脖和着水吞了下去。

"你在里面做什么？"何夕突然问，"我是说系统断下来之后的这十几分钟里。"

星冉的肩猛地抖动了一下，她像是被何夕的问话吓了一跳，而实际上何夕的语气很温和。

"我……在等着系统恢复。"星冉说，她看着何夕的目光有些躲闪，她似乎很害怕陌生人。

何夕突然笑了，他觉得这个女孩真是有趣得很："这么说你打算等到它恢复后马上联入？"

星冉想想点了点头。

何夕怔住了，他转头问阿金说："能不能告诉我这丫头总共已经联了多少时间了？"

阿金敲了几个键说："星冉总是用同一个名字联线，唔，差不多四万小时了。"

何夕立刻吹了声口哨说："看来我认识了一个小富婆。不过你最好休息一下，我建议你现在和我去共进晚餐。放心，是我请客，我知道凡是能挣钱的人都不喜欢花钱。"

星冉有些窘迫地低下头，这反倒让何夕有点后悔开她的玩笑了，而且他突然发现，这个奇怪的女孩子低头的模样让他心里不由得一软。但是星冉坚定地朝一号间的方向走去，这等于是拒绝了何夕的邀请。阿金的目光从屏幕上移开，他大声朝星冉的背影说："上边刚刚发来消息，这是一次事故，起码要明天才能恢复。我可不想待在这儿，得找个好地方美美地喝两口。"

星冉急促地停住脚步。"你们都要走？"她回头问道，虽然说的是"你们"，但目光只看着黄头发阿金。"那是当然。"阿金满意地咂嘴，"这种名正言顺休息的机会可少得很。"

星冉环顾着四周被隔成了许多小间的屋子，到处都安静得吓人，灯光摇曳下，隔墙形成的大片阴影在地上可疑地晃动着。星冉沉默了一会儿之后低声问何夕，声音小得几乎听不见："刚才你说的话还算数吗？"

她看了眼何夕迷茫的表情补充道："我是说关于晚餐的事。"

4

"脑域"紧急高峰会首先做了一个关于此次事故的情况分析。兆脑级研究员到场 134 人，另外的人则已经重新进入了系统。事故的原因说起来很简单，亚洲区的赵南研究员发出了一次计算量过于庞大的请求，结果造成系统超载崩溃。分析人员对此有两种不同的意见，一方认为这次事故说明"脑域"的性能有问题，应该加以改造提升；另一方则认为这只是一次偶然事件。

俞峰坐在后排的位置上，他一直没有发言。但当苏枫博士表态倾向于支持对"脑域"升级改造时，他猛地站了起来。36 岁的俞峰在兆脑级研究员中属于后学之辈，他突然站起来的举动不仅令在场的人吃惊，也令他自己吃惊。但是他既然站起来，就已经不能再坐下去了。

"问题的关键在于，经过我的分析，这次请求根本就是错误的，错误的请求肯定也是不必要的。"俞峰说出第一个字之后显得镇定了许多，"我仔细分析了整个事件的经过，结果发现赵南研究员发出的计算请求是不可理解的，他发出的超大规模计算请求对当时的研究工作而言是完全没有必要的。所以我认为，这只是赵南研究员的错误举动导致的偶发事件，我们需要的是完善操作规程，而不是改造'脑域'。在正常应用的情况下，'脑域'的整体能力绝对是足够的。"

赵南研究员就坐在前排，从俞峰发言起，他的脸上就一直保持着一种吃惊的表情，眼睛死死盯着俞峰，嘴角不时牵动一下，但始终一语不发。他从事着三个主要的专业，分别是分子生物学、高能物理以及数学，而同时，他对音乐的业余爱好又使他成为全球一流的音乐大师。从各方面看，赵南都比俞峰的资历更深，几乎可以算是俞峰的前辈。

"我有不同意见。"赵南等到俞峰落座之后开口道，"我承认是我发出了一个非常复杂的计算请求导致了这次事故，但那肯定是有必要的，如果说'不可理解'，只是由于个别人水平不足以理解而已。"

这句话立时让俞峰发了火，他腾地又站了起来，声音也变得失去了控制："承认自己的错误并不可耻，可耻的是挖空心思掩饰它。事情究竟如何你应当很清楚，你不能为了自己的面子而让我们花费巨大的代价！"

会场立刻有些乱了，支持赵南的人开始大声地向俞峰发出嘘声，相比之下俞峰显得很孤立，但这更让俞峰的情绪失去了控制，他拉开架势准备大干一场。这时，苏枫博士站了出来："大家都冷静点儿，"他说，"这不是今天的主题。"苏枫的威望起到了巨大的作用，虽然传闻这位"脑域"的元老及奠基人已经开始考虑退休的问题，但谁也不敢在他面前放肆。

"好吧，我先道歉。"俞峰举起右手，"我太冲动了。不过，我依然坚持自己的观点。"

赵南研究员若有深意地盯了俞峰一眼，没有说什么。

"还是讨论最关键的议题吧。"苏枫博士接着说，"由于此次前所未有的事故，我们丢失了许多相当重要的成果。大家知道，'脑域'自诞生以来从未中断过，它总是处于高效的动态平衡之中。每时每刻都有人离开，但与此同时又有差不多数量的人进入，准确地说应该是稍多一点的人进入。从来没有发生过像这次一样的全部人员离线的情况，所以在那一瞬间，我们全部的数据都丢失了。"

俞峰忍不住插话道："难道备份机制没有起作用？"

苏枫露出一丝苦笑："你应该知道除了'脑域'本身之外，没有任何设备能够存储下'脑域'里的全部信息。实际上，我们以前都只是在某一项研究完成之后才记录下最终的结果。至于那些浩如烟海的中间过程信息，只能让它们留在'脑域'里自生自灭。"

"你的意思是我们在最后的时刻真的丢失了全部信息？"俞峰有些气馁地问，"可是那些信息总还在吧，能不能想办法恢复？"由于从来没有经历过事故，俞峰觉得需要弄清楚的问题不少。

"是的，信息还在，但它分布式地存在于当时在线的每一个人的脑海里。"苏枫盯着俞峰的脸说，"你的脑子里有，在座的人脑子里也有，但你们只是其中的亿万分之一。我们都知道'脑域'的日常状态是十亿脑容量。那是怎样的情形你们都清楚。你们是兆脑级研究员，你们都不会去记忆那些过程数据，所以在你们脑子里几乎没有储存这些信息。更何况脱离了'脑域'的管理，每个人根本无法对这些散布的信息进行处理。每个人都只知道相对来说极少的片段，甚至可能只是其中的某些错误指令导致的垃圾数据。"说到这里，苏枫瞟了一眼赵南，"根据分析，工作实际上已经完成了，最终的结果也已产生。但是我们却因最后的突发事故而失去了它。"苏枫说到这里的语气就像是在叙说一个荒谬的玩笑。

"这么说我们真的没有办法了？"俞峰觉得身体有些发软，"那我们应该怎么办？"

"'时间尺度守恒原理'的可逆修正项对这个世界而言的重要性不用我多说。"苏枫接着说，"现在我们已经计划重新开始前两个月的工作，但是，"他稍顿一下，"我们最缺的就是时间，因为我们都知道正常世界的两个月在西麦农场里意味着什么，那里的时间进度是我们的四万多倍。"苏枫的脸色变得苍白如纸，"现在试图冲出西麦农场的生物极有可能就是当年两位自我牺牲者的后裔，他们的这个举动表明，他们已经背弃了祖先的意愿。"苏枫再次停顿了一下，目光显出无奈，"从理论上分析，他们在进化上比我们超前了至少十万年，当然这是从纯粹生物学的意义上来讲。虽然考虑到他们是在一片蛮荒上起步以及地域狭小会对生物发展不利，但无论如何他们都比人类先进得多。"

　　会议室里鸦雀无声。过了一会儿，赵南缓缓举起了一只手。

5

　　"我上回同你吃过一顿饭并不代表我这一次也要接受你的邀请。"星冉的拒绝并不坚决，她看上去似乎只是因为疲倦才这么说。她的眼睛有些无神。

　　何夕知道星冉根本就不是那种坚决的人，所以他丝毫没有退却的意思。上次的晚餐他已经不记得都吃了些什么，他当时好像光顾着看星冉吃东西了。"走吧。"他接着说，尽量使语气显得有鼓动性，"你一个人也没什么意思。"

　　"我已经买了份快餐。"星冉还朝着脑房的方向走，已经看得见站在门边的黄头发阿金了，他似乎在同一群什么人说着话。

　　"你还去脑房？"何夕作势拦住星冉，"我觉得你不应该一天到晚都待在那个地方。"

"那你说我应该待在什么地方?"星冉突然笑了,似乎觉得何夕的说法很可笑,"我不觉得这有什么不好,这是我的工作。"

何夕一滞,他无法反对星冉的话。过了几秒钟,他才幽幽开口道:"原来那是你的工作。可你知道我的工作是什么吗?当我不在脑房的时候就在码头上卸货。大多数时候是开着机器干,不过遇上机器去不了的地方就用肩膀扛。"

"你是码头搬运工?"星冉并不意外,"怪不得你的身体看上去很棒。不过,能多份工作总是好的。"

何夕咧嘴笑了笑说:"在那里做一天下来的钱刚够吃三顿快餐。"

星冉有些不明白地看着何夕,她清澈的眼眸让何夕禁不住有些慌张:"你这是何必呢?这样算起来,在那儿干一天还比不上在脑房里待上一小时。"

何夕的语气变得有些怪:"我知道在脑房里能挣更多的钱,可问题在于……"何夕有些无奈地看了眼天空,"我觉得只要躺在脑房里就有人付钱这件事让人感到害怕。"

"这有什么?"星冉似乎释然了,"大家都这样,我觉得这没有什么不好。也许你是那种过于敏感的人,就是报纸上说的那种——脑房恐惧症。我听说这是可以治好的,你应该去试试。"

何夕不想同星冉争下去了,他觉得这有点跑题:"我们还是说说晚饭怎么吃吧,我的脑房恐惧症还没有确诊,不过独食恐惧症倒是肯定有的。你不会拒绝一个病人的请求吧?"

星冉忍不住笑了,何夕费了很大劲儿才管住自己的眼睛不要死盯着她的脸不放。"好吧。"她柔声说，就像是面对一个要赖皮的朋友。

这时，阿金突然喊着星冉的名字朝这边招手。"出什么事了？"何夕问了一声，跟着星冉走上前去。

"我是俞峰。"说话的人看上去30出头，手里拿着一台袖珍型的笔记本电脑，一边问一边在记着什么。有十来个看上去似乎是警卫的人一脸警惕地站在他身后。"你就是星冉吧？"俞峰很客气地问。

"我是。"星冉在陌生人面前显得有些紧张，说话的声音都有些抖。

"根据我们的调查，你总是在这家脑房登录，而且总是用这个名字。"俞峰的语气很柔和。

"是的。"星冉镇定了些，她不解地看了眼俞峰，"为什么调查我？"

俞峰没有立刻回答，他手脚麻利地做着记录："接近四万小时的联机时间。"他有些惊奇地念叨了一句，端详着星冉的脸庞说，"你也就20多岁吧。就算每天平均10个小时，也得差不多10年。"

星冉红着脸低下头，看起来她似乎无法应付这样的局面。何夕有些恼火地开口道："这好像不关你什么事吧？"

"哦。"俞峰愣了一下，意识到了自己的唐突，"请问你是谁？"

"我是何夕。"

"是这样。"俞峰紧盯着何夕，仿佛他的脸上有什么东西，目光显得有些奇怪，"我奉命做一次调查，这位女士的某些情况引起了我们注意，简单地说，是在某些指标上表现得十分优秀。"俞峰递给星冉一页纸，"请你明天早上带着这份通知到市政府大楼去，到时候会有人安排一切。"

"我？表现优秀？"星冉突然抬起头，她的眼睛睁得很大，她那副惊诧的样子真是动人极了，"我明天一定去。"

"那好吧。"俞峰淡淡地笑了笑，他觉得这个叫星冉的女孩身上有种与年龄不相称的天真。其实俞峰经常都会觉得在他面前的人显得天真，但那只是因为智力的原因，而此时的感觉却肯定并非如此，星冉的天真让人觉得亲切，还带有那么一点好玩。还有，她的眼睛真大。俞峰摆摆头，抛开这些与工作无关的念头。"我该走了，"他说，"明天的事情别忘记了。"

"你听到了吗？"星冉看着俞峰的背影对何夕说，"我表现优秀。"她兴奋地转头看着不明所以的阿金，更大声地说，"我表现优秀，你听到没有？"

何夕从鼻子里哼出一声："想不到你还挺有上进心的嘛，我一直没看出来。"何夕说的是实话，这段时间以来，他从未看到过星冉这样高兴，就像是换了一个人。在何夕的印象里，星冉一直是羞怯而内向的，甚至还有些自闭。他没想到，那个叫俞峰的人几句话就让星冉高兴成这个样子。

"我们好好去吃一顿。"星冉说着抬脚便走。令她没料到的是，何夕居然一动不动。"怎么啦？"她疑惑地问，"你不是一直想吃东西吗？"

何夕闷了一会儿，小声嘟哝了一句："那个叫俞峰的家伙真厉害。"

星冉稍愣了一下："说什么啊，不想请客就明说嘛，小气鬼。"

6

这是家离码头不远的餐厅，属于比较有档次的那种。其实何夕是那种讲求实惠的人，很少上这种地方。不过星冉说今天她请客，并且亮出了荷包，里面满是大沓的钞票，按照何夕的生活水平，起码可以很舒服地过上半年，而这只是星冉随身带的钱。

"小富婆。"何夕嘀咕一声。

"你说什么？"星冉回头问道。何夕急忙闭上嘴。

从二楼的窗户望出去能看到码头的全景。晚风拂来，带着海边特有的潮味。

"喏，"何夕指着远处说，"白天我有时就在那一带干活。"

星冉"唔"了一声，忙着吃东西。她似乎从来没有像今天这样的好胃口，觉得样样东西都好吃。"这个再来一盘。"她含混不清地指着一个已经空了的碟子说。

"你有没有觉得今天叫俞峰的那个人有些怪？"何夕边喝汤边说，"他的话说得模棱两可，明天你可要小心点。还有……"何夕神秘地用眼神示意右方说，"那边有两个人一直盯着我们，已经很久了。你别不信，我可是说真的。"

"我看你是神经过敏。你不要总是不相信人嘛。"星冉瞪了何夕一眼，"我看俞峰根本不是坏人，我今天觉得很高兴，你可别破坏我的好心情。"

"你以前是做什么的？"何夕突然没头没脑地问了一句。

"以前？"星冉怔住了，她没想到何夕会问起这个，"你知道我已经有接近四万个小时的联机时间。我以前当然也是在脑房。怎么啦?"

"我知道这个。我是说更早以前。"何夕很坚持。

星冉的手里叉着块食物但却悬在了半空中,她的目光迷离了:"更早以前,"她喃喃地说,"那是多久以前的事了?那钢琴,黑色的表面亮得能照出人影来,真漂亮——"星冉突然打住,就像是被什么东西从睡梦里惊醒过来。

"我听见你说钢琴。"何夕探究地看着星冉,"你是钢琴师?"何夕的声音很小,他知道自己问得很没道理。这个世界上除了赵南之外,还有谁会是钢琴师?

星冉镇定了些:"就是钢琴。"她很快地说,"以前我练过整整十年钢琴。我觉得自己从生下来起就喜欢上了这种世界上最漂亮的乐器,在钢琴面前,我觉得自己充满灵感,人们都说我有天赋。我那时的梦想就是当一名钢琴教师,坐在光可鉴人的琴凳上轻抚那些让人着迷的黑白琴键,让美妙的音乐从自己的手指缝里流淌出来,而我的学生们就坐在台下静静地倾听。"星冉突然笑起来,她指着自己的脑子说,"你一定认为我很傻,是吧?后来我真的借钱开过一家很小的钢琴训练班,开张的那天,我觉得自己真是世界上最幸福的人了。不过只经营了不到一个月就维持不下去了,没有一个学生。"星冉还在无力地笑,"我太傻了,对吧?"

何夕专注地看着星冉的脸。"我不这样想。"他说,"我能理解。"何夕回头看着餐厅角落里一架蒙尘的钢琴,"今天你想不想弹一曲?"他问星冉,不等星冉回答,他便起身招来侍者说,"请关掉音乐,对,就是赵南的那一首。我的朋友想给在座的各位送上一曲。还有,麻烦你们替我录下来。"

"别。"星冉着急地阻止，但何夕已经半强迫地将她送到了琴凳上。星冉还想挣扎，可是那仿佛具有魔力的黑白琴键立刻抓住了她的心。她的双手不由自主地抬了起来，一时间她已经不知身之所在。《秋日私语》那简单而优美的旋律如流水般从星冉的指尖流淌出来，美妙的音乐将她带到了另一个世界之中，令她浑然忘我。所有人都安静下来了，整个餐厅里除了琴声之外没有别的任何声音。

《秋日私语》渐渐远去，良久之后都没有人出声。星冉站起身来，两行清亮的泪水顺着她秀丽的脸庞流淌下来。何夕起身鼓掌，他觉得这真是一个可爱的夜晚。

但是人群中发出了嘘声，他们放肆地大笑着对星冉指指点点，脸上是鄙夷的神情："这样的水平也来出丑。"有人大声地说，"和赵南比差得太远了，快滚吧！"

星冉像是被雷击一样愣立在了钢琴边，她死死咬住下唇。何夕冲上去，用力拍打着星冉的肩："你怎么啦？"何夕大声地说，"你不要理会他们，你弹得很好，相当地好。那些人根本不懂什么是音乐。我不是都鼓掌了吗？你知道我是不会骗你的。"

但是星冉没说一句话，她低着头，双唇紧闭。

7

"他们说有人想见我，想不到会是你。"俞峰看上去有点不耐烦，他身边两名全副武装的警卫不放心地上下打量着何夕。

何夕穿着件很旧的夹克衫，站在台阶下显得比实际身高要矮："我今天早上陪星冉去了市政府，我觉得她的情绪不大好。"

"你找我就是说这件事情？"俞峰哑然失笑，"我还有重要的工作要做，你知不知道我的每一分钟都是很宝贵的？"

"问题在于是你要她这样做的。"何夕有些焦躁地说，"我觉得这件事有些古怪，我想单独同你谈谈。你不答应我是不会罢休的。"何夕的表情看上去很执拗。

俞峰四下看了看，回头对身后的人说："带他到我的办公室。"

"你们到底想从她那里得到些什么？她只是一个普通的女孩子。"何夕开门见山地问。

"根据规定我不能说太多。"俞峰倒是很坦然，"几天前'脑域'系统出了一次事故。因为星冉是一个长时间联线的人，所以我们希望她对我们修复系统有所帮助。这一次我们总共找到了300多个有类似情况的人，她只是其中之一。我们要筛选出最合适的人，然后对其进行更深入的分析。"

"是什么事故？"何夕刚一问出口，便醒悟到这个问题是得不到答案的，俞峰能够说到这一步已经算是破例了。

不出所料，俞峰听了这句话只是摇摇头一语不发。这时，桌上的电话响了，俞峰拿起听筒。

过了一会儿，他抬头对何夕说："好了，有几个人比你的漂亮女朋友更合适，她已经离开了。"俞峰笑了笑说，"现在我应该可以去做我的事情了吧？"

"这样做是严重违反章程的。"黄头发阿金瞪着何夕，似乎不相信对方会提出这样的要求，"你知道任何人都不得改变当事人设定的联线时间。我可一直都是模范管理员。"

213

"我不管那么多！"何夕简直是在大叫，"我要你立刻让星冉下线，我有话同她讲。你不帮我就不是我的朋友。"

"不能等时间到了再说吗？"阿金的口气已经没那么强硬了，他没什么朋友。

"你让我在这儿等十个小时？"何夕看了眼屏幕，"你知道星冉是个联线狂。你不帮我，那我就自己动手了。"

"好啦，算我怕你。"黄头发阿金选中了一条指令。一号间的方向传来轻微的声响。过了一会儿门开了，星冉蓬松着头发没精打采地走了出来。

"这不能怪我。"阿金指着屏幕解释道，"是何夕要我这么做的，他找你有事。请不要跟上面说这件事，要不我非丢了这份工作不可。"

"你不能整天这样。"何夕望着星冉大声说，"你每天躺在那里一动不动，人生对你失去了意义。我不能看着你变成这样。"

"这不关你的事。"星冉与何夕对视着，她的脸色很苍白，"我愿意这样，时间是我自己的，人生也是我自己的，怎么支配是我的事。你是我什么人？凭什么管我？"星冉转头对阿金说，"我马上要联线，十个小时。"

阿金看了眼星冉，想说什么但欲言又止，他低头准备开始。何夕猛地按住阿金的手说："我不准她这样做。"阿金无奈地叹口气，他想抽出手来，但是何夕的力气更大。

星冉突然冲上来用力掰何夕的手："你走开。"她说，"你没资格管我。我愿意这样。我一直过得很好，我挣的钱比所有人都多。我不比别人差，我一点也不比别人差！"

"你这是为什么？"何夕没有放开手，他的目光里充满柔情。

星冉终于伏在何夕的肩上哭了起来，泪水顺着她的脸往下淌："我没用，我什么事都做不来。"她大声地吸着鼻子，"人们嘲笑我的琴声，他们叫我滚下台。"星冉泪眼蒙胧地看着窗外，身体蜷缩成一团，"昨天我听到他说我表现优秀的时候真的好高兴，从来没有人说过我优秀。你知不知道昨天晚上我一直都没睡着？可是——今天他们却说不要我了。"

何夕轻轻揽住星冉的肩，他觉得就像是扶着一张薄纸，一阵风都能把她吹走："你并不比任何人差，你只是有些傻。"何夕柔声说，"以后你应该多出去走走，不要成天待在这里。从今天开始，我要你陪我到码头去上班。"看着星冉惊奇的目光，何夕笑了笑，"放心，不是要你当搬运，你那小身板儿干不了这个。我只是想让你散散心。"

8

俞峰觉得眼前的情形让人感到害怕。一字排开的平台上依次躺着四具一动不动的躯体，就像是四具死尸，唯一不同之处在于这四具躯体上不断沁出豆大的汗珠。联线时间已经超过24个小时，本来很少会用到的生命维持系统也已启动。

赵南在另一端的仪器前忙碌着。这次的补救方案是他提出来的。赵南认为："时间尺度守恒原理"的可逆修正项既然已经得出，那么它就必然存在于当时联线的某些人的大脑里。最终结果不同于中间过程，其数据量是相当有限的，从道理上讲，一个人的大脑完全足以存储下来。不过，由于"脑域"是一种分布式结构，因此全部的最终结果信息可能会分散地存储在某几个人的大脑里。所以他建议寻找那些当时正处于长时间联线的人，在他们中间最有可能找到这样的人。现在看来一切都很顺利，根据目前的情形来看，从这四名受试者的脑中足以获得可逆修正项的全部内容。虽然做起来很麻烦，但总比重新研究好得多。

苏枫站在场外，不时朝这边投来满意的一瞥。尽管已经连续工作了很久，但赵南却一点儿也不觉得疲倦。

俞峰的工作只是协助性的，他已经睡过一觉醒来。仪器正在地毯式地对四名受试者的大脑进行搜索，不放过任何一丝可能有用的信息。俞峰看过四名受试者的履历，其中有一名出租车司机，还有一名12岁的小学生，另外两名是文盲兼无业者。但是，他们却不知道在自己的大脑中竟然存储着人类迄今为止最复杂、最尖端的知识。俞峰禁不住在心里感叹一声。是的，这就是"脑域"。也许当初苏枫博士将它带到这个世界上来的时候，根本没有想到它会给人类社会带来这么大的改变。说起来，"脑域"的原理相当简单，但这种简单的思想却带来了人类智慧的飞跃。在"脑域"里，无数的大脑通过接驳装置联结成了一个整体，当一个普通人联入"脑域"之后，他的140亿个脑皮层细胞便不再专属于他了，而是成了"脑域"的一部分。他的脑细胞可以被用作存储器和计算器，或者被用作思维的载体。

兆脑级研究员则是具有"脑域"思维权的联入者，他们的大脑在联入后用于思维而不是用于存储和计算。兆脑级研究员平均一个人可以得到超过100万个大脑的强大支撑，当他们联入"脑域"后，每个人的智力都足以无所顾忌地嘲笑人类历史上的所有人，在他们面前，牛顿和爱因斯坦只是两只未脱蒙昧的猿猴。由于本质原理的不同，就综合功能而言，人的大脑不亚于世界上全部电子计算机的总和。而"脑域"则是由亿万人的大脑整合而成的超级计算机，如果非要用一个词来形容它的功能，那便是——魔幻。无数人联入后的"脑域"成了一台无与伦比的智慧机器，它包含了超过1000亿亿个脑皮层细胞，可以存储浩如烟海的数据量，可以在一瞬间里进行超高精度的复杂运算，可以从这些信息与计算分析中得出唯有"脑域"才可能得出的结论。"脑域"诞生不过十多年时间，进入成熟应用的时间更晚，但却永久性地改变了这个世界。

这时，那名12岁的少年身躯突然剧烈扭动起来，口里发出急促的喘息声。"出什么事情了？"俞峰边问边朝那边跑去，他看了眼监视器后说，"赶快停止，受试对象的细胞组织过于疲劳。"

"不用。"说话的是赵南。他沉着地指挥助手给少年注射了一剂针药。少年的扭动舒缓下来，重新恢复了平静。那位助手开始给另三名受试者注射相同的针药。

"这是我们小组开发的新药，能够缓解人们长时间联线造成细胞疲劳所带来的不适。"赵南对闻讯而来的苏枫解释道。

俞峰心念一动。他知道黑市上一直在卖一种叫"脑舒"的药物，当初他特意找来做了分析，结果发现里面含有一种虽然能暂时让人舒缓痛苦，但经常使用却会让人思维能力日益减退的成分。

"这样好的药物为什么不早点申报？"俞峰冷冷地说，"否则人们也不用去买黑市上那些损伤智力的药物了。"

赵南脸上有些挂不住了，他讪讪地说："我们还在做进一步的药理分析。不过，"赵南停了一下说，"对普通人来说，就算智力受到一点损失也不算什么，反正他们也用不着多高的智力。"

这时，四名受试者同时发出了呻吟声，看来药物已经不能缓解这种超长时间联线所带来的痛苦了。"快停止吧！"俞峰几乎是恳求地看着苏枫说，"他们已经受不了了。"

"可是如果这时候停下来，一切都要重来。时间紧迫。"赵南的额头沁出了汗水，但看得出他很想坚持，"他们是这个世界的希望。"

赵南最后的这句话起了作用。苏枫苍老的脸仰向了天空。过了差不多十几秒钟的时间，他叹口气说："继续吧。"

9

何夕觉得腿肚子一阵阵地痉挛，就像是肌肉突然打了个死结。吊车的把手由于汗湿也开始有些不听使唤，耳旁震天响的轰鸣声就像是一把刀要刺进脑髓里去一样。从高高的吊车控制室望出去，远处身着粉红色长裙的星冉就像是开在地面上的一朵小花。起吊，放下，起吊，放下，起吊，放下，就在何夕觉得自己快要累得垮掉的时候，终于听到了救命的收工铃。

"原来这就是你的工作。"星冉的语气有些揶揄，聪明的她似乎看透了何夕的气定神闲只是伪装出来的假象，"不像你平日说的那么有趣嘛。"

何夕憨笑着挠挠头："是有些累，不过我已习惯了。反正，我觉得有意思。"何夕很认真地从衣兜里摸出几张皱巴巴的纸币说，"这是我今天的工资，比较少，不过，"何夕直视着星冉的眼睛，

"我保证这里的每一分钱都是我自己辛苦挣来的。"

星冉的目光有些迷茫："我不太懂你的意思，难道我的钱不是自己辛苦挣来的吗？"

"你知道在脑房里发生了什么事情吗？"何夕低声问。

"我不明白你在说什么。"星冉看上去有些害怕，何夕的语气令她不安。

"你知不知道有极个别的人在联线后并不会完全失去知觉，他们偶尔会在系统中恢复一定的感知能力，从而获得部分不公开的信息？"何夕的语气像是在讲述一个秘密，"而我就是这样的一个人。"

星冉突然笑起来，露出编贝样的牙齿："你逗我呢，我不信。哪有这种事情？我怎么不知道？"

何夕愣了一下，印象中，星冉不是这种随意打断别人的人，尤其是在自己不在行的问题上。他有些发急地强调说："这是真的，我没有骗你。"

"这么说，你比我们这些普通人知道的东西要多了？"星冉还在笑。

"我也只多知道一点点而已。"何夕很老实地说，"绝大多数情况下我同大家一样，只在某些极个别的情形下会略有知觉。那种情况有些像做梦，隐隐约约明白一点，但细加追究起来却又含糊得很。不过我还是知道了一些事情，比如我知道我们联入的其实是一个叫作'脑域'的人脑联网系统，里面有许多兆脑级研究员从事着研究工作，而我们这些普通人的大脑在其中似乎相当于……"

"算啦，这些我都不喜欢听。"星冉不耐烦地嚷起来，"没什么意思。你还是说说准备请我吃什么吧，这个我爱听。"她转动着眼珠，有些调皮地拍了拍自己的提包说，"要是没钱可别打肿脸充胖子哦。"

何夕不解地看着星冉，这个容颜秀丽的女孩身上一直有些他无法看透的东西。有时她就像一汪清水，让人能一眼望见池底；有时却又像天上的浮云般让人捉摸不定。不过，也许正是这种感觉才让何夕觉得和星冉在一起是很愉快的事情。

"你干吗……这样看着我？"星冉有些脸红地颔首，声音也低了许多。

如果不是有人恰好到来，很难讲何夕能否在星冉这副欲语还羞的神态前挺住。来人并没有注意到何夕对他的不请自到有所不满，他只看着星冉说话。

"我是赵南。"来人除下墨镜，显得很有礼貌，但他身边的警卫人员却十分傲慢。

惊喜的光芒立刻从星冉的眼睛里放射出来，一时间她简直不敢相信自己的耳朵。星冉目不转睛地仰视着这个她一直想见的音乐大师："你一直是我的偶像，从来没有人能够像你弹奏的音乐那样深深地打动我。"

赵南脸上保持着矜持的笑容。他常常会面临这种局面。音乐对他来说，纯粹只是带有玩儿票性质的爱好，他也根本没在这上面花多少工夫。但是凭借"脑域"的力量，他能够用任何一种乐器将任何一段音乐演绎到炉火纯青的地步，而且可以绝不夸张地说，如果愿意的话，赵南可以毫不费力地找出古往今来每一首曲子的缺陷所在，不过出于对昔日大师们的尊重，他无意这么做。个中原因很简单，包括音乐在内的一切艺术活动其实都可以归结到智力上来，当一个人的脑力提高了上百万倍之后，他眼中的世界就会是完全不同的模样了。实际上，他只是多年前的某一天心血来潮在联线时弹奏了一支曲子，结果一下成了举世闻名的音乐大师，而他本身的专业却只有很少的人知晓。不过严格说来，在他专攻的三个专业里只有分子生物学是他本身所学，但因为"脑域"，他可以游刃有余地同时在另外两个原本不算熟悉的领域有所建树。

"我们到处找你。"赵南说，"你今天好像变动了日程。平常这个时间你都在脑房里的。你对我们很重要。"

星冉有些受宠若惊，她想不到赵南会这样说，她觉得自己有点头晕，"我……很重要？你真的是在说……我？"她不敢相信地重复着。

"我希望你能跟我们走。"赵南期待地看着星冉，"我们需要你的帮助。"

"你们是不是想从星冉这里得到什么东西？"一直没有说话的何夕突然开口道。

赵南一怔："你是谁？是谁这样告诉你的？你知道些什么？"

"我是何夕。我只是这样猜测。我想知道她有没有危险。"何夕平静地说，"星冉是我的朋友。"

"何夕？"赵南狐疑地转动了一下眼珠，这个名字似乎勾起了他的一些记忆，"你联线时用过今夕何夕这个名字吗？"

何夕淡淡地摇摇头说："我不知道你在说什么。"

赵南吁出口气，低头将一份文件递给星冉："如果你没有意见的话，请在上面签字，表示你自愿与我们合作。"

星冉接过文件飞快地扫视了一眼便签了字，她脸红红的，还没有从兴奋中恢复过来，整个人都显得很激动。何夕在一旁不动声色地看着这一幕，有意无意间他总爱盯着赵南的眼睛看，他的这个举动让赵南显得有些不自在。

赵南满意地收好文件对星冉说："你现在就不用回去了，跟我们走吧。"

10

前方的远处是一道墙。墙看上去是黑色的，是那种纯粹的、绝对的、不反射一丝光线的黑色。墙体突兀直上高耸入云，充满了神秘莫测的味道。

直升机悬停下来："我们不能再靠前了。"俞峰说，目光一直盯着那道奇怪的墙。

"这是什么地方？为什么要带我跑几百公里到这儿来？"何夕问，同时伸了个懒腰，"那道墙是什么东西？"

俞峰叹口气："只有在这里，我才有决心坦诚地告诉你一些事情。"他指着远处说，"那道墙其实是一道隔离场，里面就是堪称人类最伟大的创举之一的西麦农场。"

"西麦农场？"何夕悚然朝着舷窗外望去。虽然政府一直在保密，但关于西麦农场的事情他多少还是知道一些，想不到自己今日竟然能够目睹这传说中的秘境。

"你知不知道，就在那道墙的背后，有种比人类先进不知多少年的诡异生物正试图冲破屏障进入我们的世界？你觉得它们会怎样对待我们这些低等生命体？"俞峰的话语里有调侃的意味，"我觉得只有人类这种疯狂的生物才能造就出像西麦农场这种集奇迹与灾难于一体的智慧结晶。"

何夕静静地看着俞峰，他等待着下文。

俞峰接着说："星冉的大脑里可能正好存有能够阻止它们的方程式。通过这个方程式，我们可以让加快了的时间停下来，简言之，我们可以冻结西麦农场的时间，让里面的一切相对于我们来说变成一动不动的雕塑，直到它们不再对人类构成威胁为止。"

"为什么对我说这些？"何夕不解地问，他预感到有事情要发生了。

"我们刚刚使得四个活生生的人精神崩溃变成了白痴。"俞峰的语气失去了控制，他无助地望着那道黑色的墙，"实验失败了。为了扫描出他们脑中的信息，我们让他们进行了超长时间的联线，结果发生了悲剧。"

何夕倒吸一口凉气："那个叫赵南的音乐家带星冉走的时候可没说这些。"

"赵南是三个学术领域的专家，音乐只是他的业余爱好。"俞峰苦笑了一下，"虽然现在我对音乐只是略知皮毛，可要是我联上'脑域'的话，我马上就可以成为音乐大师。"俞峰露出崇敬的神色说，"这就是'脑域'时代的奇迹。"

何夕突然大笑起来，他知道这样做很没道理，但却管不住自己。他觉得俞峰的话真是好笑极了："我也有个故事要对你讲。"何夕边笑边对俞峰说，"我认识一个女孩子，很普通的那种。她花了很多年的时间去练钢琴。她觉得自己从生下来起就喜欢上了这种世界上最漂亮的乐器，她的梦想就是当一名钢琴教师，坐在琴凳上轻抚那些光可鉴人、让人着迷的黑白琴键，让美妙的音乐从自己的手指缝里流淌出来。但是后来她的梦想破灭了，就因为'脑域'的存在。我知道她永远都不会再去碰钢琴了。这个女孩就是星冉。"

俞峰沉默了，他听懂了何夕的意思。他有些无力地辩驳道："她不用这样的，作为爱好何必放弃？"

何夕从衣兜里拿出一台小录音机，一阵轻快的琴声从里面流淌出来："这是星冉最后一次弹琴，我费尽心思才令她鼓起勇气这样做，结果只引来人们的一片嘲笑。我承认赵南弹得更好，我也承认只要你联上'脑域'就能成为大师。可那真是你们的琴声吗？你们拥有超出常人百万倍的智力，像音乐这样的事情对你们而言只是小试牛刀。"何夕的脸涨得通红，"可是我要说，星冉的这首曲子胜过你们何止千百倍？这是她练习了无数次、流淌了无数汗水才换来的琴声，是她发自灵魂的真实声音！"

俞峰叹口气，没有反驳何夕。过了一会儿，他疑惑地看着何夕说："我能肯定自己联上'脑域'之后的智力远在你之上，但我此刻很怀疑自己的正常智力是否及得上你。"

何夕若有所思地说："那天赵南听到我的名字后曾问我有没有用过'今夕何夕'这个名字联线，我没有告诉他这正是我用的名字。"

俞峰惊讶地叫出了声："你就是今夕何夕？那你是不是有时会在'脑域'里保持知觉？我曾经不止一次在'脑域'里感觉到你的活动。这种情况相当罕见，根据分析，只有在极少数心智水平很高、极度聪明的人身上才会发生这种事情。"

"极度聪明？"何夕自嘲般地哼了一声，"在你们这些兆脑级研究员面前还有谁敢自认聪明？"何夕的语气变得悲凉，"在'脑域'时代，天才和傻瓜已经被同时消灭了。即使是一个弱智在成了兆脑级研究员之后，都可以嘲笑任何一位天才的智力。这让我想起蜜蜂。其实除了雄蜂之外，所有的蜜蜂刚生下来时彼此间都没有任何不同，但吃蜂王浆的幼虫将成为无比尊贵的蜂后，哪怕它本来是其中最差的一只。"

俞峰明白了何夕的意思，一时间他有些讪讪然。何夕说得虽然偏激但却让人无法反驳，这正是"脑域"时代的写照。由于命运的安排，自己成了兆脑级研究员，成了金字塔的顶端，可是这一切能说明什么呢？那无穷无尽的智慧真的是自己所有吗？那无与伦比的思想光芒真的出自自己的内心吗？

"算了，还是说正题吧。"俞峰换了话题，"星冉答应了参与补救计划，你打算怎么办？"

何夕背上立时惊出了一身冷汗。

11

"是你带他进来的？"赵南问俞峰。

"我只想同星冉说几句话。"何夕的目光四下搜寻着，"我是她的朋友。"

"她已经联线了。"赵南摇摇头，"你如果愿意的话可以等。"

何夕冲动地试图往里面闯去，他的额头上满是汗珠。几名警卫人员迅速围过来，用身体阻挡住他。但是何夕已经无所顾忌了，他试图冲破警卫的阻拦。在抓扯中，他的外套袖子被扯破了，领带也歪到了一边。不过这显然都是徒劳的，尽管他身体很壮实，但一个人的力量毕竟太小了。

"星冉！"他一边同警卫厮打，一边喊着这个名字。不知什么时候，何夕的鼻子受了伤，血流了出来，在白色衣领上浸出点点红斑。

"你不要闹了。没有人强迫我，我是自愿的。"一个女孩的声音立刻让何夕安静了下来。说话的人是星冉，她站在几米开外的地方。看来她还没有联线。

何夕急切地招手："我有话对你说，就几句话。你听完之后就会改变主意了。"

"那好吧。"星冉有点无奈地拉着何夕来到一处没有人的房间，"这没别人了，你想说什么就说吧。"

何夕面带欣喜地上下打量着星冉："你不要留在这里，这个实验很危险。上次的几个人现在都成了白痴。跟我走吧！"

星冉默不作声地盯着地面，过了一会儿，她缓缓但却坚定地摇了摇头："我不想走。你放心，我不会有事的。我有过超长时间联线的经历。"

"赵南没有对你说实话。"何夕焦急地说，"你根本就不知道什么是'脑域'。我们这样的普通人在里面只是提供脑细胞的活机器。"何夕无助地看了眼天花板，"上帝如果知道人类居然发明出了'脑域'这种东西的话不知道会做何感想。"

"你错了。"星冉突然抬起头，一时间，她的目光简直可以用明如秋水来形容，"我知道什么是'脑域'，很早就知道了。你还记得吗？那天你想告诉我'脑域'里发生了什么事的时候我打断了你，因为我知道你要说什么。"星冉的声音渐渐变低，"其实，有时我也会在'脑域'里保持知觉。"

"那你为什么还同意参与这次实验？"何夕真的吃惊了，"你应该知道这有多么危险。"

星冉突然露出笑容，这使得她的脸庞焕发出一种无法形容的美。"其实现在正是我长久以来最快活的时候。"她轻声说。

"你说什么？"何夕如坠迷雾。

"我一直都觉得自己很没用。"星冉继续说，"我没有专长，没有学识。唯一的爱好就是钢琴，但却只会惹人嘲笑。其实我一直都很努力，小时候我读书很用功，很卖力，大人都说我聪明。但是等我长大才发现，这个世界根本就不需要我的聪明，需要我做的只是提供自己的脑细胞。"

这时候，星冉流出了一滴眼泪——掉落在地很快便被吸干了："长久以来我都是躺在脑房里挣钱，充当着提供脑细胞的活机器。其实我根本用不了那么多钱，我只是想证明自己是有用的。我没有别的办法证明这一点，只能这样做。你骂过我，叫我不要这样生活。可我又能怎样生活？而你呢，虽然你在码头上有份工作，但那不过是寻求心灵的平衡罢了，单靠那份工作你养不活自己。我们出售自己的脑细胞，价格还算合理，同时百万倍地提高兆脑级研究员们的智力，生产出无数有用的知识。其实这世界上的人都是这样生活的。"

何夕完全愣住了，他根本没想到在星冉的心里会埋藏着这么多不为人知的思想。

"所以，当赵南告诉我在我的脑子里可能存储着关系人类命运的知识时，我唯一的反应就是喜悦。我不想去管赵南是个什么样的人，也不在意是否被人利用。这些都不重要。"星冉接着说，"我只是第一次感到自己是一个有用的人。你明白我的意思了吗？"

何夕深深地埋下了头。他明白了星冉的意思，同时他也知道无论如何他都不可能让星冉回头了。一时间，他的心里乱得像一团麻，星冉的这番话让他简直无法评判。

"我该走了。"星冉轻轻地说，与此同时，她那一双黑白分明的眸子里依稀闪过不舍的光芒，似乎还有话想对何夕讲。但她最终什么也没有说，便转身离去了。几名警卫立刻锁了门，留下何夕独自一人待在空荡荡的房间里。何夕一动不动地站立着，他的心已经被那双若有所诉的秋水般的眼睛填满了，再也没有一丝缝隙。

12

黄头发阿金满脸疑惑地看着何夕像一阵风似的冲进脑房。

"30个小时。"何夕急促地说。

"你小子是不是打牌输惨了？！"阿金乐呵呵地打趣，他从没见过何夕这样急着联线，而且，何夕也从没要求过这样长的联线时间。

"如果你想救星冉的话就快点。"何夕已经进了三号间。这是他唯一能想到的办法了。他知道这样做的成功率很低，因为他也只有偶尔才会在"脑域"里保持知觉。不过他只能如此了。何夕这次想做的还不止于此，要救星冉的唯一办法只有入侵"脑域"。这样做的难度可想而知，因为他的对手是集亿万智慧于一身的"脑域"，是人类迄今为止建立的最为复杂的超级系统。在"脑域"里保持意识与思维是兆脑级研究员的权利，普通人要想如此，就必须破译出"脑域"为研究员设定的密码。何夕知道成功的希望几乎为零，但他没有别的选择。

白光闪过。

就像是黑夜里突然从天际划过的闪电，就像是一个人仰面躺在流动的水里，看着越来越模糊的天空，并且一点点地下沉。然后是昏迷。

今夕何夕。今夕何夕。

星冉。星冉你在哪儿？

庞大的数据流像潮水般涌来又退去，意识的碎片闪动着，23的193次方，排序，计算，无穷尽的计算，存储……

口令字错。请输入口令字。

无边无际的信息海洋。

星冉。星冉你在哪儿？

口令字错。请输入口令字。

今夕何夕。今夕何夕。

……

苏枫面对监视器一语不发。信息显示有人正试图突破"脑域"的身份管理系统，而且已经有了一些成果。多年来有无数人出于各种原因这样做过，但从来没有人取得过任何进展。但今天的这个入侵者似乎不容忽视，因为系统显示他已经连续尝试了许多次。但要想突破系统是绝对不可能的事情，这就好比一只草履虫想要战胜一头包含亿万个细胞的抹香鲸。

口令字正确。身份已确认。亚洲区研究员俞峰在线。亚洲区研究员赵南在线。

俞峰与赵南面面相觑。绝无可能的事情在他们面前发生了。他们两人明明没有联入"脑域"，但系统却显示他们已经联线了。入侵者破译了他们的专有密码，取得了兆脑级研究员的特权。

"这不可能!"苏枫注视着屏幕，汗水从额上沁出来。他看着俞峰和赵南的目光就如同他们是两个假人。

"他是谁?"赵南面色苍白地喃喃道，"他是怎么做到的?"

俞峰显得更理智些，他启动了"脑域"反入侵程序，一场看不见但却是这世界上最复杂激烈的战争立即展开了。这是一个大脑与十亿个大脑之间的战争，是一个人同整个世界的对抗。时间分分秒秒地过去，所有人的目光都注视着屏幕上的变化。入侵者艰难地扩展着自己的立足之地，有时候他几乎快被战胜了，但不知从何而来的力量却又令他绝处逢生。他站住了，不仅如此，他还向四周伸展出了无数的触手，这种情形看上去就像是一张从中心处开始变色的蜘蛛网。

亚洲区研究员俞峰被驱逐。亚洲区研究员赵南被驱逐。欧洲区研究员陈天石在线。美洲区研究员威廉姆在线。欧洲区研究员戈尔在线。在线。在线。

苏枫长叹一口气，皱纹深刻的脸上划过无奈的表情。入侵者破译了众多研究员的密码，中心刚驱逐掉一个，他立刻又用另一个身份登录。"他是谁?"苏枫喃喃道，"他怎么能做到这一点?他破译了1000亿亿个脑细胞的'脑域'所设定的密码，这怎么可能?"

仿佛是回应苏枫的话，屏幕上显出了一行信息：何夕在线。

"是那个人。"苏枫惨笑一声，"谁能告诉我怎么会发生这种事情？他想干什么？"

苏枫直视着俞峰，声音更大了："他想做什么？"

俞峰的目光有些躲闪："我不知道。他战胜了'脑域'，他已经获得了'脑域'的最高控制权。从理论上讲，他现在可以令整个'脑域'自毁。"

"你是在告诉我单细胞的草履虫战胜了抹香鲸？"苏枫猛地开始剧烈咳嗽，咳出了血丝，"这不可能。"他一边咳嗽一边说，然后，他整个人便倒在了地上。

13

……

是你吗？何夕。

是我。终于找到你了。星冉，快醒过来。星冉。离开这里。

我太累了。结果快出来了吧？我的大脑全部搜寻过了吗？

快醒过来。你已经尽力了。快醒过来。

我好累。何夕。我是不是快死了？

不会的。你不会死。我在等你。星冉。

何夕，其实当我离开你的时候想对你说一句话。我想说，如果这辈子能够再见面的话我再也不离开你了。我是不是特别可笑？你一定在心里笑话我……我太累了。我想睡觉。

不。星冉。千万不要睡过去。不要睡——

我真的想睡。想睡。

不。星冉。不——

何夕猛地撑起身，映入眼帘的是黄头发阿金关切的面孔。窗外的光线照进脑房，时间是正午。

"你已经在这里躺了 15 个小时了。"阿金轻声说，"情况怎么样？星冉不会有事吧？"

何夕没有说话，他的目光有些漠然地看着周围的一切，任凭汗水从额上大滴大滴地流下来。他历尽艰辛终于在广阔无垠的神秘"脑域"里找到了星冉，但最终却眼睁睁地看着她被吞没在"脑域"的深处。

"我要去找星冉。"何夕朝外面跑去，"等等我，我同你一起去。"阿金追了上去。

……

星冉安静地躺在平台上，脸上还挂着几滴汗珠，几缕汗湿的头发在她光洁的额头上卷曲着，长长的睫毛在脸颊上投下细小的阴影。看来她曾经有过一番挣扎，但现在她已经平静了。

何夕冲上去握住星冉冰冷的手，感觉不到一丝热度："怎么会这样？"何夕面无人色地说，"她怎么了？"

"她坚持到了最后，比所有人都坚持得久。"说话的人是俞峰，他的面容上带着深深的惋惜，"我从来没有见过像她这样意志坚强的人。我们找到了要找的东西，是她救了这个世界。"

何夕死死地盯着俞峰，目光里像是要冒出火来："你的意思是星冉这样死去是很值得的？像她这样的小人物能够有这样的结局是莫大的福气？"

主控室里安放着数百台监视器，可以看到所有兆脑级研究员的一举一动。这时他们都停止了工作，关注着这里发生的一切。

何夕悲愤地对着全场的每一台监视器用更大的声音说："我知道你们就是人类思想的全部，在这个世界里，实际上只有你们才拥有思想的权力。你们有足够的理由嘲笑我们，因为在你们的智慧面前，我们只是一些低级的生命，就像是人类眼里的动物一样。唯一不同的是，动物是提供蛋白质的机器，而我们则是提供脑细胞的机器。你们只要愿意，便可以让我们去计算 23 的 500 次方，还可以让我们陷在死循环里永不超脱。我们在'脑域'里永远地失去了自己，成为一粒粒没有任何区别的灰尘。"何夕说到这里，身体开始颤抖，他觉得世界真是充满荒谬。而问题的关键在于，就连何夕自己也不知道到底应该仇恨什么，其实说到底，正是"脑域"最大限度地解放并发展了人类的智慧，创造出了前所未有的奇迹。

"谢谢你没有毁掉'脑域'。"俞峰插入一句，他的表情是真挚的，"我现在仍然无法知道是什么力量支持你成功入侵'脑域'的，也许永远都无法知道了。我们会马上着手提高'脑域'的安全性。"

何夕怔了一下。其实他也说不清楚自己为何没有毁掉"脑域"，尽管当时他的内心里有一万个理由这样做。他只是实在无法下这样的决心。

"星冉并没有死。"是赵南的声音，他的目光有些躲闪，"但是，她的大脑受到了损害，她成了植物人。"

何夕爱怜地轻抚着星冉光滑的脸庞，柔声说道："你不是想救世界吗？你真的救了世界。"两行泪水顺着何夕的眼角淌下来，滴落在星冉的脸上。过了一会儿，何夕吃力地抱起星冉，对一旁呆若木鸡的阿金说："我们走吧，离开这个地方。"

人群自动地分出一条道，默无声息地目送着何夕离去。俞峰似乎想说什么，但最终只是摇了摇头，他觉得此时说什么都没有意义了。

尾声

正是黄昏，血一样红的夕阳缓缓坠入苍茫，天地开始合围世界。

"这间脑房陪了我这么久，就这么关了它一时还真有些舍不得。"阿金感慨地叹口气。

"其实你不用这么做。"何夕平静地说。

"就算没有这件事情发生，我也早就有这个心思了。这么多年来，我现在才感到轻松。"阿金如释重负地笑笑，"我也数不清有多少人在这间脑房里出售过他们的大脑，他们以后只好换地方啦。"

"'脑域'始终是人类最伟大的创造，但我现在只想远远地离开它。"何夕环顾着四下里繁华的街道，"这是不是很可笑？就像是当年工业革命到来时怀念田园牧歌式生活的那些人一样。"

阿金摇摇头，表示对何夕的理解："你准备带着星冉去哪儿？"

"不知道。我只是想远远地离开。我想这也是星冉的意思。"

"不知道还有没有再见的一天。"阿金的语气里已经有了人生无常的意味，他向上一抛，一道亮光划过天空，他的目光一直跟随着那道亮迹到落地——那是脑房的钥匙。

当黄头发阿金回过头来时，他的身边已经没有人了。夕阳将远行者的身影拉得很长。随着晚风飘来隐隐约约的钢琴声，清灵，曼妙，充满缥缈梦幻的味道，就像来自天边。阿金觉得天地间像是有一双看不见的手轻轻抚过，使万物宁静。

那是《秋日私语》。

十亿年后的来客——沾染未来

1

有一种说法，人的名字多半不符合实际但绰号却绝不会错。以何夕的渊博自然知道这句话，不过他以为这句话也有极其错误的时候。比如几天前的报纸上，在那位二流记者半是道听途说半是臆造的故事里，何夕获得了本年度的新称号——"坏种"。

何夕放下报纸，心里涌起有些无奈的感觉。不过细推敲起来那位仁兄大概也曾做过一番调查，比如何夕最好的朋友兼搭档铁锒从来就不叫他的名字，张口闭口都是一句"坏小子"。朋友尚且如此，至于那些曾经栽在他手里的人提到他当然更无好话。除开朋友和敌人，剩下的就只有女人了，不过仍然很遗憾，何夕记忆里的几个女人说得最多的一句话便是"你坏死了"。

何夕叹口气，不打算想下去了。一旁的镜子忠实地反射出他的面孔，那是一张微黑的已经被岁月染上风霜的脸。头颅很大，不太整齐的头发向左斜梳，额头的宽度几乎超过一尺，眉毛浓得像是两把剑。何夕端详着自己的这张脸，最后下的结论是：即使退上一万步也无法否认这张脸的英俊。可这张脸的主人竟然背上了一个坏名，这真是太不公正了。何夕在心里有些愤愤不平。

但何夕很快发现了一个问题，他的目光停在了镜子里自己的嘴角。他用力收收嘴唇，试图改变镜子里的模样。可是虽然他接连换了几个表情，并且还用手拉住嘴角帮忙校正，但是镜子里的人的嘴角依然带着那种仿佛与生俱来也许将永远伴随着他的那种笑容。

何夕无可奈何地发现这个世上只有一个词才能够形容那种笑容——坏笑。

何夕再次叹口气，有些认命地收回目光。窗外是寂静的湖畔景色，秋天的色彩正浓重地浸染着世界。何夕喜欢这里的寂静，正如他也喜欢热闹一样。这听起来很矛盾但却是真实的何夕。他可以一连数月独自待在这人迹罕至的名为"守苑"的清冷山居，自己做饭洗衣，过最简朴的生活。但是，他也曾在那些奢华的销金窟里一掷千金。而这一切只取决于一点，那就是他的心情。曾经不止一次，缤纷的晚会正在进行，头一秒钟何夕还像一只狂欢的蝴蝶在花丛间嬉戏，但下一秒钟他却突然停住，兴味索然地退出，一直退缩到千里之外的清冷山居中；而在另一些时候，他却又可能在山间景色最好的时节里同样没来由地作别山林，急急赶赴喧嚣的都市，仿佛一滴急于要融进海洋的水珠。

不过很多时候有一个重要因素能够影响何夕的足迹，那便是朋友。与何夕相识的人并不少，但是称得上朋友的却不多。要是直接点说就只是那么几个人而已。铁铣与何夕相识的时候两个人

237

都不过几岁，按他们四川老家的说法这叫作"毛根儿"朋友。他们后来能够这么长时间保持友谊，原因也并不复杂，主要就在于铁锒一向争强好胜而何夕却似乎是天底下最能让人的人。铁锒也知道自己的这个脾气不好很想改，但每每事到临头却总是与人争得不可开交。要说这也不全是坏事，铁锒也从中受益不少，比方说从小到大他总是团体里最引人注目的那一个，他有最高的学分，最强健的体魄，最出众的打扮，以及丰富多彩的人生。不过有一个想法一直盘桓在铁锒的心底，虽然他从没有说出来过。铁锒知道有不少人艳羡自己，但却觉得这只是因为何夕不愿意和他争锋而已。在铁锒眼里何夕是他最好的朋友，但同时也是一个古怪的人。铁锒觉得何夕似乎对身边的一切都很淡然，仿佛根本没想过从这个世上得到什么。

铁锒曾经不止一次亲眼见到何夕一挥手就放弃了那些许多人梦寐以求的东西。就像那一次，只要何夕点点头，秀丽如仙子的水盈盈连同水氏家族的财富全都会属于他，但是何夕却淡淡地笑着将水盈盈的手放到她的未婚夫手中。还有朱环夫人，还有那个因为有些傻气而总是遭人算计的富家子兰天羽。这些人都曾受过何夕的恩惠，他们最大的愿望就是找机会有所报答，但却不知道应该给何夕什么东西，所以报答之事就成了一个无法达成的心愿。但是有件何夕很乐见的事情是他们完全办得到的，那便是抽空到何夕的山居小屋里坐坐，品品何夕亲手泡的龙都香茗，说一些他们亲历或是听来的那些山外的趣事。这个时候的何夕总是特别沉静，他基本上不插什么话，只偶尔会将目光从室内移向窗外，有些飘忽地看着不知什么东西，但这时如果讲述者停下来他则会马上回过头来提醒继续。当然现在常来的朋友都知道何夕的这个习惯了，所以到后来每一个讲述者都不去探究何夕到底在看什么，只自顾自地往下讲就行了。

何夕并不会一直当听众，他的发言时间常常在最后。虽然到山居的朋友多数时候只是闲聚，但有时也会有一些陌生人与他们同来，这些人不是来聊天的，直接地说他们是遇到了难题，而解决这样的难题不仅超出了他们自己的能力，并且也肯定超出了他们所能想到那些能够给予帮助的途径，比如说警方。换言之，他们遇到的是这个平凡的世界上发生的非凡事件。有关何夕解决神秘事件的传闻的范围不算小，但是一般人只是当作故事来听，真正知道内情的人并不多。不过凡是知道内情的人都对那些故事深信不疑。

今天是上弦月，在许多人眼里并不值得欣赏，但却正是何夕最喜欢的那种。何夕一向觉得满月在天固然朗朗照人，但却少了几分韵致。初秋的山林在夜里八点多已经转凉，但天空还没有完全黑下来。虫豸的低鸣加深了山林的寂静。何夕半蹲在屋外的小径上借着天光专心地注视着脚下。这时两辆黑色的小车从远处的山口显出来，渐渐靠拢，最后停在了三十米以外大路的终点。第一辆车的门打开，下来一位皮肤黝黑身材高大壮硕的男人，他看上去三十出头，眼窝略略有些深，鼻梁高挺，下巴向前划出一道坚毅的弧度。跟着从第二辆车里下来的是一位头发已经花白的老者，六十来岁，满面倦容。两个人下车后环视了一下四周，然后并肩朝小屋的方向走来。另几个仿佛保镖的人跟在他们身后几米远的地方。老者走路显得有些吃力，年轻的那人不时停下来略作等待。

何夕抬起头注视着来者，一丝若有所思的表情从他嘴角显露出来。壮硕的汉子一语不发地将拳头重重地砸在何夕的肩头，而何夕也以同样的动作回敬。与这个动作不相称的是两人脸上同时绽放出灿烂的笑容。

这个人正是何夕最好的朋友铁锒。

"你在等我们吗？你知道我们要来？"铁锒问。

"我可不知道。"何夕说，"我只是在做研究。"

"什么研究？"铁锒四下里望了望。

"我在研究植物能不能倒过来生长。"何夕认真地说。

铁锒哑然失笑，完全不相信何夕会为这样的事情思考："这还用问，这根本是不可能的事情。"

"这是两个月前在一个聚会上一个小孩子随口问我的问题，当时兰天成也在，他也说不可能。结果我和他打了个赌，赌金是由他定的。"

铁锒的嘴立时张得可以塞进一个鸡蛋。兰天成是兰天羽的堂兄，家财巨万，以前正是他为了财产而逼得兰天羽走投无路几乎寻了短见，要不是得到何夕相助的话兰天羽早已一败涂地。这样的人定的赌金有多大可想而知，而关键在于，就是傻子也能判断这个赌的输赢——世界上哪里有倒过来生长的植物？

"你是不是有点发烧？"铁锒伸手触摸何夕的额头，"打这样的赌你输定了。"

"是吗？"何夕不以为然地说，"你是否能低头看看脚下？"

铁锒这才注意到道路旁边斜插着七八根枝条，大部分已经枯死。但是有一枝的顶端却长着翠绿的一个小分枝。小枝的形状有些古怪，它是先向下然后才又倔强地转向天空，宛如一只钩子。

铁锒立时倒吸一口气，眼前的情形分明表示这是一枝倒栽着生长的植物。

"你怎么做到的？"铁锒吃惊地问。

"我选择最易生根的柳树，然后随便把它们倒着插在地上就行了。"何夕轻描淡写地说，"都说柳树不值钱，可这株柳树倒是值不少钱，福利院里的小家伙们可以添置新东西了。"

"可是你怎么就敢随便打这个赌，要是输了呢？"铁锒不解。

"输了？"何夕一愣，"这个倒没想过。"他突然露出招牌坏笑来，"不过要是那样你总不会袖手旁观吧，怎么也得承担个百分之八九十吧？朋友就是关键时候起作用的，对吧？"

铁锒简直哭笑不得："你不会总是这么运气好的，我早晚会被你害死。"

何夕止住笑："好了，开个玩笑嘛。其实我几岁的时候就知道柳树能倒插着生长，是贪玩试出来的。不过当时我只是证明了两个月之内有少数倒插的柳树能够生根并且长得不错，后来怎么样我也没去管了。不过这已经符合赌博胜出的条件了，这个试验是做给兰天成看的，他那么有钱，拿点出来做善事也是为他好。"

铁锒还想再说两句突然想起身边的人还没有做介绍，他稍稍侧了侧身说："这位是常近南先生，是我父亲的朋友。他最近遇到了一些烦恼。他一向不愿意求人，是我推荐他来的。"

常近南轻轻点头，看上去的确是那种对事冷漠、不愿求助他人的人。常近南眯缝着双眼，仔细地上下打量何夕，弄得何夕也禁不住朝自己身上看了看。

"你很特别。"常近南说话的声音有些沙哑，不过应该不是病，而是天生如此，"老实说你这里我是不准备来的，只是不忍驳了小铁子的好意。来之前我已经想好到了这里打了照面就走。"

何夕不客气地说："幸好我也没打算留你。"

"不过我现在倒是不后悔来一趟了。"常近南突然露出笑容，脸上的阴霾居然淡了很多，"本来我根本不相信世上有任何人能对我现在的处境有所帮助，但现在我竟然有了一些信心。"

铁锒大喜过望，他没想到见面这几分钟竟然让多日来愁眉不展的常近南说出这番话来。

"唉，你可不要这样讲。"何夕急忙开口，"我只是一个闲人罢了。"

常近南悠悠地叹口气："我一生傲气，从不求人。眼下我所遇到的算得上是一件不可能解决的事情。"

"既然是不可能解决的事情你怎么会认为我帮得上忙？"何夕探询地问。

常近南咧嘴笑了笑，竟然显出儿童般的天真："让植物倒着生长难道不也是一件不可能解决的事情？"

2

常氏集团是知名企业，经营着包括化工、航运、地产等诸多产业。常家位于檀木山麓，面向风景秀丽的枫叶海湾。内景装饰豪华但给人简练的感觉，看得出主人的品位。

常近南将客厅里的人依次给何夕做介绍。常青儿，常近南的大女儿，干练洒脱的形象使她有别于其他一些富家女，她不愿荫庇于家族，早早便外嫁他乡自己打拼。但天不佑人，两年前一场车祸夺去夫君性命。伤痛加上思乡，常青儿几个月前回到家中，陪伴父亲。常正信，二十五岁，常近南唯一的儿子，半月前刚从国外学成归来，暂时没有什么固定安排，就留在常近南身边，帮助打理一些事务。

何夕打量着这几个人，脸上是礼节性的笑容，从表情上看不出他的想法。常青儿倒是有几分好奇地望着何夕，因为刚才父亲介绍时称何夕是博士，而不是某某公司的什么人，印象中这个家很少有生意人之外的朋友到来。何夕的目光集中在常正信身上，对方身着一套休闲装，很随意地斜靠在沙发上，他对何夕的到来反应最冷淡，只简单打个招呼便自顾自地翻起杂志来。何夕并不是全部时间都盯着常正信，只不过是利用同其他人谈话的间隙而已。不过，对何夕来说这已经足够获取他想要的信息了。随着对常正信观察的深入，他对整件事情产生了兴趣，同时他也意识到这件事情可能不会那么简单。本来当常近南请他来家中"驱鬼"时他还以为这只是某个家里人有歇斯底里发作现象，这在那些富人家里本不是什么稀罕事，但现在他不这么看了。照何夕的观察，这个叫常正信的年轻人无疑是正常的，他应该没有什么精神方面的障碍，那么又是什么原因会令他做出那些让自己的父亲也以为他"撞鬼"的事情呢？

常近南的书房布置得古香古色，存有大量装帧精美的藏书，其中居然还有一些罕见的善本。

何夕是个不折不扣的书虫，这样的环境让他觉得惬意。

常近南关上房门着急地问:"怎么样?你们看出什么来了吗?"

"老实说我觉得贵公子一切都好好的,看不出什么异样来。"何夕慢吞吞地说。

"我也觉得他很正常。"铁锒插话道。

常近南有些意外,"你们一定是没有认真看。他一定有问题了,否则怎么可能逼着我将常氏集团的大部分资金交给他投资。虽然……"常近南欲言又止。

"虽然什么?如果你不告诉我们全部实情的话我恐怕帮不了你。"

"我不知道该不该说出来。"常近南的脸色变得古怪起来,仿佛还在犹豫,但最终,对儿子的担心占了上风,"虽然他本来已经做到了,但在最后一刻他终止了行动。"

"什么行动?"何夕追问道。

常近南叹口气:"那是七天前的事,那天早晨正信突然来到我的卧室,建议我将所有可用的资金立刻交给他投资到欧洲的一家知名度很小的公司。我当然不同意,正信很生气,然后我们发生了激烈的争吵。我问他是不是得到了什么可靠的内幕消息,他却不告诉我,只是和我吵。这件事让我心情很糟糕,身体也感到不适,所以我没有到办公室,但上午却发生了奇怪的事情。"

常近南迟疑了一下,然后在桌上的键盘上敲击了几下:"你们看看吧,这是当天上午公司总部的监控录像。"

画面显然经过剪辑,因为显示的是几个不同角度拍摄的图像。常近南正走进常氏集团总部的财务部,神色严肃地说着什么。

"据财务部的人说,是我向他们下达了资金汇转的命令。"

"可那人的确是你啊。"铁银端详着画面说,"你们的监控设备是顶尖水平的,非常清晰。"

"也许除了我自己之外,谁都会这样认为。哦,还有常青儿,她那天上午和我一起在家。这人和我长得一样,穿着我的衣服,但却不是我。"

"会不会是常正信找来一个演员装扮成你,以便划取资金。"何夕插话道,"对不起,我只是推测,如果说错了话请别见怪。"

"世上没有哪个演员有这样的本事,我和那些职员们朝夕相处,他们不可能辨别不出我的相貌和声音。"常近南苦笑,"你们没有见到当他们事后得知那不是我时的表情,他们根本不相信我说的话。"

画面上常近南做完指示后离开,在过道里踱着步,并在窗前眺望着远处。大约几分钟后,他突然再次进入财务部,神色急切地说着什么。

"那人收回了先前的命令,不知道是什么原因。"常近南解释道。

这时画面中的常近南急促地进到一间空无一人的会议室里,锁上门。他搜索了一下四周,然后在墙上做了一个动作。

"他堵上了监控摄像头,但他不知道会议室里还有另一个较隐蔽的摄像头。"

"那人面朝窗外伫立。他的双手撑在窗台上,从肩膀开始整个身躯都在剧烈颤抖。从背影看这似乎是一个充满痛苦的过程,有几个瞬间那人几乎要栽倒在地。这个奇怪的情形持续了约两分钟,然后那人缓缓转过头来……"

"天哪，常正信！"铁锒发出一声惊呼。

砰的一声，书房的房门突然被撞开了，一个黑影闯进来。"为什么要对外人讲这件事，你答应过不再提起的！"声音立刻让人听出这个披头散发的黑影正是常正信，但这已经不是客厅里那个温文尔雅的常正信了，他直勾勾地瞪着屋里的几个人，眼睛里闪现出妖异的光芒。"瓶子，天哪，你们看见了吗？那些瓶子。"说完这话他的脖子猛然向后僵直，何夕眼疾手快地扶住他。

"快拿杯水来。"何夕急促地说。

常正信躺在沙发上，喝了几口水后平静下来。过了一会，他睁开眼望着四周，似乎在回想刚才发生的事情。

"告诉我发生了什么？"何夕语气和缓地说。

常正信迷茫地望着何夕："我怎么在这里，真奇怪。"他看到了常近南，"爸爸，你也在，我去睡觉了。晚安。"说着话他起身朝门外走去。

"好了，何夕先生，你大概也知道我面临的处境了吧？"常近南幽幽开口，"事后我问过正信，但他拒绝答复我。我现在最在意的就是家人的平安。也许真的是什么东西缠住了他。也许这个世界上只有你能够帮助我了，只要你开口，我不在乎出多少钱。"

"那好吧。老实说吸引我的是这个事件本身而不是钱，不过你既然开口了我也不会客气。"何夕在纸上写下一行字递给常近南。

铁锒迷惑地望着何夕。虽然何夕的事务所的确带有商业性质，但他从未见过何夕这样主动地索取报酬。不过，比他更迷惑的是常近南，因为那行字是"请立刻准备一张到苏黎世的机票"。

铁锒抬头，正好碰上何夕那招牌般的坏笑："常正信不是在瑞士读的书吗?"他的目光变得幽深起来,"也许那里会有我们想找的东西。"

3

在朋友们眼中何夕是一个很少犯错误的人,也就是他说的话或是写的文字极少可能会需要变动。不过最近他肯定错了一次,他本来叫人准备一张机票,但实际上准备的却是三张,因为来的是三个人,除了他之外还有铁锒和常青儿。铁锒的理由是"正好放假有空",常青儿只说想跟来,没说理由。不过后来何夕才知道这个女人做起事来"理由"两个字根本就是多余。

苏黎世大学成立于1833年,是无数优秀人才的摇篮。何夕看着古朴的校门,突然露出戏谑的笑容:"要是校方知道他们培养了一个不借助任何道具能够在两分钟内变成另一个人的奇才不知会做何感想?"

来之前何夕已经通过各种渠道了解了常正信求学时的一些概况,比如成绩、租住地、节假日里喜欢上哪里消磨、有没有交女朋友,等等。以至于常青儿都忍不住抗议要求尊重一下常正信的隐私。

"那些无关紧要的事情就不必要查了吧。"她扯着尖尖的嗓门试图保护自己的弟弟。

"问题是你怎么知道哪些事无关紧要?"何夕反驳的话一向精练,但是却一向有效,总是顶得常青儿哑口无言。

卡文先生的秃头从电脑屏幕前抬起来:"找到了。常正信是一个比较普通的学生,没有什么特别的地方。"

"是这样，"何夕信口开河，"他现在已被提名参选当地的十大杰出青年，我们想在他的母校，也就是贵校，找一些不同寻常的经历，作为他的事迹。"

"我再看看。哦，他专业上成绩好像一般，但在选修的古生物学专业上表现不错。你知道，我校的古生物研究所是有世界知名度的。这对你们有用吗？他的论文是雷恩教授评审通过的。我看看，对了，雷恩教授今天没有课程安排，应该在家里。"

……

"常正信？"雷恩教授有些拗口地念叨着这个名字，"你们确定他是我的学生？"

常青儿也觉得这一行为有些唐突了："他只是在这所大学读书。他不喜欢自己的制药专业，却对古生物学颇感兴趣，而您是这方面的权威，所以我们猜测他可能会与您有较多的联系。"

雷恩蹙眉良久，还是摇了摇头："也许他听过我的课吧？见了面我大概能认识，但实在想不起这个名字。其实你们东方人到这里留学一般都是选择像计算机、财会、法律等实用性很强的学科，很少会选我这个专业的。"

"其实我倒是一直对这门学问非常感兴趣，只可惜当年家里没钱供我。"何夕突然说。

"这倒是实话。"雷恩笑了笑，"这样的超冷门专业的确只有少数从不为就业发愁的有钱有闲的人才会就读。就连我的女儿露茜，"他朝窗外努努嘴，"对我的工作也毫无兴趣，不过也许今后我有机会培养一下我的小外孙。哈哈哈。"雷恩说着爽朗地大笑起来。

何夕顺着雷恩的目光看出去，室外小花园里一个容貌秀丽的红衣女子正在修剪蔷薇，她的左手轻抚着隆起的腹部，脸上正如所有怀孕的女人一样是恬静而满足的笑容。

从雷恩的住所出来何夕准备找常正信的房东了解些情况。他们已经了解到常正信那几年基本上是住在同一所房子里。何夕让常青儿开车，他想抽空打个盹儿。就在他刚要放下座椅靠背的时候，他眼睛的余光从后视镜里发现了情况。

"我们被跟踪了。别往后看，往前开就行。"何夕不动声色地对常青儿说。

"哪儿，是谁？我怎么看不到？"常青儿惊慌地瞟了一眼后视镜，在她看来一切如常。

何夕没好气地指着前方说："如果你也能察觉的话他们就只能改行开出租了。"

"不知道会是些什么人？"铁锒倒是很镇定。同何夕在一起时间长了，这样的场面他早已见惯不惊。

"看来是有人知道我们在调查常正信，本来应该小心点才是。"何夕叹气，但神色却显得很兴奋，对手的出现让他觉得和真相的距离正在缩短。

"我们要不要改变今天的计划？"铁锒问道。

"不用，反正别人已经注意到我们了。"

4

戴维丝太太的房子是一座历史久远的古宅，院落宽广，外墙上爬满了翠绿的植物。她是一位退休护士，大约七十岁，体态微胖，皮肤白皙，十年前就一直独居。了解了这行人的来意后她并没有显得太意外，仿佛知道会有这么一天似的。不过出于德裔人的谨慎，她专门从一个资料柜中取出封面上有常正信名字的信封，然后要求何夕说出常正信正确的身份代码。当然，因为常青儿在场这不算什么难题。

"常的确有些与众不同。"戴维丝太太陷入回忆，"我的房子是继承我叔父的，不算巨宅，但也不小了。由于我一个人住不了那么大的房子，所以一直都将底层出租，这里本来就偏僻，附近大学的学生是我比较欢迎的租客。以前都是十多个学生分别租住在底楼的房间里。常来的时候正好是新学期的开始，常要求我退掉别人的合约，违约的钱由他负责。因为他要一个人租下所有的房间，还包括地下室。看得出他很有钱，但我实在想不出一个人为何需要这么多房间，更何况还有地下室。但常从来不回答我的这些问题，我也就不再问了，反正对我来说都一样。"

"他总是一个人住吗？有没有带别的人来。"何夕插话道。

"这也是我比较迷惑的地方。虽然我并不想关心别人的私事，但他的确从来没有带过女朋友之类的人来。倒是每隔些日子就有几位男士来访，而且每次并不总是同样的人，但衣着打扮非常接近。怎么说呢，虽然现在许多人在穿着上都比较守旧，但他们这些人也的确显得太守旧了些，都不过二三十岁的人，却总是一身黑衣，就连里面的衬衣都像是只有一种灰色。"

"我的老天，正信不会加入什么同志协会了吧！"常青儿脱口而出。

"应该不是的。"戴维丝太太露出笑容，"他们只是在一起谈论问题。那都是些我听不明白的东西，有时候声音很大，但多数时候声音是很小的。我的耳朵本就不好，基本听不见他们说些什么。我的房子比较偏僻，除了他们之外没什么人来。"

"光这些也说不上有什么奇特啊。"铁锒说。

"不过有一件事情一直让我觉得奇怪。"戴维丝太太接着说，"就是你弟弟住下不久之后便要求我更换了功率很大的电表，那基本上应该是一个工厂才需要的容量了。"

何夕立刻来了兴趣："这么说他是在生产什么东西吗？"

"我从来没有看到过他往外输送过产品，所以肯定不是在办厂。他只是运来过一些箱子，然后到离开的时候带走了这些箱子。在他租房期间我从没进过地下室。"

"我们能到他住的地方看看吗？"何夕问道。

"这恐怕不行，现在住着别的人，我是不能随便进入他们的房间的。"

"那地下室呢？"

戴维丝太太稍稍迟疑了一下："这倒是可以，不过里面空空的什么也没有。现在只放着我自己的一些杂物。"

古宅的地底阴冷而潮湿，一些粗壮的立柱支撑着幽暗的屋顶。何夕注意到与通常的地下室相比这里的高度有些不同寻常。常青儿或许是感到冷，瑟缩地抱着肩膀。

"我看层高至少有五米吧？"铁锒也注意到了这点，他用力喊了一声，回声激荡。

一截剪断的电缆很显眼地挂在离地几米的墙壁上，看来这是常正信留在这里的唯一痕迹。就算这里曾经发生过什么，从眼前的情形看也无从得知了。何夕仔细地在四处搜索，但十分钟后他不得不有些失望地摇了摇头。铁银深知何夕的观察能力，从他的表情看来要从这里再知道些什么已是不太可能的事情。

戴维丝太太突然开口道："我想起一件事，当时常刚搬走的时候我曾经在角落里捡到过一样东西，是一个形状很怪的小玻璃瓶，我把它放在……放在……"

戴维丝太太的表述突然中止，她微胖的躯体像一团面似的瘫软倒地。何夕和铁银的第一个反应都是像箭一般蹿向地下室的出口。前方一个黑影正急速地逃走，何夕和铁银的百米速度都是运动健将级的，只几秒钟时间他们同那个黑影的距离已缩短到二十米之内。但就在这时，那个黑影突然蹿向旁边的树林，然后何夕和铁银便见到了令他们永生难忘的一幕。那个黑影居然在树丛之间荡起了秋千，就像一只长臂猿。只几个起落便甩开二人，越过高高的铁围栏，消失在茫茫夜色之中。

铁银转头看着何夕，表情有些发傻，不过话还说得清楚："人猿泰山到欧洲来干什么？"

戴维丝太太的伤显然已经不治，致她于死命的是一粒普通的鹅卵石，大约两厘米见方，就嵌在她的额头左侧。看到这一幕何夕才醒悟到自己有些大意了，不过他的确没料到会到这一步。不过现在看来事情越来越不简单了。

常青儿正准备打电话报警，何夕果断地制止了她："等一下我们出去用公用电话报警，否则会被警方缠住的。"

"那戴维丝太太最后说的那样东西到底会在哪儿呢？"常青儿焦急地环顾四周，"要不再找找看。"

"不用了吧，这里何夕已经搜寻过了，他都没有发现那样东西。"铁锒抱着膀子说，样子看上去有些不负责，但说的却是大实话。

"我想我知道那样东西在哪儿了。"何夕突然开口道，他径直朝地下室出口奔去，留下铁锒和常青儿两人面面相觑。

这是一个很小的瓶子。它是从一个写有名字的信封里取出来的。

"既然戴维丝太太知道这是常正信遗留的东西，她自然会把它同属于常正信的其他东西放在一起。"何夕用一句话就回应了常青儿眼里的疑问，同时拿着尺子比画着。瓶子是六棱柱形，边长0.5厘米，高度1厘米，虽然透明但不是普通玻璃造的，而像是一种轻质的强度远高于玻璃的高分子材料。瓶子的顶部和底部都镶嵌着金属片，在顶部还开着两个直径约1毫米的小孔，但被类似胶垫一样的东西密封着。瓶子里大约装有一半的透明液体。

"我实在看不出这东西是干什么用的。"铁锒满脸不解。

何夕仔细地端详着小瓶，眼睛里有明显的迷惑："到现在为止我只觉得这像是一个容器。"

"这我也看得出来啊。"常青儿插话道，"那两个小孔肯定就是注入和取出液体用的。"

何夕赞同地点头："不过我还看出这东西应该不止一个，而是数量庞大的一组。"

"这样说没什么根据吧?"铁锒说，"它完全可能就是一个孤立的配件。"

"你们注意到它的形状没有。像这种六棱柱形的造型在加工上比正方形之类困难许多，容量也没有大的提高，除非是有特别的考虑，否则不会随便造成这个样子。"

"对啊，大量六棱柱形拼合在一起是最能节约材料和提高支撑强度的，就像蜂巢的结构。"铁锒恍然大悟。

"那我们不妨假设一下在古宅的地下室里曾经有过数量巨大的这种小瓶子，可常正信到底在干什么呢？记得吗，在常家的书房里常正信曾经说过：'看，那些瓶子'。"何夕眉头紧锁，"还有，我们见到的那个黑影又是什么呢？"

"我从来没见过那么猛的人，他简直就是在树上飞。"铁锒抓挠着头发。

"常青儿，看来要麻烦你联系一下，我们现在需要一间设施齐全的实验室。"何夕带头往外走，"现在我们还是赶紧离开吧。"

5

常氏集团在瑞士并没有产业，但有生意伙伴。十个小时之后何夕已经有了一间工作室，这是一家制药公司的实验室，鉴于瑞士制药业的水平，这间实验室的配置在这个星球上大约算是顶级的。不过何夕很快便发现其实有些小题大做了，因为从容器里取出的液体成分实在非常简单。

测算出来每千克这种液体中大约含有 23 克的氯元素、12 克的钠元素、9 克硫元素、3 克镁元素，还有不到 1 克的钙和钾，剩下的就是一些微量元素和水了。现在实验室里就是这么一张化验结果，以及三张愁眉不展的脸。怎么说呢，它的成分太普通了，就像是随便从太平洋某个角落里汲取的一滴水。当然这只是一个比喻，因为它和通常的海水之间还是有些不同的，比如硫和镁显得稍高一些，但没有什么本质的区别，就像是在某个特殊地域采集的一滴海水。地球上这种地方有的是，比如海底烟囱附近或是像红海之类的特殊海域。

"看来我们有方向了。"铁银先开口，"我想应该拿它同世界各地的海水成分进行比对，确定一下他们是从什么地方运来的这些海水。等会儿我到专业网站上查询一下。如果他们曾经运送过大量的海水的话，肯定会留下线索的。"

"可我弟弟拿这些海水来干什么呢？"常青儿皱着眉，"他从小对化学就不感兴趣，本来我父亲是希望他在制药业有所发展的，但他一直不喜欢这个专业。"

"我倒是觉得整个事件越来越有意思了。"何夕脸上掠过一丝奇怪的表情，望着铁银说，"虽然并没多大依据，但我有种预感，你很可能查询不到匹配的结果。"

"你是说这可能不是海水，那我可以扩大范围，顺带查一下各个内陆湖的数据，应该能找到接近的结果吧？"

"但愿你是对的。"何夕若有所思，"也许是我想的太多了。"

"难道你有什么猜测吗？"常青儿追问道。

"我只是在想……"何夕的口气有些古怪，"那个能在树上飞的人是怎么回事？"

"也许他是个受雇于人的高手。"常青儿插言道，"就像是那些从事极限运动的跑酷运动员。"

"我见过跑酷。但……"何夕看了铁银一眼，"你觉得他是在跑酷吗？"

铁锒脸上的神色变得凝重起来："我有些明白你的意思了。"

常青儿着急地叫嚷起来："你们在说些什么啊？"

铁锒苦笑了一下："我是说世界上没有人能够像那个家伙那样跑酷的，他在树上跳跃的时候不会输给一只长臂猿。"

"你们的意思是……他不是人？"常青儿的眼睛比平时大了一圈。

"我只是觉得他在地上跑的时候肯定是个人，在树上跳的时候绝对不是人。"何夕说。

6

享誉世界的瑞士风光的确名不虚传。铁锒今天要查对神秘液体的来路，至少要大半天的时间。常青儿耐不住等待要游览名胜，以何夕一向的绅士做派当然只能陪同侍驾。直到这时何夕才领教了像常青儿这样的女人有多难伺候。首先由于出身和见识的原因她的眼光的确独到，对于一般的寻常景色基本不屑一顾，总是四处寻找出奇的风光；同时由于做事一向泼辣干练，常青儿对于入眼的景色每每又不甘于远望，只要有可能就非得亲到跟前一睹究竟不可。这就苦了何夕，手里大包自然提着，还得逢山开路遇水架桥，要不是仗着身体强壮早累趴了！只好在心里宽慰自己，幸好常大小姐只是在郊外踏青而不是游览瑞吉山或是皮拉图斯山。

现在终于上到一处坡顶，放眼看去是一条平坦的小径徐缓下行，看来前面再无险途。何夕长出口气，这时他眼睛的余光突然发现斜上方十来米高处有团粉色的影子，几乎是电光火石之间何夕将左手的包甩到肩上。但已经迟了，他没能挡住常青儿的视线。

"好漂亮的花儿啊！"常青儿叫嚷起来，"你看那儿，我从来没有见过这么粉的蔷薇。"

说到这儿常青儿不再开口，转头热切地看着何夕。何夕望着她绯红的脸颊，微微带汗的几缕发丝在风中颤抖，只得在心里叹口气，认命地放下手里的包开始朝山壁攀缘。提包口儿张开了，可以看到里面已经放了一些"很紫的玫瑰""又漂亮又光滑的鹅卵石"以及"好青翠的树叶"。

"只要一枝就够了，还有，别伤了它的根。"常青儿对着坡上的何夕喊，看来她并不贪心。就在这时，一只粗大的手搭在了她的肩膀上。

……

"我们谈谈吧，何夕先生。"来者是四个头戴黑袍只露出双眼的人。说话的是来人中个头最高的一位。他说的是英语，只是口音有些怪。

何夕看了眼被反缚双手的常青儿，放弃了反抗的念头："你们想谈什么？"

"是这样，你们不觉得自己闯到了不该去的地方了吗？"

"我只是想帮助这位女士的弟弟，他的家人很担心他。"何夕斟酌着用词，他还摸不准对方的意图。

"我们调查过你，知道你的一些传奇故事。老实说我们很尊敬你，我们不打算与你为敌。这样吧，如果我们保证以后不再和常正信联系，也就是说，他不必再要求他的父亲投资给我们公司。这样的话你能否就此罢手？"

"我们不需要和他谈判！"旁边一位个子较矮手臂显得有些

257

长的黑袍人插话道。何夕感觉他的眼神就像两把充满戾气的匕首，亮得刺人，"常正信会配合我们的。眼下这个家伙交给我收拾好了。"

"现在是我在说话。"高个黑袍人声音高亢，"难道你要违背我的命令吗？"

那人不情愿地退下，眼里依然恨恨不已。

"我好像根本没有选择的余地。"何夕笑了笑，"加上常青儿还在你们手里，我们俩可不想出什么意外。不过，你能兑现你的保证吗？"

"这不成问题。我们是商人，商人想多得到一些投资也是正常的要求吧？既然现在出了这么多麻烦，我们也觉得得不偿失，所以你不必怀疑我们的诚意。"

"那好吧，我们明天就离开瑞士。现在，请将这位女士的手交给我吧。"

"这样最好。哈哈哈。"高个黑袍人满意地大笑几声。常青儿的双手被松开了。她呻吟一声倒伏在何夕臂弯里，身体仍止不住发抖。四个黑袍人像出现时一样快速地消失在了黄昏的峡谷里，四周只剩下冷风的呜咽。

7

四川南部，守苑。

从瑞士回来已过半月。这段时间何夕回绝了所有应酬，独自一人留在这处能让他心绪平静的地方，想一些只有他自己知道的事情。铁锒和常青儿天天打电话，但何夕一直说还不到时候。直

258

到前天上午，他突然请铁锒和常青儿今天过来，算起来他们应该快到了。

黄昏的湖畔充满了静谧的美，夕阳洒落的光子碎屑在水面上跳着金色的舞蹈。所谓"湖"其实是一个有些拔高的说法，眼前的这并不浩渺的一汪水称作池塘也许更加贴切。何夕伫立在一株水杉树旁凝视着跳荡的水面，像是痴了。

"想什么哪？"不知什么时候铁锒和常青儿已经站在了一旁，当然与这句问候相伴的照例是铁锒重重的拳头。

"阳光下的池塘很美，不是吗？"何夕的声音与平时不太一样。

"还行吧。"常青儿环视了一下，"可没瑞士的风景好。"

"你们看过法布尔的书吗？"

"不就是写《昆虫记》的那个博物学家嘛。"铁锒咧嘴一笑，"以前看过，觉得很好玩。一个大人像孩子一样天天对着小虫子用功，不过他真是观察得很仔细。我记得有一篇写松毛虫的，他发现松毛虫习惯一只紧接着一只前进，结果他故意让一队虫子绕成圆圈，结果那些松毛虫居然接连几天在原地转圈，直到饿晕为止。当时我边看这一段边想象着一队又胖又笨的松毛虫转圈，肚子都笑痛了。"

"还有这么好玩的书啊，以后我一定要找来看。"常青儿插话道。

"我现在屋里就有一本。不过我最喜欢的是法布尔笔下的池塘，那是个充满生命之美的地方。"何夕的眼神变得有些迷蒙，"我觉得当这个世界上有了阳光有了池塘之后，所有后续的发展其实都是顺理成章的事情。阳光下的池塘是唯一关键的章节，故事到此高潮已经达成，结局也早就注定，后面的那些蓝藻、草履虫、小麦、剑齿虎、孔子、英格兰、晶体管、美国共和党，等等，其实都只是旁枝末节的附录罢了。"

"你在说什么啊？乱七八糟的！"铁锒挠了挠头，和常青儿面面相觑。

"好吧，还是说正题吧。"何夕招呼大家坐下，品尝他喜欢的龙都香茗，"常青儿，我前天说的事情办好了吗？"

"还说呢。一连那么多天谁都不理，突然打个电话来就是让我去悄悄搜集我弟弟脱落的脚皮。"常青儿忍不住发着牢骚，"这叫什么事儿啊！"

"你没办吗？"何夕有些沉不住气，他实在也没把握摸透这女人的脾气。

"哪敢啊，是大侦探的命令嘛。"常青儿调皮地一笑，"那些脚皮都送到了你指定的中国科学院病毒研究所，他们保证结果出来后马上同你联系。可你为什么要这么做？"

何夕沉默了几秒钟："知道我当时为什么要答应离开瑞士吗？"

"问题已经解决了啊。那些人不就是想通过我弟弟得到常氏集团的投资吗？现在他们放弃了。这种事在生意场上很常见，只不过他们的手段比较过分罢了。你帮我们查清了问题我父亲很感谢你的，还特意委托我这次来一定要邀请你到家里做客。我父亲说了，"常青儿脸上突然微微一红，"常家的大门永远都对你敞开。"

"是啊，问题已经解决了。"何夕低声说道，"我都没有想到会这么快就办到了。可是……"

"可是什么？"

"相比于我以前经历过的一些事件，这件事起初显得非常诡异，但是调查起来却非常顺利，真相仿佛一下子就浮现出来了。但其中还有一些疑点没有得到解释。比如说，常正信变脸那次……"

"我分析这应该是一种魔术。"铁锒插话道，"就像当年大卫表演的一些节目，直到现在都还没有人说得清楚其中奥妙。"

"可是我不这样想。"何夕摇摇头，"那些人花费了那么多精力，设计了那么多圈套，最后却轻描淡写地放弃了事，这不符合常识。"

"他们不是说是因为不愿意与你为敌吗？"常青儿提醒道。

"你太抬举我了。"何夕苦笑，"我没有那么大的影响力。我问你，你们常氏集团有多少资产？常正信名下又会有多少？他们本来已经完全控制了常正信，巨大的利益已是唾手可得，现在为什么会主动放弃？"

"你这么讲我也觉得有些奇怪了。"常青儿不自信地嗫嚅道。

"所以我分析他们的承诺只是拖延时间的权宜之计，他们似乎……在等待着什么事件的发生。也许到时候这个故事才会真正开始。"

"你把我都说糊涂了？"铁锒显得一头雾水。

"我现在也说不大好，就算是直觉吧。不过我想事情的真相总会弄清楚的。"

这时何夕的电话突然响起来："是我，崔则元。"一个穿着白色工作服的人出现在电话屏幕上。

"结果出来了？"何夕的语气显得很兴奋。

"我不明白你为什么要给我们大家开这个玩笑。"崔则元表情很严肃，"那位女士说你要求我们在最短时间内给出结果，我的助手放弃了休假，没想到却是个恶作剧，虽然我们是朋友，但这也太过分了点吧？"

"等等。"何夕有些发蒙，他没想到一上来就劈头盖脸挨了顿训，"我只是拿份人体样品给你检测一下DNA序列，这是你本行啊，怎么就过分了？"

"可你拿给我的根本不是什么人体样本啊。虽然它看起来和人体脱落的皮肤一模一样，我不知道你玩的是什么魔术，可里面根本就不包含DNA，听清楚了吗？它里面没有脱氧核糖核酸，没有双螺旋结构，连蛋白质都没有——它根本就不是人体样本，甚至也不是任何生物样本！"

"啊？"何夕转头看着常青儿，"你确定拿的是你弟弟的脚皮吗？"

"我当然确定。"常青儿委屈地叫起来。

何夕蹙紧了眉，良久之后从椅子上撑起："走吧，我们该出发了。"

"到哪儿啊？"铁锒问道。

"去看看那件不是样本的样本。"何夕有些恼火地捏了捏拳头，"看来故事终于开始了。"

8

湖北省武汉市。中国科学院病毒研究所。

在崔则元看来，何夕近来大概是有些不正常。大家相交多年，还从来没有像现在这样话不投机。说起来崔则元走上现在这条道路还跟何夕有点关系，在中学时代崔则元正是受了何夕的影响才对生物学产生了浓厚的兴趣。不过后来崔则元才知道对何夕来说生物学只是一个普通爱好罢了，何夕后来并没有像其他人一样升入正规的大学，他根本就放弃了考试，一个人跑到不知什么地方逍遥去了。在差不多七八年的时间里所有人都同何夕失去了联系，等到何夕重新回到原有的圈子里时，原来那个面色苍白显得有些青涩的少年已经变得皮肤黝黑，目光灼人。关于那几年的经历何夕从来都没有正面回答过别人的询问，有时候被人问得急了就说是到"阿尔西亚山"参禅去了。只有少数相关专业人士能从这句话立刻听出何夕是在胡诌，因为虽然的确是有一座"阿尔西亚山"，但却位于火星上。

虽然崔则元认定何夕这次是在胡闹，但凭多年的经验他深知何夕的狡辩本事，所以并不敢太大意。崔则元至今还记得多年前的一件小事，当时几位朋友对何夕那与众不同的往左斜梳的发型发生了兴趣，于是借机追问何夕为什么总是特立独行，连头发都和大多数人弄得不一样。结果何夕只一句话便让大家乖乖闭上了嘴："你们照镜子欣赏时头发不全是往左梳的吗？这说明往左梳才好看。"

这次让崔则元觉得问题不对劲的是何夕居然要求他们重做实验，以便从那些根本不是生物材料的样品里面找出"也许隐藏了的DNA"。

"开什么玩笑？"崔则元嚷嚷道，"你不会怀疑我们的技术吧。我们这里可是全亚洲最好的生物实验室。明明是你拿来的样品有问题。"

何夕正在电脑上打游戏，这是他休息的一种方式。屏幕上是古老的任天堂游戏超级玛丽，那个采蘑菇的小人儿正起劲地蹦跶着。超级玛丽是何夕儿时的一种鼻祖级游戏机上的经典，现在何夕是通过电脑上的模拟器来玩。也许是童年时的印象太深，直到现在何夕也只喜欢这些画面简单但却充满无穷乐趣的游戏，他觉得这才是游戏的精髓。听到崔则元的话何夕有些恋恋不舍地关掉程序开口道："可常青儿向我保证这的确是人体皮肤样本。"

　　崔则元不客气地反诘："女朋友说的总是对的，是吧？"他这句话立刻让一旁的常青儿羞红了脸，她急促地低下头。

　　"那你们分析出来样品到底是什么了吗？"铁锒恰到好处地转开话题。

　　"老实说我们也正在伤脑筋。虽然我们知道这不是生物材料，但是却不知道它到底是什么东西。"崔则元困惑地挠着头，"我从来没有见过这种东西。它像是一种全新的高分子聚合物，它的元素构成同蛋白质相似，也是碳氢氧氮等的化合物，但各元素的比例完全不对，而且分子量很大。"

　　"这么说它是一种高分子化合物？"何夕沉思着，"可怎么会来自常正信的身体。"

　　崔则元简直无语了，他脸上的表情已经代替他下了结论：感情真的会让人变蠢，即便是像何夕这样的所谓聪明人。"我再最后强调一次啊，它不可能来自人体。"

　　"会不会常正信的体表覆盖了这样一种特殊材料？"铁锒突然开口说出自己的推测。

　　"这倒很有可能。"崔则元表示赞同。一旁的常青儿也忙不迭地点头。

一丝神秘的笑容在何夕脸上浮现开来:"虽然这个解释看起来很不错,但我不这样认为。这样吧,我请你们再做一次实验。"何夕转头对常青儿说,"你弟弟应该快来了吧?我们到机场接他。"

"你为什么要我骗他说是来武汉旅游,我不能说实话吗?"常青儿不解地问。

"常正信知道的应该比我们多一些,我们必须有所防备。"何夕转头看着崔则元,"到时打麻醉剂时手脚可得快点。"

"哎,我们不能违背当事人的意志采集样本的。这是有法律规定的。"崔则元听出了其中的奥妙,急忙发表声明,"违法的事情我不能做。"

"违法的事你做得来吗?你以为是个人就能犯法吗?那得具备必要的才能。比如像我和铁锒这样的。"何夕面有得色地拍了一下胸脯。

"那也不行。如果你们不能保证事情合法我是不会配合的。"崔则元很坚持。

何夕同铁锒对视一眼,露出招牌坏笑。他从上衣口袋里拿出张纸递给崔则元。

"这也能拿到。"崔则元看着部里面的大红印章,隐隐觉得事情越来越不简单。

"所以说崔则元同志,执行命令吧。"何夕语重心长地说。

9

常正信已经进入了深度麻醉状态。何夕端详着常正信的脸,他特别注意观察着常正信的皮肤，但无论他怎么仔细也没能看出有什么特别的地方。这次采集的样本是七个，分别采自常正信不同的组织部位。此前崔则元还从来没有从一个人身上采集这么多样本。因为按照 DNA 鉴定的原理，采集一个就足够了，但是何夕坚持要这么做，却无法说出理由。不过崔则元已经感觉到这本来就是一件不合常理的事件，也许应对的方法也应该不合常理。

检测结果对崔则元来说完全是一场灾难。

"这不可能。"崔则元面色苍白，同众多以技术立身的人一样，他一向有着稳定的心理素质，但他现在面对的是超出了他的全部想象力的事件。七件样品中有六件样品的结果同第一次实验是一样的，只有一件样品表现出了人体生物学特征。如果按照这个结果来看常正信基本上就不是人类。但这怎么可能？每件样品都是崔则元亲自采集的，为了彻底驳倒何夕他甚至没让助手帮忙！

"你们明白吗？他根本不是人类。"崔则元大叫道，"你们明白吗？"

"那他是什么？另一种生物？"铁锒的面色一样苍白。之前的结果还可能是因为常青儿拿错了样本，但现在却是由最严格的实验得出的结论。

"不，他甚至不是生物体。"崔则元的语调变得有些恐怖，"你们明白我的意思吗，所有生命的基石都是核酸，也就是 DNA 或 RNA，从病毒到野草到大象再到人类，核酸的编码决定蛋白质性质。可他体内没有核酸，我不知道他是由什么构成的。"

"你们胡说！"常青儿动容，"虽然正信近来是有些古怪，但我敢肯定他就是我的亲弟弟。我不管你们的什么科学实验，我只相信自己的感觉。他就是我的弟弟。"

"不是还有一份样本的结果正常吗?"何夕倒是很冷静。

"对对,是这样的。"崔则元看了眼电脑屏幕上的结论,"那份样本取自脊髓。它部分正常,像是一份混合体,就是说它表现了部分人类特征。而且我拿这份样本同常青儿的DNA数据做过比对。如果单以这份样本来看,可以判断他们是姐弟关系。"

"脊髓。"何夕念叨了声,"那另外几份样本都分别取自哪里?"

"肌肉组织,皮肤组织,肝脏,血液以及腺体组织。"

"这么说,常正信身体的绝大部分都出了问题。"

"我不知道该怎么描述。"崔则元无法抑制自己的情绪,"他的生理机能都很正常,在显微镜下他身体的每一个细胞都充满活力;但从严格意义上讲,他的确不应该称作人类。"崔则元点击一下键盘,屏幕上立刻显出电子显微镜下一群活细胞的图像。"这是取自肝脏的部分。"崔则元补充道。

"难道他是机器人?"铁银分析道,"或者说是一种复合型的机器人?因为他毕竟还有少部分人类的成分。"

"但是你们知道我的感觉吗?"何夕凝视着屏幕,"崔则元你是专家,你能看出这群肝脏细胞同正常人的肝脏细胞的区别吗?"

"说实话我不能。"崔则元无奈地承认,"你们看这里,液体在流动,线粒体在燃烧,葡萄糖酵解成丙酮酸,并在三羧酸循环中释放出大量的三磷酸腺苷,由此提供生命必需的能量。一切都森然有序、井井有条。"

"这也正是我的感觉。"何夕的声音变得有些古怪,仿佛是在宣示着什么,"所以它们不可能是机器,它们是生命。"

"可它们没有 DNA，也没有蛋白质，不可能是生物体！"崔则元近乎绝望地想要捍卫自己的信念，虽然他感到自己心中那座曾经坚不可摧的大厦正在何夕的宣告下坍塌。

"我没说它们是生物体啊。"何夕淡淡地纠正道，"我只是说它们是生命。"

10

北京，某地。

"你们怀疑这可能是一次生化事件的前奏。"齐怀远中将在静听了十分钟后发言。他大约五十岁，身形瘦削，目光中闪烁着军人特有的坚毅。

"这正是我们求助军方的原因。本来事情的起因只是有人企图非法获取他人的资金，但现在看来问题远不止于此。有一种奇怪的技术出现了。"何夕尽量让语气平缓，他同齐怀远并不是初识，在以前的一次突发事件中打过交道，何夕在其中起到了重要的作用，虽然出于可以理解的原因这一点在军方档案中没有任何记录。

"他们的目的是什么？"

"现在还不知道，但这个世界至少已经有了一些怪异的个体。我知道其中一个人能像猿猴一样在树上跳跃，并且能用一颗小石子轻取他人性命；另一个则能够随意改变自己的相貌。"

"听起来就像是神话。"齐怀远目光深邃，如果对方不是何夕的话他早就对这番奇谈怪论嗤之以鼻了，"那你要我们做什么呢？"

"尽可能地给予我们帮助。"

"在苏黎世我们没有太多力量，你知道那里并不是热点地区。"

"但是你可以动用其他的力量，包括盟友。我是说，包括你能运用的一切力量。"

"有必要吗？现在事情的真相还没有弄清，也许这只是一个局部事件。"

"也许你还不清楚我的意思。"何夕正色道，"如果你看到过那些细胞，如果你从生命的角度上来看问题，你就会意识到这是一个多么严重的事件。"

"有多严重？"齐怀远被何夕严肃的语气所感染。

"就一般的生化事件而言，往往是某种致病微生物参与其中，导致一定数量的人群受到感染并出现病理特征，而现在我们面对的却是一种未知的现象，准确地说我们见到了一种此前地球上根本不存在的生命现象。"

"对不起，你的话让我理解起来有些困难。"

"在我们的世界上存在着几百万个物种，加上那些曾经存在但现在灭绝了的数量则更为庞大。从几微米的病毒到高达百米的美洲红杉，从深海巨乌贼到南极地衣孕育的孢子，生物界按门、纲、目、科、属、种的规律分成了各个类别。生物体之间无论是外形还是功能都存在着巨大的差异，但是从根本上说，所有生物具有同一性，即它们都具有相同的遗传物质类型，它们之间的差异只是 DNA 或 RNA 的编码不同罢了。明白我的意思吗？我们不仅和猿猴来自同一个祖先，从最根本的意义上讲，我们同你窗台上栽种的云南茶花也来自同一个祖先。但是，这次我们却见到了一种完全另类的生命。"

"你是说我们可能遭遇了外星生物的入侵吗？"齐怀远的声音

有些颤抖，这在他的军人生涯中是绝无仅有的事情。

"现在我还不知道这到底是一次怎样的事件。"何夕的语气沉重而无奈，"但愿我们能早些知道事情的真相。我们需要时间，但愿我们有足够的时间。现在你明白我为什么请求你动用所有力量了吗?"

"是的，我明白了。"齐怀远拿起旁边的红色电话。

11

苏珊在快餐店像往常一样点了一份肉馅饼和一杯咖啡。今天是周日，这个时候的客人还不多。一位头发花白的老人坐在窗户边悠闲地品着红茶。两位学生模样的女孩在窃窃私语，不时发出低低的笑声。苏珊拿着汤匙慢慢地搅动着，回想着出家门时女儿艾米丽稚嫩的笑声。作为一名单身母亲，四岁的女儿几乎就意味着她的一切。苏珊感到自己的手心很干爽，这是她觉得安全的表现。哪怕是潜意识里有一丝危险的警告她的手心就会变得潮乎乎的，这是只有苏珊自己才知道的秘密，包括当年在特工训练营里的教官们也不知道这一点。就在这时她看到了那个人，虽然和照片上相比并不一致，但苏珊的直觉告诉她就是这个人了。

"和这位女士一样。"来人一边对侍者说着话一边坐下来，他摘下墨镜，显出灼人的眼睛。来人正是何夕。

"他们给我的照片上你没有胡须。"苏珊点点头算是打招呼。

"是粘上去的。"何夕笑了笑，"苏黎世有认识我的人。"

"我接到的命令只有一条，就是执行你的一切命令。"苏珊的声音很低。

"我需要查询今年 4 月 13 日一批货物的流动路径，我知道它们发运的起始地点。"何夕在地图上指明了一个点。

"时间有些久了，不知道沿途的监控录像是否还保留齐全。"

"并不需要全部齐全，只要有一个大概的路线图能帮助我们推测货物的去向就可以了。"

"这应该能办到。我明天给你结果。"苏珊突然努了下嘴，"不是说你就一个人吗？那边那位一直朝我们看的人是谁？"

何夕悚然回头，虽然隔着几排座位，何夕还是一眼就认出了靠着帽子遮遮掩掩的常青儿。常青儿大概也意识到自己已经暴露，有些不好意思地笑了笑。

"是你的搭档?"苏珊仿佛看出点什么。

"算是吧。"何夕低头啜咖啡。

"那我先走一步。"苏珊起身，"但愿我能尽快给你带来好消息。"

何夕慢腾腾地踱到常青儿的座位边："这边有新的生意需要常大小姐亲自打理吗？"

"就是就是。"常青儿忙不迭地借坡下驴，"碰到你真是好巧啊。"

"事情办完了吗？如果差不多了还是早些回去吧。"

常青儿抬眼看着何夕，黑白分明的眸子里闪过一丝委屈："我知道我帮不了什么忙，可是，我真的很担心你。所以……"

何夕在心里叹口气，老实说近段时间以来这个有别于一般富家小姐的常青儿已经在他心里留下了印迹，但他知道这没有太大意义，这种温馨平凡的情感是像他这样的人可望而不可即的。每个人的现在其实都源自他的过去，一些事情虽然已经成为过去，但却永远不会消逝。就像多年前那海边古堡里阴冷的风声，这么久了一直还在何夕耳边回响。

"你知道我们面对的是些什么人吗？"何夕尽力使自己的声音显得冷漠，"你留在这里只会让我分心。"

"我能照顾自己。你是在帮助我弟弟，我不能袖手旁观。"

"我以前为你们所做的只不过是商业行为，是我的工作罢了，你们也已付了足够的报酬。我现在已经不是在帮你的弟弟了，我接受了另外的委托。所以请你立刻回去吧，不要妨碍我的工作。"何夕抛下一句话后头也不回地离开。

12

贝克斯盐矿位于日内瓦湖以东，总长度超过 50 公里，从公元 1684 年一直开采至今。一年前有位神秘人士买下了盐矿的部分废弃区，苏珊调查的结果表明常正信运走的货物大部分正是运到了这里。贝克斯盐矿的部分已经开发成了旅游景点，但废弃区却终年人迹罕至。

从望远镜里看去一个守夜人模样的老人斜倚在躺椅上，像是睡着了。何夕和苏珊没费什么劲便潜入到了山脚，现在是夜里 11 点，从外面看上去山壁上的入口一片漆黑，也听不到有什么声音。旁边惨白的路灯光照在草地上，一株被锯得光秃秃的梧桐树在地上投下古怪的黑影。

"我进去了，你留在这里。"何夕吩咐苏珊，他收拾着开锁器具。洞外的轻松很可能意味着里面加倍的危险。

"随时保持联系。"苏珊手里紧扣着一支枪,声音有些微微的颤抖。

何夕点点头,然后急速地从门口融进了黑暗之中。苏珊警惕地四下张望,然后退守到那株梧桐树下,借助树的阴影潜伏。苏珊对这个位置感到满意,周围很空旷,便于她观察,而在昏暗的路灯下没有人会注意到这里潜藏着一个人。但不知怎的,苏珊突然感到手心里满是汗水,她觉得似乎有什么事情不对劲。几乎就在这种感觉升起的同时,苏珊感到一个铁钳一样的东西攫住了自己的咽喉。在意识即将离开苏珊的身体之前的一刹那,她终于在挣扎中目睹了欲致自己于死命的究竟是什么东西……

一张鬼脸!这是苏珊脑海中涌现的最后一个意识。

"啊——"一声凄厉的惨叫在黑暗中响起,是常青儿的声音。何夕从入口中冲出来,映入他眼帘的是昏厥倒地的常青儿。

……

"你醒了。"何夕关切地望着常青儿,"喝口水吧。"

"鬼脸!我看到一张鬼脸!"常青儿显然还没从惊吓中缓过来。

"什么鬼脸?"

"是一张长在树上的鬼脸。"常青儿眼睛里充满恐惧,"太可怕了。"

"树上的脸?"何夕沉吟着,他突然失声叫道,"是那棵梧桐树。我出来的时候那棵树和苏珊都不见了。我知道了,那根本就不是一棵树,而是一个人!守夜的老人只是一个摆设,他才是真正的警卫。"

"对不起，我悄悄跟踪了你。"常青儿嗫嚅着说，"我只是担心你。"

"看来这一次是你救了我。如果不是你突然出现打乱了对方的计划，我也许已经在毫不知情的情况下被暗算了。可是苏珊……"何夕难过地低头。

"你说那棵树其实是人？这怎么可能。"

"我想那也许应该叫作模拟。想想常正信吧，他曾经在几分钟时间里不借助道具变成另外一个人，使得所有人都无法分辨。我不认为那是什么魔术。今天我们显然遇到了一个能力更加强大的人，他甚至能模拟植物。现在我都不知道究竟什么地方是安全的，也许这个房间里的某株盆景……"

"别吓我。"常青儿身子发抖，紧张地四下张望。

"没事的，我已经检查过了。"何夕怜惜地抚着常青儿的额头，"你休息一下。"

13

苏珊只是受了点轻伤。警方第二天上午发现一辆车撞在了公路护栏上，昏迷的苏珊就在后排位置上，前排位置上有一摊血，但司机不见了。医生检查的结果她身体没什么大碍。看来绑架者的驾驶技术不怎么好。

"很抱歉，让你担心了。"苏珊躺在病床上，面容有些憔悴。一个粉嘟嘟的小女孩紧紧依偎在她身上，大大的眼睛里还闪动着害怕的神色，那是她的女儿艾米丽。苏珊充满爱怜地紧握着艾米丽的手。

"是我没有考虑周全。你先休息，别想那么多。"何夕安慰道。这时他的电话突然响了，电话屏幕上铁锒显得心神不宁，他的第一句话便是"常正信死了"。

何夕悚然一惊，这已经是事件里的第二个死者了。

"是这样的，这些天他本来一直留在病毒所的实验室，情绪也比较平静。但从前天开始他就强烈要求出去，我们当然没有答应。结果今天早上他突然强行逃跑，还抢了警卫人员的枪。就在我们试图劝说他放弃行动时他突然冲到了马路上，一辆货车刚好经过……"

何夕沉默了，他感觉眼前仿佛出现了巨大的黑影，而且这个黑影还在不断地逼近，行将吞噬一切。

"你怎么了？"铁锒关切地询问。

"噢，没什么。"何夕摇了摇头，"你马上让崔则元他们再对常正信做一次全面的 DNA 检测，还是从以前的那些身体部位取样。"

"什么意思？"

"先别问这么多，照着做吧。我预感到我们离真相更近了。"

"发生了什么事？"苏珊撑起身，"我可以帮忙吗？我已经没什么事了。"

"没什么。"何夕不想吓着艾米丽，"你先休息。"

"我真的没什么了。"苏珊执意下床，"有了这次的经验我知道该怎么做了，那些家伙不会再得手了。我现在就能继续工作。"

"那好吧，这次我们白天去。"何夕敬佩地看了眼这个坚强的女人。

但他们晚了一步，一小时后映入他们眼帘的是已经炸成了废墟的矿场入口。

14

"常正信 DNA 检测结果出来了。"电话屏幕上铁锒神情严肃。

"我猜想脊髓部分也一定完全变性了。"何夕先发表看法。

"正是这样。可见在常正信身体上发生的可能是一个渐变的过程。"

"现在可以理解当时他在伪装常近南时的表现了，当时那种东西还没有完全控制住他，所以他在最后一刻改变了命令。"

"我还是不明白他身上到底发生了什么事情？难道是一种病毒感染吗？可崔则元说这种东西根本不是生物材料。"

"我想快知道答案了。对了，关于那些海水你调查得怎样？"

"说实话我正头疼呢？我找遍了全球各处的水文资料，都没发现和它成分相符的地方。稍微比较接近的是黑海的海水，但差异也不小。真不知道常正信从哪里搞来的这些海水。"

"记得我曾经说过吗？我说你可能找不到匹配的结果，因为……"

"因为什么？"铁锒嚷嚷道。

"因为你没有时间机器。"何夕没头没脑地说完这句话便挂断了电话，留下铁锒一个人兀自在电话那头发呆。

"那我们下一步怎么办？"苏珊正擦拭着她喜欢的 P990，这款出自德国瓦尔特公司的手枪是她从不离身的爱物。

"我们的大方向应该没有问题。"何夕皱眉思索，"但是一定有什么地方被忽略了。这个组织虽然神秘，但时间上不像是成立太久。常正信到戴维丝太太那里租房是在他到瑞士第三年之后的事情。"

"你有什么新想法吗？"

"让我想想。"何夕的神情突然一变，"我现在要出去一趟。你先赶到贝克斯盐矿去等我。"

"那里不是已经被毁掉了吗？"

"总之你先到那里去，再等我的通知。"

雷恩刚上车，一个黑洞洞的枪口就从后座上对准了他的后脑。

"教授您这么急是去哪儿呢？"何夕似笑非笑地问，"是贝克斯盐矿吗？"

"你是什么意思？我想起来了，你是那天那个中国人。"

"记忆力不错。但我们其实不止见过那一面，还有郊外那一次。"

"我不明白你在说什么？"

"当时你改变了说话的语气，加上又罩着黑袍，我完全没有认出你。直到几小时以前我才受到另外一件事的启发想起当时你的笑声，当时你很得意，人在得意的时候会疏于伪装的。你成功改变了语气，但笑声暴露了你。"

"是吗？"雷恩镇定了些，"那启发你的又是什么事情呢？"

"是我发现你撒了一个不起眼的谎。我查过常正信的资料，他选修的古生物研究论文获得了当年的最高分。在专业上表现得这样优秀的学生你却说想不起这个人了。这符合逻辑吗？除非当时你是想刻意掩饰什么；还有，我们刚与你接触就被人注意到了，

277

结果导致戴维丝太太死于非命。"

"这些只是你的推测。"

"不用狡辩了。虽然我还不知道你在那个组织里居于什么位置，但至少你能带我进到贝克斯盐矿去，我想看看里面究竟发生了什么事情。"

这时何夕的电话响了，是苏珊："我已经到了盐矿，但这里的确是一片废墟，我不知道你派我来干什么？"

"我马上就到。听着，雷恩教授会带我们进去的，他现在和我在一起。"何夕挂断了电话，对雷恩说，"需要我帮你带路吗？你应该知道我杀过人的，而且不妨告诉你，我还杀错过人，并且不止一个。"

"好吧。"雷恩嘟囔了一声，无奈地发动了汽车。

15

事实证明何夕这次动粗很有效。

雷恩表现得很配合，他从汽车尾箱里找出了两具黑袍给何夕和苏珊披上，然后引领他们从另一个伪装得极其隐蔽的入口进入了矿场。通道里不时有人擦肩而过，每个人都非常恭敬地向雷恩致意，可见雷恩在这个组织里一定地位尊崇。

在最后一道门前站着一名警卫，何夕立刻意识到这个人他见过不止一次，因为他有一双明显异于常人的特别长且粗壮的手臂。

"教授您好。"那人挺了挺腰板。何夕注意到他手里握着一把石子，眼前不禁浮现出戴维丝太太的死状。

"把门打开。注意警戒。"雷恩下了命令。三个人进去后雷恩

278

按下开关，厚重的合金门缓缓合上。

眼前的景象让何夕有些发晕。

在盐矿里存放的不是盐，而是一些瓶子。很小但是很多，多到难以计数，在一排排的柜架上密密麻麻地重叠铺陈。无数这样的瓶子组合成了巨大的阵列，顺着甬道延展开去，直到超出了视线。瓶子的高墙向上连接到矿井的顶部，让置身其中的人倍感渺小。

"你们应该感到幸福，能够目睹这个世界上最伟大的奇迹。"雷恩显得很镇定。

"我在数这里有多少个瓶子。"何夕的语气很平静。

"你一辈子都数不完的。我来告诉你吧，整个系统的瓶子数量是十亿。"雷恩露出笑容，"这些六棱小瓶的排列方式类似蜂巢，真是一个巨大的巢。老实说如果一个人做了件了不起的事情却没有人欣赏也很无趣，所以今天让你们参观一下也不错。"

"但是这些瓶子里面好像没什么动静。"

"当然，现在这里只是一个伟大的遗迹，它们的使命已经完成了。"

"什么使命？"

"那是一种你们永远无法理解的使命。是上帝借由我的手来完成的使命。每个瓶子里大约装有一毫升的液体，而十亿个瓶子里的液体成分都是不同的，由计算机在很宽泛的范围里按一定算法随机配制。有些瓶子里的成分非常奇特，但谁又真正知道生命会选择怎样的环境呢。每个小瓶每秒钟里大约发生十次放电现象，那是我们制造的微型闪电。那是一幅多么壮观的景象啊，无数的闪电将整个地下矿场变得比白昼还要明亮。每个瓶子里其实都是一种可能的原始行星环境。从理论上讲我们存放着十亿颗各不相同的行星。你明白我的意思吗？"

"我明白了，许多年前米勒等人就曾经做过这样的事情，他们模仿原始地球的海洋成分，然后通过持续的电击，最终从无机物中产生了氨基酸等构建生命的有机物质。你是在重复他们的工作吧？"

"不是重复，我所做的工作远远地超越了他们。"雷恩脸上充满得意之情，"他们仅仅设计了一种可能的行星环境，而我从一开始就站在比他们高出百倍的地方，我做的是他们连做梦都无法想象的事情。"

"其实我猜到了你在做什么？"

"不可能。"

"你是在制造更高位数的生命。"何夕的眼睛闪现出洞悉的意味，"我说得对吗？"

五秒钟的沉默之后雷恩不禁拍了拍手："你真让我吃惊，居然能够明白其中的真相。你是怎么猜到的？"

"很多人认为常正信能够不借助任何工具改变容貌是一种魔术，但我意识到这可能是一种不可思议的生命现象，是一种超级模拟现象。"何夕注视着雷恩，"而你那位能在树上纵跳如飞的下属更坚定了我的看法。然后是奇异的瓶子，它六棱的形状暗示着数量的庞大。加上瓶子里与原始海洋类似的液体成分，还有常正信身体里的奇异成分。这些线索的共同作用最终把我引到了这里。"

“你真应该做我的同行。”雷恩眼里闪过一丝欣赏的光芒，“我承认你猜对了。”

“那你成功了吗？”

“你以为呢？”

“应该是部分成功了吧。至少我亲眼看到了一些奇怪的人以及他们奇特的表现。这么说他们真的是另一种生命吗？”

“人们都说 DNA 或 RNA 是生命的基石，其实 DNA 是由鸟嘌呤、腺嘌呤、胸腺嘧啶、胞嘧啶四种碱基编码而成，每三种碱基对的排列组合决定了一种氨基酸的结构和性质，并最终决定蛋白质的性质。碱基才是构成地球生命的终极基础。DNA 不过是一段代码，四种碱基就相当于数字 0、1、2、3，它们在双螺旋上的排列组合方式决定了蛋白质的构成，进而决定了地球上千万种生物的多姿多彩的表现。从某种意义上讲，地球上的所有生命都不过是一段各不相同的四进制程序代码罢了。”

“那你发现的究竟是什么呢？”

“那是一次极其偶然的事件。其实当时我的实验远没有达到现有的规模，行星瓶的数量是 100 万个。我永远记得那个编号为 637069 的行星瓶，它是孕育了新型生命的摇篮。没有人在事先能预料到我们的实验会有什么结果，就算在我内心深处曾经有过朦胧的构想，但这一事件超出了哪怕是最大胆的假设。但是我很快意识到什么事情发生了，X 光衍射结果表明有一种呈三螺旋结构的超级类核酸物质出现了。你应该知道，在 X 光衍射图像下 DNA 的双螺旋结构呈现为‘X’形，而超级核酸的三螺旋结构呈现出清晰的‘★’形。当时我的感觉简直无法用语言形容。”

"那是成功的感觉，对吧?"何夕了解地点点头，"这是好事啊，凭借它没有任何人能和你争夺诺贝尔生物与医学奖。"

"我曾经这样想过。但是，我想到了更多。在超级核酸的编码下，全新的氨基酸诞生了。在四进制生命中，氨基酸最大的可能数目是 64 种，而在八进制生命中，氨基酸最大的可能数目是 512 种，这是多么巨大的飞跃! 由此产生的全新的蛋白质种类更是呈现爆炸式的扩张。直到此时此刻生命才真正成了无所不能。"

"不过按照人类现在的标准，这些新的核酸和蛋白质都不能定性为生物材料。"何夕插话道，"比如我的一位生物学专家朋友就认定常正信不是人类，甚至不是生物体。"

"这很正常，就好比 WINDOWS 操作系统的程序无法在 DOS 操作系统下运行一样，虽然前者肯定高级得多。如果 DOS 系统有知的话，它一定会认为所有的 WINDOWS 程序都不能称作程序，而是一堆不可理解的无意义的乱码。"

"你说得不无道理。"何夕若有所思地点头，"那后来呢?"

"我们以那个行星瓶为蓝本，将规模扩大到了十亿。这多亏了像常正信一样的人的帮助，当时戴维丝太太的地下室里有两亿个行星瓶，是我们一个重要的节点。最初诞生的超级核酸是极不稳定的，直到一年之后，你应该能算出来这其实就相当于自然界里十亿年的时间，稳定的超级核酸产生了。然后，我在一种普通的病毒上植入了超级核酸，我称之为'★病毒'，也可称为'星病毒'。"

何夕倒吸了一口凉气，他觉得自己的背脊有些发麻："你知道自己在做什么吗?"

"我当时只是想做个验证。我想知道超级核酸会表达出怎样的生命现象。也许你会说我的好奇心太重，但现在看来我当时的行为更像是一种宿命。其实我想在宇宙中八进制生命迟早会自行诞生，所需的不过是更长的时间罢了。40亿年前地球逐渐冷却，然后大约经过五亿年之后四进制生命诞生了。从此你们这些低级的四进制生命体就占据了这颗星球，而八进制生命的演化进程就此搁置。现在好了，看看四周吧，我创造了这个大自然要用十亿年才能完成的奇迹，现在该是你们让位的时候了。超级核酸自有它强大的生命力，从它诞生的时候起就已经在影响周围的一切。有时我感觉根本不是我创造了它，而是它找到了我。它在冥冥中借用我的大脑，借用我的手，创造了它自己，从十亿年后来到了现在。"雷恩的神色变得有些恍惚，"它是那么奇妙，拥有那么不可思议的魔力。"

　　"你这样说让人很难理解。"

　　雷恩脸上显出高深莫测的笑容，其间还夹杂有一丝不屑："在宇宙万物中没有比生命更神秘的事物了。生命诞生之初是那样的孱弱，一丝紫外线、一点高温都能彻底消灭它。但是，在冥冥中天意的指引下，生命却能占据一颗颗星球。你看看我们脚下这个直径1.2万公里的小石子，它的大气成分、土壤构成、地底矿藏、温度湿度等等无一不是几十亿年来生命活动的结果，生命的发展甚至将最终改变整个宇宙的面貌。你永远无法理解我面对超级核酸时的心情，因为你对生命没有我这样的敬畏。"

　　"但你恰恰没有表现出对生命应有的敬畏。"何夕打断雷恩的话，"没有人可以扮演造物主的角色，你创造了新的生命，但你打算怎样对待这个世界上原有的生命呢？"

一丝略显尴尬的表情自雷恩脸上掠过，他没想到何夕一句话就说透了他潜藏很深的心思："老实说我很尊敬你，在低级生命里你应该算是佼佼者了。如果你能够合作的话肯定对我们的计划有所帮助。在宇宙的生命法则里永远是强者生存，你应该识时务。让我来回答你的问题，原有的生命可以被改造。超级核酸拥有了远胜过地球生命的生命力。它有一种强大的生存欲望，被植入核酸的'星病毒'在极短的时间里就迅速改变了整个病毒种群的基因构成，原有的种群根本无法与之抗衡；而且，超级核酸对四进制生命体的感染和改造是全方位的，植物、动物、微生物，都无一避免。我说这些就是希望你能与我们合作。"

"这是绝不可能的事情。"何夕冷笑一声，"而且我还要阻止你。快告诉我'星病毒'在什么地方。"

"这么说你真的拒绝我的提议了？其实我不想强迫你，你最好与我们合作。"雷恩脸上掠过一丝诡异的神色。

"你别忘了现在是我说了算。"何夕晃了晃手里的枪，他觉得雷恩大概是急昏了头。但雷恩奇怪的话让他心中怦然一动，的确，雷恩为何毫无保留地说出真相？而且今天的事情似乎过于顺利了些……何夕猛地想起一件事，他下意识地回头看着苏珊。

"对不起，何夕先生。"说话的人是苏珊，她手里的 M990 寒光四射。

"这么说在这两天里发生了一些我不知道的事情。"何夕喃喃自语。

雷恩上前轻抚着苏珊的细腰："你怎么就没有看出来我和苏珊

已经是同类了？当你找到苏珊的时候她已经注射了'星病毒'。我们告诉了她真相，后来的一切都是顺理成章的，而下一个接受改造的人就是你。"

苏珊脸上的表情很平静，她很利落地将何夕铐在栏杆上："我选择忠于自己的种族，而且，地球生命很快就会全部升级成八进制生命。到时候我们都是一样的了。"

"你不是很想知道'星病毒'在哪里吗？我来告诉你吧。"雷恩得意地大笑，"我已经以协助研究的名义将装有特殊样本的盒子送到了全世界的七家研究所，再过十个小时它们就会自动打开，释放出'星病毒'。它们与注射用的病毒不同，被它们感染的个体将具有高度传染性，不仅在人与人之间，也在人与其他生物之间。伟大的超级生命体将从研究所的每一个人开始传播，以几何级数的方式在短时间内占据这个星球的每一个角落。这个世界上没有任何一种药物能够解除'星病毒'的感染。不，这不是什么感染，而是生命的升华。是八进制生命对地球低级生命的一次崭新升级。那是多么美妙的时刻啊。"

"你不能这样做。"何夕的声音已经沙哑，雷恩的话让他不寒而栗。

"我当然可以这么做。就像是人们都喜欢把自己的电脑升级成高位数一样，而且，升级后你如果怀旧的话还可以随时模拟四进制生命，你可以扮演任何你喜欢的低位数生命形象，这难道不好吗？"

"不是这样的。"何夕试着做最后的努力，"生命不应该分出高低贵贱。每个生命体都是独一无二的个体，它有自己的尊严。你这样的做法其实是对原有个体的灭绝，你难道不明白吗？想想看吧，你觉得自己还是原来的雷恩吗？你的灵魂已经被超级核酸控制了，你成了它的傀儡，成了行尸走肉，这和毁灭有什么区别？还有苏珊，你觉得还有自我吗？问问自己的内心，以前的那个苏珊到哪儿去了？别忘了，艾米丽还等着你，快醒醒吧。"

一丝复杂的神色自雷恩眼里一闪而逝："你不要白费心机来说服我了。我多年来的心愿即将实现，人类即将迎来伟大的新生命时代。也许你现在还不理解我，但是你很快就会认同我了。"一丝奇怪的笑容自雷恩脸上浮现，他的手里多出了一件样式复杂的注射器。

"'星病毒'已臻于完美，你的运气很好，整个过程相较于以前已经大大缩短，没有任何痛苦，超级生命将完成对你全身细胞的升级。你会毫无知觉地睡上一觉，但醒来后你会发现自己已经脱胎换骨，那是种无比美妙的感觉。"雷恩慢慢逼近。

何夕徒劳地挣扎着，手铐在他的手腕上勒出了血痕。一种从未感受过的绝望攫住了他的心，不仅为自己即将成为异种，也为人类将要面临的命运。以何夕的知识他当然明白雷恩说的是对的，醒来之后他自己也将异化为雷恩的帮凶，任何生命体的心智都从属于自身的物种，就像一只蟑螂永远只会从蟑螂的角度思考问题一样——假如它能够思考的话。但那是多么可怕的结果，从某种意义上讲甚至超过死亡。汗水从何夕额上滑下，他绝望地闭上了眼睛。

一声沉闷的枪响。

何夕睁开眼。雷恩捂住胸口缓缓倒地，惊骇莫名地望着苏珊。

苏珊凝望着何夕，目光里有奇异的光芒闪动："你让我想到了我的女儿。她是这个世界上独一无二的珍宝，我不能容许什么东西来替代她。谢谢你。"

"应该说谢谢的是我，还有这个世界上的所有人。"何夕撑起身，苏珊帮他打开了手铐。

"你们阻止不了我的。"雷恩口中流出血沫，他的脸部扭曲得有些狰狞。

"你快走，我坚持不了多久了！"苏珊痛苦地指着自己的头，"它们就要完全控制我了，我感觉得到。那边还有一条安全的通道能出去，你一定要阻止雷恩的计划。"

"你不和我一起走吗？"

"不。"苏珊的脸变得惨白，看得出她正在用尽全身力气挣扎，"我留下来处理一切。"

"我要带你走。"何夕坚持道。

"你快走！"苏珊突然举起枪，脸上的痛苦之色越发明显，"你知道，我已经不是从前的苏珊了，我随时可能会杀了你的。你快走啊，趁我还能控制自己的时候。"

何夕默然退后，进入通道前他突然听到苏珊最后喊了一声："告诉艾米丽，说我永远爱她。"

"我会的。"何夕答应道，没有回头。

二十分钟后，随着一声巨大的爆炸，贝克斯矿场的一隅连同天才雷恩一起埋在了地底深处，为他陪葬的是十亿颗小小的行星。

尾声

一个月之后。中国武汉。

销毁"星病毒"的仪式最终选在了中科院病毒研究所。实际上，在这一个月里世界各国专家争论的焦点是究竟应不应该销毁它。但是谨慎的一方最终占据了上风，现在七个潘多拉盒子已经并排着摆放在了熔炉边上。

"真想亲眼看看里面那东西长什么模样。还有，它们到底是怎么诞生出来的。"崔则元小声嘀咕道。

"估计在座的这些人十有八九都有这想法。"何夕总结道。他至今没有对任何人吐露过其中具体的技术原理，因为他实在没把握这个世界上会不会再产生雷恩这样集智慧与疯狂于一身的天才。

"谁让咱们是干这一行的呢。这一个月心里都快痒死了。"崔则元忍不住叹气。

来自联合国卫生组织的高级官员已经讲完了话，按照安排下一个环节是由他亲手摁下开关将七个盒子送进熔炉。但是他突然停下了悬在空中的右手开口道："我提议应该由何夕先生来完成这最后的环节，因为正是由于他的努力才阻止了这场可能毁灭整个地球生物圈的灾难。"

何夕仓促起身上台，一时间他竟不知该从何说起。他仿佛又听到了莽撞无知的常正信那惊惶的嘶喊，看到了地底深窟中苏珊那难以描述的最后一瞥。

"站在这里我想到了雷恩教授，他原本和在座的各位一样，是一位优秀的科学家。我一直忘不了雷恩临死前说的那些话。他居然能够接受所谓高级生命对自身的替代，虽然他称之为升级。我想，地球上那些比我们人类更低级的生物恐怕不会这样做，因为它们所遵循的本能法则严格禁止了这种做法，而只有人类这种自诩为万物之灵的物种才具有了这种不同寻常的超越了本能的思想。雷恩教授应用他的天才智慧将本应在十亿年后才可能诞生的生命体带到了现在，但他真正明白这意味着什么吗？就像我，虽然我遵照自己的选择阻止了雷恩，但我想除了上帝之外其实也没有谁能够判定我做对了没有。是否我们人类这种智慧生物把生命的进步看得过于透彻了，生命也许并不只是碳和氢，也许不只是碱基对的数学排列组合。"何夕停顿了一下，"生命是有禁区的。"

四下里一片长久的沉默。何夕摁下开关，七个盒子滑进熔炉，幻化成一簇妖异的夺人心魄的火焰。

"十亿年后它还会回来。"何夕在心里说道。